岩 波 文 庫

31-227-1

北 條 民 雄 集

田 中　裕 編

岩 波 書 店

目次

小説

童話

随筆

日記（抄）

北條民雄集

小説

いのちの初夜

駅を出て二十分ほども雑木林の中を歩くともう病院の生垣が見え始めるが、それでもその間には谷のように低まった処《ところ》や小高い山のだらだら坂などがあって、人家らしいものは一軒も見当らなかった。東京からわずか二十哩《マイル》そこそこの処であるが、奥山へ這《は》入《い》ったような静けさと、人里離れた気配があった。

梅雨期に入るちょっと前で、トランクを提げて歩いている尾田は、十分もたたぬ間に、はやじっとり肌が汗ばんで来るのを覚えた。随分辺鄙《ずいぶんへんぴ》な処なんだなあと思いながら、人《ひと》気《け》の無いのを幸い、今まで眼深《まぶか》に被《かぶ》っていた帽子をずり上げて、木立《こだち》を透かして遠くを眺めた。見渡す限り青葉で覆われた武蔵野で、その中にぽつんぽつんと蹲《うずくま》っている藁屋《わらや》根《ね》が何となく原始的な寂寥《せきりょう》を忍ばせていた。まだ蟬《せみ》の声も聞えぬ静まった中を、尾田はぽくぽくと歩きながら、これから自分は一体どうなって行くのであろうかと、不安でならなかった。真黒い渦巻の中へ、知らず識《し》らず堕《お》ち込んで行くのではあるまいか、今こうして黙々と病院へ向って歩くのが、自分にとって一番適切な方法なのだろうか、それ以外に生きる道は無いのであろうか。そういう考えが後から後からと突き上って来て、彼はちょっと足を停《と》めて林の梢を眺めた。やっぱり今死んだ方がよいのかも知れない。梢には傾き始めた太陽の光線が、若葉の上に流れていた。明るい午後であった。

病気の宣告を受けてからもう半年を過ぎるのであるが、その間に、公園を歩いている時でも街路を歩いている時でも、樹木を見ると必ず枝振りを気にする習慣がついてしまった。その枝の高さや、太さなどを目算して、この枝は細すぎて自分の体重を支え切れないとか、この枝は高すぎて登るのに大変だなどという風に、時には我を忘れて考えるのだった。木の枝ばかりでなく、薬局の前を通れば幾つも睡眠剤の名前を想い出して、眠っているように安楽往生をしている自分の姿を思い描き、汽車電車を見るとその下で悲惨な死を遂げている自分を思い描くようになっていた。けれどこういう風に日夜死を考え、それがひどくなって行けば行くほど、ますます死に切れなくなって行く自分を発見するばかりだった。今も尾田は林の梢を見上げて枝の工合を眺めたのだったが、すぐ貌《かお》をしかめて黙々と歩き出した。一体俺は死にたいのだろうか、生きたいのだろうか、俺に死ぬ気が本当にあるのだろうか、ないのだろうか、と自ら質《ただ》してみるのだったが、結局どっちとも判断のつかないまま、ぐんぐん歩を早めていることだけが明瞭に判《わか》るのだった。死のうとしている自分の姿が、一度心の中に這入って来ると、どうしても死に切れない、人間はこういう宿命を有《も》っているのだろうか。

二日前、病院へ這入ることが定《きま》ると、急にもう一度試してみたくなって江の島まで出かけて行った。今度死ねなければどんな処へでも行こう、そう決心すると、うまく死ねそうに思われて、いそいそと出かけて行ったのだったが、岩の上に群がっている小学生の姿や、茫漠《ぼうばく》と煙った海原に降り注いでいる太陽の明るさなどを見ていると、死などを考えている自分がひどく馬鹿げて来るのだった。これではいけないと思って、両眼を閉じ、なんにも見えない間に飛び込むのが一番良いと岩頭に立つと、急に助けられそうに思われて仕様がないのだった。助けられたのでは何にもならない。けれど今の自分は兎《と》に角《かく》飛び込むという事実が一番大切なのだ、と思い返して波の方へ体を曲げかけると、「今」俺は死ぬのだろうかと思い出した。「今」どうして俺は死なねばならんのだろう、「今」がどうして俺の死ぬ時なんだろう、すると「今」死ななくてもよいような気がして来るのだった。そこで買って来たウイスキーを一本、やけに平《たい》らげたが少しも酔が廻って来ず、なんとなく滑稽《こっけい》な気がしだしてからからと笑ったが、赤い蟹《かに》が足許に這《は》って来るのを滅茶に踏み殺すと急にどっと瞼《まぶた》が熱くなって来たのだった。非常に真剣な瞬間でありながら、油が水の中へ這入ったように、その真剣さと心が遊離してしまうのだった。そして東京に向って電車が動き出すと、また絶望と自嘲《じちょう》が蘇《よみがえ》って来て、暗憺《あんたん》たる気持になったのであるが、もう既に時は遅かった。どうしても死に切れない、この事実の前に彼は項《うな》低《だ》れてしまうより他にないのだった。

一時も早く目的地に着いて自分を決定するより他に道はない。尾田はそう考えながら背の高い柊《ひいらぎ》の垣根に沿って歩いて行った。正門まで出るにはこの垣をぐるりと一巡《ひとめぐ》りしなければならなかった。彼は時々立止って、額を垣に押しつけて院内を覗《のぞ》いた。恐らくは患者達の手で作られているのであろう、水々しい蔬《そ》菜《さい》類の青葉が、眼の届かぬ彼方《かなた》までも続いていた。患者の住んでいる、家はどこに在るのかと注意して見たが、一軒も見当らなかった。遠くまで続いたその菜園の果《はて》に森のように深い木立が見え、その木立の中に太い煙突が一本大空に向って黒煙を吐き出していた。患者の住居もそのあたりにあるのであろう。煙突は一流の工場にでもあるような立派なもので、尾田は病院にどうしてあんな巨《おお》きな煙突が必要なのか怪しんだ。あるいは焼場の煙突かも知れぬと思うと、これから行く先が地獄のように思われて来た。こういう大きな病院のことだから、毎日夥《おびただ》しい死人があるのであろう、それであんな煙突も必要なのに違いないと思うと、俄《にわか》に足の力が抜けて行った。だが歩くにつれて展開して行く院内の風景が、また徐々に彼の気持を明るくして行った。菜園と並んで、四角に区切られた苺畑《いちごばたけ》が見え、その横には模型を見るように整然と組み合わされた葡萄棚《ぶどうだな》が、梨の棚と向い合って、見事に立体的な調和を示していた。これも患者達が作っているのであろうか。今まで濁ったような東京に住んでいた彼は、思わず素晴しいものだと呟《つぶや》いて、これは意想外に院内は平和なのかも知れぬと思った。

　道は垣根に沿って一間《けん》くらいの幅があり、垣根の反対側の雑木林の若葉が、暗いまでに被さっていた。彼が院内を覗き覗きしながら、ちょうど梨畑の横まで来た時、大方この近所の百姓とも思われる若い男が二人、こっちへ向いて歩いて来るのが見え出した。彼等は尾田と同じように院内を覗いては何か話し合っていた。尾田は嫌な処で人に会ってしまったと思いながら、ずり上げてあった帽子を再び深く被ると、下を向いて歩き出した。尾田は病気のために片方の眉毛《まゆげ》がすっかり薄くなって居り、代りに眉墨《まゆずみ》が塗ってあった。彼等は近くまで来ると急に話をばたりとやめ、トランクを提げた尾田の姿を、好奇心に充ちた眼差《まなざ》しで眺めて通り過ぎた。尾田は黙々と下を向いていたが、彼等の眼差しを明瞭に心に感じ、この近所の者であるなら、こうして入院する患者の姿をもう幾度も見ているに相違ないと思うと、屈辱にも似たものがひしひしと心に迫って来るのだった。

彼等の姿が見えなくなると、尾田はそこへトランクを置いて腰をおろした。こんな病院へ這入らなければ生を完《まっと》うすることの出来ぬ惨《みじ》めさに、彼の気持は再び曇った。眼を上げると首を吊《つる》すに適当な枝は幾本でも眼についた。この機会にやらなければ何時《いつ》になってもやれないに違いない、あたりを一《ひと》わたり眺めてみたが、人の気配はなかった。彼は眸《ひとみ》を鋭く光らせると、にやりと笑って、よし今だと呟いた。急に心が浮き浮きして、こんな所で突然やれそうになって来たのを面白く思った。綱はバンドがあれば十分である。心臓の鼓動が高まって来るのを覚えながら、彼は立上ってバンドに手を掛けた。その時突然、激しい笑う声が院内から聞えて来たので、ぎょっとして声の方を見ると、垣の内側を若い女が二人、何か楽しそうに話し合いながら葡萄棚の方へ行くのだった。見られたかな、と思ったが、初めて見る院内の女だったので、急に好奇心が出て来て、急いでトランクを提げると何喰《なにく》わぬ顔で歩き出した。横目を使って覗いてみると、二人とも同じ棒縞《ぼうじま》の筒袖《つつそで》を着、白い前掛が背後から見る尾田の眼にもひらひらと映った。貌形の見えぬことに、ちょっと失望したが、後姿はなかなか立派なもので、頭髪も、黒々と厚いのが無造作に束《たば》ねられてあった。無論《むろん》患者に相違あるまいが、何処《どこ》一つとして患者らしい醜悪《しゅうあく》さがないのを見ると、何故ともなく尾田はほっと安心した。なお熱心に眺めていると、彼女等はずんずん進んで行って、時々棚に腕を伸ばし、房々と実った頃のことでも思っているのか、葡萄を採るような手つきをしては、顔を見合せてどっと笑うのだった。やがて葡萄畑を抜けると、彼女等は青々と繁った菜園の中へ這入って行ったが、急に一人がさっと駈《か》け出した。後の一人は腰を折って笑い、駈けて行く相手を見ていたが、これもまた後を追ってばたばたと駈け出した。鬼ごっこでもするように二人は、尾田の方へ横貌をちらちら見せながら、小さくなってゆくと、やがて煙突の下の深まった木立の中へ消えて行った。尾田はほっと息を抜いて、女の消えた一点から眼を外《そ》らすと、兎に角入院しようと決心した。

すべてが普通の病院と様子が異っていた。受付で尾田が案内を請うと、四十くらいの良く肥えた事務員が出て来て、

「君だな、尾田高雄は、ふうむ。」

と言って、尾田の貌を上から下から眺め廻すのであった。

「まあ懸命に治療するんだね。」

無造作にそう言ってポケットから手帳を取り出し、警察でされるような厳密な身許調査を始めるのだった。そしてトランクの中の書籍の名前まで一つ一つ書き記されると、まだ二十三の尾田は、激しい屈辱を覚えると共に、全然一般社会と切離されているこの

病院の内部に、どんな意外なものが待ち設《もう》けているのかと不安でならなかった。それから事務所の横に建っている小さな家へ連れて行かれると、

「ここでしばらく待っていて下さい。」

と言って引上げてしまった。後になって、この小さな家が外来患者の診察室であると知った時、尾田はびっくりしたのであったが、そこには別段診察器具が置かれてある訳でもなく、田舎駅の待合室のように、汚れたベンチが一つ置かれてあるきりであった。窓から外を望むと、松栗檜《ひのき》欅《けやき》などが生え繁っており、それ等を透して遠くに垣根が眺められた。尾田はしばらく腰をおろして待っていたが、なんとなくじっとしていられない思いがし、いっそ今の間に逃げ出してしまおうかと幾度も腰を上げてみたりした。そこへ医者がぶらりとやって来ると、尾田に帽子を取らせ、ちょっと顔を覗いて、

「ははあん。」

と一つ頷《うなず》くと、もうそれで診察はお終《しま》いだった。勿論《もちろん》尾田自身でも自ら癩《らい》に相違ないとは思っていたのであるが、

「お気の毒だったね。」

癩に違いないという意を含めてそう言われた時には、さすがにがっかりして一度に全身の力が抜けて行った。そこへ看護手とも思われる白い上衣をつけた男がやって来ると、

「こちらへ来て下さい。」

と言って、先に立って歩き出した。男に従って尾田も歩き出したが、院外にいた時の何処となくニヒリスティクな気持が消えて行くと共に、徐々に地獄の中へでも堕ち込んで行くような恐怖と不安を覚え始めた。生涯取返しのつかないことをやっているように思われてならないのだった。

「随分《ずいぶん》大きな病院ですね。」

尾田はだんだん黙っていられない思いがして来だしてそう訊《たず》ねると、

「十万坪。」

ぽきっと木の枝を折ったように無愛想な答え方で、男は一層歩調を早めて歩くのだった。尾田は取りつく島を失った想いであったが、葉と葉の間に見えがくれする垣根を見ると、

「全治する人もあるのでしょうか。」

と、知らず識らずのうちに哀願的にすらなって来るのを腹立たしく思いながら、やはり訊《き》かねばおれなかった。

「まあ一生懸命に治療してごらんなさい。」

男はそう言ってにやりと笑うだけだった。あるいは好意を示した微笑であったかも知

れなかったが、尾田には無気味なものに思われた。

二人が着いた所は、大きな病棟の裏側にある風呂場で、既に若い看護婦が二人で尾田の来るのを待っていた。耳まで被さってしまうような大きなマスクを彼女等はかけていて、それを見ると同時に尾田は、思わず自分の病気を振り返って情《なさけ》なさが突き上って来た。

風呂場は病棟と廊下続きで、獣を思わせる嗄《しゃが》れ声や、どすどすと歩く足音などが入り乱れて聞えて来た。尾田がそこへトランクを置くと、彼女等はちらりと尾田の貌を見たが、すぐ視線を外らして、

「消毒しますから……。」

とマスクの中で言った。一人が浴槽の蓋《ふた》を取って片手を浸しながら、

「良いお湯ですわ。」

這入れというのであろう、そう言ってちらと尾田の方を見た。尾田はあたりを見廻したが、脱衣籠もなく、ただ、片隅に薄汚い蓙《ござ》が一枚敷かれてあるきりで、

「この上に脱《ぬ》げと言うのですか。」

と思わず口まで出かかるのをようやく押えたが、激しく胸が波立って来た。最早《もはや》どん底に一歩を踏み込んでいる自分の姿を、尾田は明瞭に心に描いたのであった。この汚れ

た蓙の上で、全身虱《しらみ》だらけの乞食や、浮浪患者が幾人も着物を脱いだのであろうと考え出すと、この看護婦たちの眼にも、もう自分はそれ等の行路病者と同一の姿で映っているに違いないと思われて来て、怒りと悲しみが一度に頭に上るのを感じた。逡巡《しゅんじゅん》したが、しかしもうどうしようもない。半ば自棄気味《やけぎみ》で覚悟を定《き》めると、彼は裸になり、湯ぶねの蓋を取った。

「何か薬品でも這入っているのですか。」

片手を湯の中に入れながら、さっきの消毒という言葉がひどく気がかりだったので訊いてみた。

「いいえ、ただのお湯ですわ。」

良く響く、明るい声であったが、彼女等の眼は、さすがに気の毒そうに尾田を見ていた。尾田はしゃがんで先ず手桶《ておけ》に一杯を汲んだが、薄白く濁った湯を見るとまた嫌悪が突き出て来そうなので、彼は眼を閉じ、息をつめて一気《いっき》にどぼんと飛び込んだ。底の見えない洞穴へでも墜落する思いであった。すると、

「あのう、消毒室へ送る用意をさせて戴きますから――。」

と看護婦の一人が言うと、他の一人はもうトランクを開いて調べ出した。どうとも自由にしてくれ、裸になった尾田は、そう思うよりほかになかった。胸まで来る深い湯の

中で彼は眼を閉じ、ひそひそと何か話し合いながらトランクを掻《か》き廻している彼女等の声を聞いているだけだった。絶え間なく病棟から流れて来る雑音が、彼女等の声と入り乱れて、団塊になると、頭の上をくるくる廻った。その時ふと彼は故郷の蜜柑《みかん》の木を思い出した。笠のように枝を厚ぼったく繁らせたその下で、よく昼寝をしたことがあったが、その時の印象が、今こうして眼を閉じて物音を聞いている気持と一脈通ずるものがあるのかも知れなかった。また変な時に思い出したものだと思っていると、

「おあがりになったら、これ、着て下さい。」

と看護婦が言って新しい着物を示した。垣根の外から見た女が着ていたのと同じ棒縞の着物であった。

小学生にでも着せるような袖の軽い着物を、風呂からあがって着け終った時には、なんという見すぼらしくも滑稽な姿になったものかと、尾田は幾度も首を曲げて自分を見た。

「それではお荷物消毒室へ送りますから——。お金は拾壱円八拾六銭ございました。二、三日のうちに金券（1）と換えて差上げます。」

金券、とは初めて聞いた言葉であったが、恐らくはこの病院のみで定められた特殊な金を使わされるのであろうと尾田はすぐ推察したが、初めて尾田の前に露呈した病院の

組織の一端を摑《つか》み取ると同時に、監獄へ行く罪人のような戦慄《せんりつ》を覚えた。だんだん身動きも出来なくなるのではあるまいかと不安でならなくなり、親爪をもぎ取られた蟹のようになって行く自分のみじめさを知った。ただ地面をうろうろと這い廻ってばかりいる蟹を彼は思い浮べてみるのであった。

その時廊下の向うでどっと挙がる喚声が聞えて来た。思わず肩を竦《すく》めていると、急にばたばたと駈け出す足音が響いて来た。とたんに風呂場の入口の硝子戸《ガラスど》があくと、腐った梨のような貌がにゅっと出て来た。尾田はあっと小さく叫んで一歩後ずさり、顔からさっと血の引くのを覚えた。奇怪な貌だった。泥のように色艶《いろつや》が全くなく、ちょっとつつけば膿汁が飛び出すかと思われるほどぶくぶくと脹《ふく》らんで、その上に眉毛が一本も生えていないため怪しくも間《ま》の抜けたのっぺら棒であった。駈け出したためか興奮した息をふうふう吐きながら、黄色く爛《ただ》れた眼でじろじろと尾田を見るのであった。尾田はますます肩を窄《すぼ》めたが、初めてまざまざと見る同病者だったので、恐る怖るではあるが好奇心を動かせながら幾度も横目で眺めた。どす黒く腐敗した瓜《うり》に鬘《かつら》を被せるとこんな首になろうか、顎《あご》にも眉にも毛らしいものは見当らないのに、頭髪だけは黒々と厚味をもったのが、毎日油をつけるのか、櫛目《くしめ》も正しく左右に分けられていた。顔面と余り不調和なので、これはひょっとすると狂人かも知れぬと、尾田が無気味なものを覚えつつ注

意していると、

「何を騒いでいたの。」

と看護婦が訊いた。

「ふふふふふ。」

と彼はただ気色《きしょく》の悪い笑い方をしていたが、不意にじろりと尾田を見ると、いきなりぴしゃりと硝子戸をしめて駈けだしてしまった。

やがてその足音が廊下の果に消えてしまうと、またこちらへ向って来るらしい足音がこつこつと聞え出した。前のに比べてひどく静かな足音であった。

「佐柄木《さえき》さんよ。」

その音で解《わか》るのであろう、彼女等は貌を見合わせて頷き合う風であった。

「ちょっと忙しかったので、遅くなりました。」

佐柄木は静かに硝子戸をあけて這入って来ると、先ずそう言った。背の高い男で、片方の眼がばかに美しく光っていた。看護手のように白い上衣をつけていたが、一目で患者だと解るほど、病気は顔面を冒していて、眼も片方は濁って居り、そのためか美しい方の眼がひどく不調和な感じを尾田に与えた。

「当直なの。」

看護婦が彼の貌を見上げながら訊くと、

「ああ、そう。」

と簡単に応《こた》えて、

「お疲れになったでしょう。」

と尾田の方を眺めた。顔形で年齢の判断は困難だったが、その言葉の中には若々しいものが満ちていて、横柄《おうへい》だと思えるほど自信ありげな物の言振《いいぶ》りであった。

「どうでした、お湯熱くなかったですか。」

初めて病院の着物を纏《まと》うた尾田の何処となくちぐはぐな様子を微笑して眺めていた。

「ちょうどよかったわね、尾田さん。」

看護婦がそう引き取って尾田を見た。

「ええ。」

「病室の方、用意出来ましたの？」

「ああ、すっかり出来ました。」

と佐柄木が応えると、看護婦は尾田に、

「この方佐柄木さん、あなたが這入る病室の附添さんですの。解らないことあったら、この方にお訊きなさいね。」

と言って尾田の荷物をぶら提げ、

「では佐柄木さん、よろしくお願いしますわ。」

と言い残して出て行ってしまった。

「僕尾田高雄です、よろしく――。」

と挨拶すると、

「ええ、もう前から存じて居ります。事務所の方から通知がありましたものですから。」

そして、

「まだ大変お軽いようですね、なあに癩病恐れる必要ありませんよ。ははは。ではこちらへいらして下さい。」

と廊下の方へ歩き出した。


木立を透して寮舎や病棟の電燈が見えた。もう十時近い時刻であろう。尾田はさっきから松林の中に佇立《ちょりつ》してそれらの灯を眺めていた。悲しいのか不安なのか恐しいのか、彼自身でも識別出来ぬ異常な心の状態だった。佐柄木に連れられて初めて這入った重病室(2)の光景がぐるぐると頭の中を廻転して、鼻の潰《つぶ》れた男や口の歪んだ女や骸骨のように目玉のない男などが眼先にちらついてならなかった。自分もやがてはああ成り果てて行くであろう、膿汁の悪臭にすっかり鈍くなった頭でそういうことを考えた。半ばは信じられない、信じることの恐しい思いであった。――膿がしみ込んで黄色くなった繃帯《ほうたい》やガーゼが散らばった中で黙々と重病人の世話をしている佐柄木の姿が浮んで来ると、尾田は首を振って歩き出した。五年間もこの病院で暮したと尾田に語った彼は、一体何を考えて生き続けているのであろう。

尾田を病室の寝台に就かせてからも、佐柄木は忙しく室内を行ったり来たりして立働いた。手足の不自由なものには繃帯を巻いてやり、便をとってやり、食事の世話すらもしてやるのであった。けれどその様子を静かに眺めていると、彼がそれ等を真剣にやって病人達をいたわっているのではないと察せられるふしが多かった。それかといってつらく当っているとは勿論思えないのであるが、何となく傲然《ごうぜん》としているように見受けられた。崩れかかった重病者の股間に首を突込んで絆創膏《ばんそうこう》を貼っているような時でも、決して嫌な貌を見せない彼は、嫌な貌になるのを忘れているらしいのであった。初めて見る尾田の眼に異常な姿として映っても、佐柄木にとっては、恐らくは日常事の小さな波の上下であろう。仕事が暇になると尾田の寝台へ来て話すのであったが、彼は決して尾田を慰めようとはしなかった。病院の制度や患者の日常生活について訊くと、静かな調子で説明した。一語も無駄を言うまいと気を配っているような説明の仕方だったが、そのまま文章に移していいと思われるほど適切な表現で尾田は一つ一つ納得出来た。しかし尾田の過去についても病気の工合についても、何一つとして訊ねなかった。また尾田の方から彼の過去を訊ねてみても、彼は笑うばかりで決して語ろうとはしなかった。それでも尾田が、発病するまで学校にいたことを話してからは、急に好意を深めて来たように見えた。

「今まで話相手が少くて困って居りました。」

と言った佐柄木の貌には、明かによろこびが見え、青年同志としての親しみが自ずと芽生えたのであった。だがそれと同時に、今こうして癩者佐柄木と親しくなって行く自分を思い浮べると尾田は、いうべからざる嫌悪を覚えた。これではいけないと思いつつ本能的に嫌悪が突き上って来てならないのであった。

佐柄木を思い病室を思い浮べながら、尾田は暗い松林の中を歩き続けた。何処へ行こうという的《あて》がある訳ではなかった。眼をそむける場所すらない病室が耐えられなかったから飛び出して来たのだった。

林を抜けるとすぐ柊の垣にぶつかってしまった。ほとんど無意識的に垣根に縋《すが》ると、力を入れて揺ぶってみた。金を奪われてしまった今はもう逃走することすら許されていないのだった。しかし彼は注意深く垣を乗り越え始めた。どんなことがあってもこの病院から出なければならない。この院内で死んではならないと強く思われたのだった。外に出るとほっと安心し、あたりを一層注意しながら雑木林の中へ這入って行くと、そろそろと帯を解《と》いた。俺は自殺するのでは決してない、ただ、今死なねばならぬように決定されてしまったのだ、何者が決定したのかそれは知らぬが、兎に角そうすべて定ってしまったのだと口走るように呟いて、頭上の栗の枝に帯をかけた。風呂場で貰《もら》った病院の帯は、縄のようによれよれになっていて、じっくりと首が締まりそうであった。すると、病院で貰った帯で死ぬことがひどく情なくなって来だした。しかし帯のことなどうでもいいではないかと思いかえして、二、三度試みに引張ってみると、ぼってりと青葉を着けた枝がゆさゆさと涼しい音をたてた。まだ本気に死ぬ気ではなかったが、兎に角端を結《ゆ》わえて先ず首を引っかけてみると、ちょうど工合良くしっくりと頸《くび》にかかって、今度は顎を動かせて枝を揺ってみた。枝がかなり太かったので顎ではなかなか揺れず、痛かった。勿論これでは低すぎるのであるが、それならどれくらいの高さが良かろうかと考えた。縊死体《いしたい》というものは大抵一尺くらいも頸が長くなっているものだと、もう幾度も聞かされたことがあったので、嘘かほんとか解らなかったが、もう一つ上の枝に帯を掛ければ申分《もうしぶん》はあるまいと考えた。しかし一尺も頸が長々と伸びてぶら下っている自分の死状《しにざま》は随分怪しげなものに違いないと思いだすと、浅ましいような気もして来た。どうせここは病院だから、そのうちに手頃な薬品でもこっそり手に入れて、それからにした方が余程《よほど》よいような気がして来た。しかし、と首を掛けたまま、何時でもこういうつまらぬようなことを考え出しては、それに邪魔されて死ねなかったのだと思い、そのつまらぬことこそ、自分をここまでずるずると引きずって来た正体なのだと気づいた。それでは——と帯に頸を載せたまま考え込んだ。

その時かさかさと落葉を踏んで歩く人の足音が聞えて来た。これはいけないと頸を引込めようとしたとたんに、穿《は》いていた下駄がひっくり返ってしまった。

「しまった。」

さすがに仰天《ぎょうてん》して小さく叫んだ。ぐぐッと帯が頸部《けいぶ》に食い込んで来た。呼吸も出来ない。頭に血が上ってガーンと鳴り出した。

死ぬ、死ぬ。

無我夢中で足を藻掻《もが》いた。と、こつり下駄が足先に触れた。

「ああびっくりした。」

ようやくゆるんだ帯から首を外してほっとしたが、腋《わき》の下や背筋には冷たい汗が出てどきんどきんと心臓が激しかった。いくら不覚のこととはいえ、自殺しようとしている者が、これくらいのことにどうしてびっくりするのだ、この絶好の機会に、と口惜しがりながら、しかしもう一度首を引掛けてみる気持は起って来なかった。

再び垣を乗り越すと、彼は黙々と病棟へ向って歩き出した。——心と肉体がどうしてこうも分裂するのだろう。だが、俺は、一体何を考えていたのだろう。俺には心が二つあるのだろうか。俺の気づかないもう一つの心とは一体何ものだ。二つの心は常に相反するものなのか。ああ、俺はもう永遠に死ねないのであるまいか。何万年でも、俺は生きていなければならないのか。死というものは、俺には与えられていないのか。俺は、もうどうしたらいいんだ。

だが病棟の間近《まぢか》くまで来ると、悪夢のような室内の光景が蘇って自然と足が停ってしまった。激しい嫌悪が突き上って来て、どうしても足を動かす気がしないのだった。仕方なく踵《きびす》を返して歩き出したが、再び林の中へ這入って行く気にはなれなかった。それでは昼間垣の外から見た果樹園の方へでも行ってみようと二、三歩足を動かせ始めたが、それもまたすぐ嫌になってしまった。やっぱり病室へ帰る方が一番良いように思われて来て、再び踵を返したのだったが、するともうむんむんと膿の臭いが鼻を圧して来て、兎にそこへ立停《たちどま》るより仕方がなかった。さて何処へ行ったらいいものかと途方に暮れ、すぐ近くの病角何処かへ行かねばならぬのだが、と心が苛立《いらだ》って来た。あたりは暗く、すぐ近くの病棟の長い廊下の硝子戸が明るく浮き出ているのが見えた。彼はぼんやり佇立したまま森《しん》としたその明るさを眺めていたが、その明るさが妙に白々《しらじら》しく見え出して、だんだん背すじに水を注がれるような凄味《すごみ》を覚え始めた。これはどうしたことだろうと思って大きく眼を瞠《みは》ってみたが、ぞくぞくと鬼気は迫って来る一方だった。体が小刻みに顫《ふる》え出して、全身が凍りついてしまうような寒気がしてきだした。じっとしていられなくなって急いでまた踵を返したが、はたと当惑してしまった。全体俺は何処へ行くつもりなんだ、何処へ行ったらいいんだ、林や果樹園や菜園が俺の行場でないことだけは明瞭に判っている、そして必然何処かへ行かねばならぬ、それもまた明瞭に判っているのだ、それだのに、

「俺は、何処へ、行きたいんだ。」

ただ、漠然とした焦慮《しょうりょ》に心が煎《い》るるばかりであった。——行場がない何処へも行場がない。曠野《こうや》に迷った旅人のように、孤独と不安が犇々《ひしひし》と全身をつつんで来た。熱いものの塊《かたまり》がこみ上げて来て、ひくひくと胸が嗚咽《おえつ》し出したが、不思議に一滴の涙も出ないのだった。

「尾田さん。」

不意に呼ぶ佐柄木の声に尾田はどきんと一つ大きな鼓動が打って、ふらふらッと眩暈《めまい》

がした。危《あや》うく転びそうになる体を、やっと支えたが、咽喉《のど》が枯れてしまったように声が出なかった。

「どうしたんですか。」

笑っているらしい声で佐柄木は言いながら近寄って来ると、

「どうかしたのですか。」

と訊いた。その声で尾田はようやく平気な気持をとり戻し、

「いえ、ちょっとめまいがしまして。」

しかし自分でもびっくりするほど、ひっつるように乾いた声だった。

「そうですか。」

佐柄木は言葉を切り、何か考える様子だったが、

「兎に角、もう遅いですから、病室へ帰りましょう。」

と言って歩きだした。佐柄木のしっかりした足どりに、尾田も何となく安心して従った。

駱駝《らくだ》の背中のように凹凸のひどい寝台で、その上に蒲団《ふとん》を敷いて患者達は眠るのだった。尾田が与えられた寝台の端に腰をかけると、佐柄木も黙って尾田の横に腰をおろし

た。病人達はみな寝静まって、時々廊下を便所へ歩む人の足音が大きかった。ずらりと並んだ寝台に眠っている病人達のさまざまな姿体を、尾田は眺める気力がなく、下を向いたまま、一時も早く蒲団の中にもぐり込んでしまいたい思いで一ぱいだった。どれもこれも癩《くず》れかかった人々ばかりで、人間というよりは呼吸のある泥人形であった。頭や腕に巻いている繃帯も、電光のためか、黒黄色く膿汁がしみ出ているように見えた。佐柄木はあたりを一わたり見廻していたが、

「尾田さん、あなたはこの病人達を見て、何か不思議な気がしませんか。」

と訊くのであった。

「不思議って？」

と尾田は佐柄木の貌を見上げたが、瞬間、あっと叫ぶところであった。佐柄木の美しい方の眼が何時の間にか抜け去っていて、骸骨のように其処《そこ》がぺこんと凹《へこ》んでいるのだった。あまり不意だったので言葉もなく尾田が混乱していると、

「つまりこの人達も、そして僕自身をも含めて、生きているのです。このことを、あなたは不思議に思いませんか。奇怪な気がしませんか。」

急に片目になった佐柄木の貌は、何か勝手の異った感じがし、尾田は、錯覚しているのではないかと自分を疑いつつ、恐々《こわごわ》であったが注意して佐柄木を見た。と佐柄木は尾

田の驚きを察したらしく、つと立上って当直寝台――部屋の中央にあって当直の附添が寝る寝台――へすたすたと歩いて行ったが、すぐ帰って来て、

「ははは。目玉を入れるのを忘れていました。驚いたですか。さっき洗ったものですから――。」

そう言って、尾田に、掌《てのひら》に載せた義眼を示した。

「面倒ですよ。目玉の洗濯までせねばならんのでね。」

そして佐柄木はまた笑うのであったが、尾田は溜った唾液《つば》を飲み込むばかりだった。義眼は二枚貝の片方と同じ恰好《かっこう》で、丸まった表面に眼の模様が這入っていた。

「この目玉はこれで三代目なんですよ。初代のやつも二代目も、大きな嚔《くさめ》をした時飛び出しましてね、運悪く石の上だったものですから割れちゃいました。」

そんなことを言いながらそれを眼窩《がんか》へあててもぐもぐとしていたが、

「どうです、生きてるようでしょう。」

と言った時には、もうちゃんと元の位置に納まっていた。尾田は物凄《ものすご》い手品でも見ているような塩梅《あんばい》であっけに取られつつ、もう一度唾液を飲み込んで返事も出来なかった。

「尾田さん。」

ちょっとの間黙っていたが、今度は何か鋭いものを含めた調子で呼びかけ、

「こうなっても、まだ生きているのですからね、自分ながら、不思議な気がしますよ。」

言い終ると急に調子をゆるめて微笑していたが、

「僕、失礼ですけれど、すっかり見ましたよ。」

と言った。

「ええ?」

瞬間解《げ》せぬという風に尾田が反問すると、

「さっきね。林の中でね。」

相変らず微笑して言うのであるが、尾田は、こいつ油断のならぬやつだと思った。

「じゃあすっかり?」

「ええ、すっかり拝見しました。やっぱり死に切れないらしいですね。ははは。」

「…………。」

「十時が過ぎてもあなたの姿が見えないので、ひょっとすると——と思いましたので出かけてみたのです。初めてこの病室へ這入った人は大抵そういう気持になりますからね。もう幾人もそういう人にぶつかって来ましたが、先ず大部分の人が失敗しますね。そのうちインテリ青年、と言いますか、そういう人は定ってやり損いますね。どういう訳かその説明は何とでもつきましょうが。——すると、林の中にあなたの姿が見えるのでしょう。勿論大変暗くてよく見えませんでしたが。やっぱりそうかと思って見ていますと、垣を越え出しましたね。さては院外《そと》でやりたいのだなと思ったのですが、やはり止める気がしませんのでじっと見ていました。もっとも他人がとめなければ死んでしまうような人は結局死んだ方が一番良いし、それに再び起ち上るものを内部に蓄えているような人は、定って失敗しますね。蓄えているものに邪魔されて死に切れないらしいのですね。僕思うんですが、意志の大いさは絶望の大いさに正比する、とね。意志のない者に絶望などあろう筈《はず》がないじゃありませんか。生きる意志こそ源泉だと常に思っているのです。しかし下駄がひっくり返ったのですか、あの時はちょっとびっくりしましたよ。あなたはどんな気がしたですか。」

尾田は真面目なのか笑いごとなのか判断がつきかねたが、その太々《ふてぶて》しい言葉を聞いているうちに、だんだん激しい忿怒《ふんぬ》が湧き出て来て、

「うまく死ねるぞ、と思って安心しました。」

と反撥してみたが、

「同時に心臓がどきどきしました。」

と正直に白状してしまった。

「ふうむ。」

と佐柄木は考え込んだ。

「尾田さん。死ねると安心する心と、心臓がどきどきするというこの矛盾の中間、ギャップの底に、何か意外なものが潜んでいるとは思いませんか。」

「まだ一度も探ってみません。」

「そうですか。」

そこで話を打切りにしようと思ったらしく佐柄木は立上ったが、また腰をおろし、

「あなたと初めてお会いした今日、こんなことを言って大変失礼ですけれど。」

と優しみを含めた声で前置きをすると、

「尾田さん、僕には、あなたの気持がよく解る気がします。昼間お話ししましたが、僕がここへ来たのは五年前です。五年前のその時の僕の気持を、いや、それ以上の苦悩を、あなたは今味《あじわ》っていられるのです。ほんとにあなたの気持、よく解ります。でも、尾田さん、きっと生きられますよ。きっと生きる道はありますよ。どこまで行っても人生にはきっと抜路《ぬけみち》があると思うのです。もっともっと自己に対して、自らの生命に対して謙虚になりましょう。」

意外なことを言い出したので、尾田はびっくりして佐柄木の顔を見上げた。半分潰れ

かかって、それがまたかたまったような佐柄木の顔は、話に力を入れるとひっつったように痙攣《けいれん》して、仄暗《ほのぐら》い電光を受けて一層凹凸がひどく見えた。佐柄木はしばらく何ごとか深く考え耽《ふけ》っていたが、

「兎に角、癩病に成り切ることが何より大切だと思います。」

と言った。不敵な面魂《つらだましい》が、その短い言葉の内部に覗かれた。

「まだ入院されたばかりのあなたに大変無慈悲な言葉かも知れません、今の言葉。でも同情するよりは、同情のある慰めよりは、あなたにとっても良いと思うのです。実際、同情ほど愛情から遠いものはありませんからね。それに、こんな潰れかけた同病者の僕が一体どう慰めたらいいのです。慰めのすぐそこから嘘がばれて行くに定っているじゃありませんか。」

「よく解りました、あなたのおっしゃること。」

続けて尾田は言おうとしたが、その時、

「どうぢょくざん。」

と嗄れた声が向う端の寝台から聞えて来たので口をつぐんだ。佐柄木はさっと立上ると、その男の方へ歩んだ。「当直さん」と佐柄木を呼んだのだと初めて尾田は解した。

「何だい用は。」

とぶっきら棒に佐柄木が言った。

「じょうべんがじたい。」

「小便だな、よしよし。便所へ行くか、シービンにするか、どっちがいいんだ。」

「べんじょさいぐ。」

佐柄木は馴《な》れ切った調子で男を背負い、廊下へ出て行った。背後から見ると、負われた男は二本とも足が無く、膝小僧のあたりに繃帯らしい白いものが覗いていた。

「なんというもの凄い世界だろう。この中で佐柄木は生きると言うのだ。だが、自分はどう生きる態度を定めたらいいのだろう。」

発病以来、初めて尾田の心に来た疑問だった。尾田は、しみじみと自分の掌を見、足を見、そして胸に掌をあててまさぐってみるのだった。何もかも奪われてしまって、ただ一つ、生命だけが取り残されたのだった。今更のようにあたりを眺めてみた。膿汁に煙った空間があり、ずらりと並んだベッドがある。死にかかった重症者がその上に横《よこた》わって、他は繃帯であり、ガーゼであり、義足であり松葉杖であった。山積するそれ等の中に今自分は腰かけている。——じっとそれ等を眺めているうちに、尾田は、ぬるぬると全身にまつわりついて来る生命を感じるのであった。逃れようとしても逃れられない、それは、鳥黐《とりもち》のようなねばり強さであった。

便所から帰って来た佐柄木は、男を以前のように寝かせてやり、

「他に何か用はないか。」

と訊きながら、蒲団をかけてやった。もう用はないと男が答えると、佐柄木はまた尾田の寝台に来て、

「ね、尾田さん。新しい出発をしましょう。それには、先ず癩に成り切ることが必要だと思います。」

と言うのであった。便所へ連れて行ってやった男のことなど、もうすっかり忘れているらしく、それが強く尾田の心を打った。佐柄木の心には癩も病院も患者もないのであろう。この崩れかかった男の内部は、我々と全然異った組織で出来上っているのであろうか。尾田には少しずつ佐柄木の姿が大きく見え始めるのだった。

「死に切れない、という事実の前に、僕もだんだん屈伏して行きそうです。」

と尾田が言うと、

「そうでしょう。」

と佐柄木は尾田の顔を注意深く眺め、

「でもあなたは、まだ癩に屈伏していられないでしょう。まだ大変お軽いのですし、実際に言って、癩に屈伏するのは容易じゃありませんからねえ。けれど一度は屈伏して、

しっかりと癩者の眼を持たねばならないと思います。そうでなかったら、新しい勝負は始まりませんからね。」

「真剣勝負ですね。」

「そうですとも、果合《はたしあ》いのようなものですよ。」

月夜のように蒼白く透明である。けれど何処にも月は出ていない。夜なのか昼なのかそれすら解らぬ。ただ蒼白く透明な原野である。その中を尾田は逃げた。逃げた。胸が弾んで呼吸が困難である。だがへたばっては殺される。必死で逃げねばならぬのだ。追手はぐんぐん迫って来る。迫って来る。心臓の響きが頭にまで伝わって来る。足がもつれる。幾度も転びそうになるのだ。追手の鯨波《とき》はもう間近まで寄せて来た。早く何処かへ隠れてしまおう。前を見てあっと棒立に竦んでしまう。柊《ひいらぎ》の垣があるのだ。進退全く谷《きわ》まった。喚声はもう耳許で聞える。ふと見ると小さな小川が足許にある、水のない掘《ほり》割《わり》だ。夢中で飛び込むと足がずるずると吸い込まれる。しまったと足を抜こうとするとまたずるりと吸い入れられる。はや腰までは沼の中だ。藻掻く、引掻《ひっか》く。だが沼は腰から腹、腹から胸へと上って来る一方だ。底のない泥沼だ、身動きも出来なくなる。疲れたように足が利かない。眼を白くろさせて喘《あえ》ぐばかりだ。うわああと喚声が頭上でする。

あの野郎死んでるくせに逃げ出しやがった、畜生もう逃がさんぞ、逃がすものか、火灸《ひあぶ》りだ、捕まえろ、捕まえろ。入り乱れて聞えて来るのだ。どすどすと凄い足音が地鳴りのように響いて来る。ぞうんと身の毛がよだって脊髄までが凍ってしまうようである。

——殺される、殺される。熱い塊が胸の中でごろごろ転がるが一滴の涙も枯れ果ててしまっている。ふと気づくと蜜柑の木の下に立っている。見覚えのある蜜柑の木だ。蕭《しょう》条《じょう》と雨の降る夕暮である。何時の間《ま》にか菅笠を被っている。白い着物を着て脚絆《きゃはん》をつけて草鞋《わらじ》を履いているのだ。追手は遠くで鯨波《とき》をあげている。また近寄って来るらしいのだ。蜜柑の根本に跼《かが》んで息を殺す、とたんに頭上でげらげらと笑う声がする。はっと見上げると佐柄木がいる。恐しく巨きな佐柄木だ。いつもの二倍もあるようだ。樹上から見おろしている。癩病が治ってばかに美しい貌なのだ。二本の眉毛も逞しく濃い。尾田は思わず自分の眉毛に触ってはっとする。残っている筈の片方も今は無いのだ。驚いて幾度も撫《な》でてみるが、やっぱり無い。つるつるになっているのだ。どっと悲しみが突き出て来てぼろぼろと涙が出る。佐柄木はにたりにたりと笑っている。

「お前はまだ癩病だな。」

樹上から彼は言うのだ。

「佐柄木さんは、もう癩病がお癒《なお》りになられたのですか。」

恐る怖る訊いてみる。

「癒ったさ、癩病なんか何時でも癒るね。」

「それでは私も癒りましょうか。」

「癒らんね。君は。癒らんね。お気の毒じゃよ。」

「どうしたら癒るのでしょうか。佐柄木さん。お願いですから、どうか教えて下さい。」

太い眉毛をくねくねと歪めて佐柄木は笑う。

「ね、お願いです。どうか、教えて下さい。ほんとにこの通りです。」

両掌を合せ、腰を折り、お祈りのような文句を口の中で呟く。

「ふん、教えるもんか、教えるもんか。貴様はもう死んでしまったんだからな。死んでしまったんだからな。」

そして佐柄木はにたりと笑い、突如、耳の裂けるような声で大喝した。

「まだ生きてやがるな、まだ、貴、貴様は生きてやがるな。」

そしてぎろりと眼をむいた。恐しい眼だ。義眼よりも恐しいと尾田は思う。逃げようと身構えるがもう遅い。さっと佐柄木が樹上から飛びついて来た。巨人佐柄木に易々《やすやす》と小腋《こわき》に抱えられてしまったのだ。手を振り足を振るが巨人は知らん顔をしている。

「さあ火炙りだ。」

と歩き出す。すぐ眼前に物凄い火柱が立っているのだ。炎々たる焔《ほのお》の渦、ごおうっと音をたてている。あの火の中へ投げ込まれる。身も世もあらぬ思いでもがく。が及ばない。どうしよう、どうしよう。灼熱した風が吹いて来て貌を撫でる。全身にだらだらと冷汗が流れ出る。佐柄木はゆったりと火柱に進んで行く。投げられまいと佐柄木の胴体にしがみつく。佐柄木は身構えて調子をとり、ゆさりゆさりと揺ぶる。体がゆらいで火炎に近づくたびに焼けた空気が貌を撫でるのだ。尾田は必死で叫ぶのだった。

「ころされるう。こ　ろ　さ　れ　る　うー。他人《ひと》にころされるうー。」

血の出るような声を搾《しぼ》り出すと、夢の中の尾田の声が、ベッドの上の尾田の耳へはっきり聞えた。奇妙な瞬間だった。

「ああ夢だった。」

全身に冷たい汗をぐっしょりかいて、胸の鼓動が激しかった。他人《ひと》にころされるうーと叫んだ声がまだ耳殻にこびりついている。心は脅え切っていて、蒲団の中に深く首を押し込んで眼を閉じたままでいると、火柱が眼先にちらついた。再び悪夢の中へ引きずり込まれて行くような気がし出して眼を開いた。もう幾時頃であろう、病室内は依然として悪臭に満ち、空気はどろんと濁ったまま穴倉のように無気味な静けさであった。胸から股のあたりへかけて、汗がぬるぬるしてい、気色の悪いこと一通りではなかったが、起き上ることが出来なかった。しばらく、彼は体をちぢめて蝦《えび》のようにじっとしていた。小便を催しているが、朝まで辛抱しようと思った。と何処からか歔欷《すすりな》きが聞えて来るので、おやと耳を澄ませると、時に高まり、時に低まりして、袋の中からでも聞えて来るような声で断続した。呻《うめ》くような切なさで、締め殺されるような声であった。高まった時はすぐ枕許で聞えるようだったが、低まった時は隣室からでも聞えるように遠のいた。尾田はそろそろ首をもち上げてみた。ちょっとの間は何処で泣いているのか判らなかったが、それは、彼の真向いのベッドだった。頭からすっぽり蒲団を被って、それが微《かす》かに揺れていた。泣声を他人に聞かれまいとして、なお激しくしゃくり上げて来るらしかった。

「あっ、ちちちぃー。」

泣声ばかりではなく、何か激烈な痛みを訴える声が混っているのに尾田は気づいた。さっきの夢にまだ心は慄《おのの》き続けていたが、泣声があまりひどいので怪しみながら寝台の上に坐った。どうしたのか訊いてみようと思って立ちあがったが、当直の佐柄木もいるはずだと思いついたので、再び坐った。首をのばして当直寝台を見ると、佐柄木は腹ばって何か懸命に書き物をしているのだった。泣声に気づかないのであろうか、尾田は一度声を掛けてみようかと思ったが、当直者が泣声に気づかぬということはあるまいと思われると共に、熱心に書いている邪魔をしては悪いとも思ったので、彼は黙って寝衣を更《か》えた。寝衣は勿論病院から呉《く》れたもので、経帷子《きょうかたびら》とそっくりのものだった。

二列の寝台には見るに堪《た》えない重症患者が、文字通り気息奄々《きそくえんえん》と眠っていた。誰も彼も大きく口を開いて眠っているのは、鼻を冒されて呼吸が困難なためであろう。尾田は心中に寒気を覚えながら、それでもここへ来て初めて彼等の姿を静かに眺めることが出来た。赤黒くなった坊主頭が弱い電光に鈍く光っていると、次にはてっぺんに大きな絆創膏を貼りつけているのだった。絆創膏の下には大きな穴でもあいているのだろう。そんな頭がずらりと並んでいる恰好は奇妙に滑稽な物凄さだった。尾田のすぐ左隣りの男は、摺子木《すりこぎ》のように先の丸まった手をだらりと寝台から垂してい、その向いは若い女で、仰向《あおむ》いている貌は無数の結節で荒れ果てていた。頭髪もほとんど抜け散って、後頭部にちょっとと、左右の側に毛虫でも這っている恰好でちょびちょびと生えているだけで、男なのか女なのか、なかなかに判断が困難だった。暑いのか彼女は足を蒲団の上にあげ、病的にむっちりと白い腕も袖がまくれて露わに蒲団の上に投げていた。惨《むご》たらしくも情慾的な姿だった。

その中尾田の注意を惹いたのは、泣いている男の隣りで、眉毛と頭髪はついているが、顎はぐいとひん曲って仰向いているのに口だけは横向きで、閉じることも出来ぬのであろう、だらしなく涎《よだれ》が白い糸になって垂れているのだった。年は四十を越えているらしい。寝台の下には義足が二本転がっていた。義足といってもトタン板の筒っぽで、先が細まり端に小さな足型がくっついているだけで、玩具のようなものだった。がその次の男に眼を移した時には、さすがに貌を外向《そむ》けねばいられなかった。頭から貌、手足、その他全身が繃帯でぐるぐる巻きにされ、むし暑いのか蒲団はすっかり踏み落されて、辛うじて端がベッドにしがみついていた。尾田は息をつめて恐る怖る眼を移すのだったが、全身がぞっと冷たくなって来た。これでも人間と信じていいのか、陰部まで電光の下にさらして、そこにまで無数の結節が、黒い虫のように点々と出来ているのだった。勿論一本の陰毛すらも散り果てているのだ。あそこまで癩菌は容赦なく食い荒して行くのかと、尾田は身顫いした。こうなってまで、死に切れないのかと、尾田は吐息を初めて抜き、生命の醜悪な根強さが呪わしく思われた。

生きることの恐しさを切々と覚えながら、寝台をおりると便所へ出かけた。どうして自分はさっき首を縊《くく》らなかったのか、どうして江ノ島で海へ飛び込んでしまわなかったのか――。便所へ這入り、強烈な消毒薬を嗅ぐと、ふらふらと目眩《めまい》がした。危く扉にしがみついた、間髪だった。

「たかを！　高雄。」

と呼ぶ声がはっきり聞えた。はっとあたりを見廻したが勿論誰もいない。幼い時から聞き覚えのある、誰かの声に相違なかったが、誰の声か解らなかった。何かの錯覚に違いないと尾田は気を静めたが、再びその声が飛びついて来そうでならなかった。小便までが凍ってしまうようで、なかなか出ず、焦りながら用を足すと急いで廊下へ出た。と隣室から来る盲人にばったり出合い、繃帯を巻いた掌ですうっと貌を撫でられた。あっと叫ぶところを辛うじて呑み込んだが、生きた心地はなかった。

「こんばんは。」

親しそうな声で盲人はそう言うと、また空間を探りながら便所の中へ消えて行った。

「今晩は。」

と尾田も仕方なく挨拶したのだったが、声が顫えてならなかった。

「これこそまさしく化物屋敷だ。」

と胸を沈めながら思った。

佐柄木は、まだ書きものに余念もない風であった。こんな真夜中に何を書いているのであろうと尾田は好奇心を興したが、声をかけるのもためらわれて、そのまま寝台に上

った。すると、

「尾田さん。」

と佐柄木が呼ぶのであった。

「はあ。」

と尾田は返して、再びベッドを下りると佐柄木の方へ歩いて行った。

「眠られませんか。」

「ええ、変な夢を見まして。」

佐柄木の前には部厚なノォトが一冊置いてあり、それに今まで書いていたのであろう、かなり大きな文字であったが、ぎっしり書き込まれてあった。

「御勉強ですか。」

「いえ、つまらないものなんですよ。」

歔欷《すすりな》きは相変らず、高まったり低まったりしながら、止むこともなく聞えていた。

「あの方どうなさったのですか。」

「神経痛なんです。そりゃあひどいですよ。大の男が一晩中泣き明かすのですからね。」

「手当はしないのですか。」

「そうですねえ。手当といっても、まあ麻酔剤でも注射して一時をしのぐだけですよ。菌が神経に食い込んで炎症を起すので、どうしようもないらしいんです。何しろ癩が今のところ不治ですからね。」

そして、

「初めの間は薬も利きますが、ひどくなって来れば利きませんね。ナルコポンなんかやりますが、利いても二、三時間、そしてすぐ利かなくなりますので。」

「黙って痛むのを見ているのですか。」

「まあそうです。ほったらかしておけばそのうちにとまるだろう、それ以外にないのですよ。もっともモヒ(3)をやればもっと利きますが、この病院では許されていないのです。」

尾田は黙って泣声の方へ眼をやった。泣声というよりは、もう唸声《うなりごえ》にそれは近かった。

「当直をしていても、手のつけようがないのには、ほんとに困りますよ。」

と佐柄木は言った。

「失礼します。」

と尾田は言って佐柄木の横へ腰をかけた。

「ね尾田さん。どんなに痛んでも死なない、どんなに外面が崩れても死なない。癩の特徴ですね。」

佐柄木はバットを取り出して尾田に奨めながら、

「あなたが見られた癩者の生活は、まだまだほんの表面なんですよ。この病院の内部には、一般社会の人の到底想像すらも及ばない異常な人間の姿が、生活が、描かれ築かれているのですよ。」

と言葉を切ると、佐柄木もバットを一本抜き火をつけるのだった。潰れた鼻の孔から、佐柄木はもくもくと煙を出しながら、

「あれをあなたはどう思いますか。」

指さす方を眺めると同時に、はっと胸を打って来る何ものかを尾田は強く感じた。彼の気づかぬうちに右端に寝ていた男が起き上って、じいっと端坐しているのだった。勿論全身に繃帯を巻いているのだったが、どんよりと曇った室内に浮き出た姿は、何故とはなく心打つ厳粛さがあった。男はしばらく身動きもしなかったが、やがて静かにだがひどく嗄れた声で、南無阿弥陀仏、南無阿弥陀仏と唱えるのであった。

「あの人の咽喉をごらんなさい。」

見ると、二、三歳の小児のような涎掛が頸部にぶら下って、男は片手をあげてそれを押えているのだった。

「あの人の咽喉には穴があいているのですよ。その穴から呼吸をしているのです。喉頭癩と言いますか、あそこへ穴をあけて、それでもう五年も生き延びているのです。」

尾田はじっと眺めるのみだった。男はしばらく題目を唱えていたが、やがてそれをやめると、二つ三つその穴で吐息をするらしかったが、ぐったりと全身の力を抜いて、

「ああ、ああ、なんとかして死ねんものかなあ—。」

すっかり嗄れた声でこの世の人とは思われず、それだけにまた真に迫る力が籠っていた。男は二十分ほども静かに坐っていたが、また以前のように横になった。

「尾田さん、あなたは、あの人達を人間だと思いますか。」

佐柄木は静かに、だがひどく重大なものを含めた声で言った。尾田は佐柄木の意が解しかねて、黙って考えた。

「ね尾田さん。あの人達は、もう人間じゃあないんですよ。」

尾田はますます佐柄木の心が解らず彼の貌を眺めると、

「人間じゃありません。尾田さん、決して人間じゃありません。」

佐柄木の思想の中核に近づいたためか、幾分の興奮すらも浮べて言うのだった。

「人間ではありませんよ。生命です。生命そのもの、いのちそのものなんです。僕の言うこと、解ってくれますか、尾田さん。あの人達の「人間」はもう死んで亡《ほろ》びてしま

ったんです。ただ、生命だけが、ぴくぴくと生きているのです。なんという根強さでしょう。誰でも癩になった刹那《せつな》に、その人の人間は亡びるのです。死ぬのです。社会的人間として亡びるだけではありません。そんな浅はかな亡び方では決してないのです。廃兵ではなく、廃人なんです。けれど、尾田さん、僕等は不死鳥です。新しい思想、新しい眼を持つ時、全然癩者の生活を獲得する時、再び人間として生き復《かえ》るのです。復活、そう復活です。ぴくぴくと生きている生命が肉体を獲得するのです。新しい人間生活はそれから始まるのです。尾田さん、あなたは今死んでいるのです。死んでいますとも、あなたは人間じゃあないんです。あなたの苦悩や絶望、それが何処から来るか、考えてみて下さい。一たび死んだ過去の人間を捜し求めているからではないでしょうか。」

だんだん激して来る佐柄木の言葉を、尾田は熱心に聴くのだったが、潰れかかった彼の貌が大きく眼に映って来ると、この男は狂っているのではないかと、言葉の強さに圧されながらも怪しむのだった。尾田に向って説きつめているようでありながら、その実佐柄木自身が自分の心内に突き出して来る何ものかと激しく戦って血みどろとなっているように尾田には見え、それが我を忘れて聞こうとする尾田の心を乱しているように思われるのだった。と果して佐柄木は急に弱々しく、

「僕に、もう少し文学的な才能があったら、と歯ぎしりするのですよ。」

その声には、今まで見て来た佐柄木とも思われない、意外な苦悩の影がつきまとっていた。

「ね尾田さん、僕に天才があったら、この新しい人間を、今までかつて無かった人間像を築き上げるのですが——及びません。」

そう言って枕許のノォトを尾田に示すのであった。

「小説をお書きなんですか。」

「書けないのです。」

ノォトをぱたんと閉じてまた言った。

「せめて自由な時間と、満足な眼があったらと思うのです。何時盲目になるか判らない、この苦しさはあなたにはお解りにならないでしょう。御承知のように片方は義眼ですし、片方は近いうちに見えなくなるでしょう、それは自分でも判り切ったことなんです。」

さっきまで緊張していたのが急にゆるんだためか、佐柄木の言葉は顚倒《てんとう》し切って、感傷的にすらなっているのだった。尾田は言うべき言葉もすぐには見つからず、佐柄木の眼を見上げて、初めてその眼が赤黒く充血しているのを知った。

「これでも、ここ二、三日は良い方なんです。悪い時にはほとんど見えないくらいです。

考えてもみて下さい。絶え間なく眼の先に黒い粉が飛び廻る苛立たしさをね。あなたは水の中で眼を開いたことがありますか。悪い時の私の眼はその水中で眼をあけた時とほとんど同じなんです。何もかもぼうっと爛れて見えるのですよ。良い時でも砂煙の中に坐っているようなものです。物を書いていても読書していても、一度この砂煙が気になり出したら最後、ほんとに気が狂ってしまうようです。」

ついさっき佐柄木が、尾田に向って慰めようがないと言ったが、今は尾田にも慰めようがなかった。

「こんな暗いところでは――。」

それでもようやくそう言いかけると、

「勿論良くありません。それは僕にも判っているのですが、でも当直の夜にでも書かなければ、書く時がないのです。共同生活ですからねえ。」

「でも、そんなにお焦りにならないで、治療をされてから――。」

「焦らないではいられませんよ。良くならないのが判り切っているのですから。毎日毎日波のように上下しながら、それでも潮が満ちて来るように悪くなって行くんです。ほんとに不可抗力なんですよ。」

尾田は黙った。歔欷《すすりな》きがまた聞えて来た。

「ああ、もう夜が明けかけましたね。」

外を見ながら佐柄木が言った。黝《くろ》ずんだ林の彼方が、白く明るんでいた。

「ここ二、三日調子が良くて、あの白さが見えますよ。珍しいことなんです。」

「一緒に散歩でもしましょうか。」

尾田が話題を変えて持ち出すと、

「そうしましょう。」

とすぐ佐柄木は立上った。

冷たい外気に触れると、二人は生き復ったように自ずと気持が若やいで来た。並んで歩きながら尾田は、時々背後を振り返って病棟を眺めずにはいられなかった。生涯忘れることの出来ない記憶となるであろう一夜を振り返る思いであった。

「盲目になるのは判り切っていても、尾田さん、やはり僕は書きますよ。盲目になればなったで、またきっと生きる道はある筈です。あなたも新しい生活を始めて下さい。癩者に成り切って、更に進む道を発見して下さい。僕は書けなくなるまで努力します。」

その言葉には、初めて会った時の不敵な佐柄木が復っていた。

「苦悩、それは死ぬまでつきまとって来るでしょう。でも誰かが言ったではありませんか、苦しむためには才能が要るって。苦しみ得ないものもあるのです。」

そして佐柄木は一つ大きく呼吸すると、足どりまでも一歩一歩大地を踏みしめて行く、ゆるぎのない若々しさに満ちていた。

あたりの暗がりが徐々に大地にしみ込んで行くと、やがて燦然《さんぜん》たる太陽が林の彼方に現われ、縞目《しまめ》を作って梢を流れて行く光線が、強靭な樹幹へもさし込み始めた。佐柄木の世界へ到達し得るかどうか、尾田にはまだ不安が色濃く残っていたが、やはり生きてみることだ、と強く思いながら、光りの縞目を眺め続けた。

間木老人

　この病院に入院してから三ケ月ほど過ぎたある日、宇津は、この病院が実験用に飼育している動物達の番人になってはくれまいかと頼まれた。病院とはいえ、千五百名に近い患者を収容し、彼等同志の結婚すら許されているここは、完全に一つの特殊部落で、院内には土方もいるし、女工もいるし、若芽のような子供達も飛び廻っていて、その子供達のためには、学校さえも設《もう》けられてあった。患者達も朽ち果てて行く自分の体を、毎日ぼんやり見て暮す苦しさから逃れたいためでもあろうが、作業には熱心で、軽症者は激しい労働をも続けていた。彼等の日常の小使銭は、いうまでもなくこの作業から生れてくるもので、夜が明けると彼等はそれぞれの部署へ出かけて行くのだった。こうした中にあって、宇津はまだどの職業にも属していなかったので、番人になってくれという頼みを承知したのだった。勿論《もちろん》これも作業の一つで、一日五銭が支給された。宇津は元来内向的な男で、それに入院間《ま》もないため、自分の病気にまだ十分に馴《な》れ切ることが出来ず、何時《いつ》でも深い苦悶の表情を浮べて、思い悩んでいることが多かった。その上すべてが共同生活で、十二畳半という広い部屋に、六名ずつが思い思いの生活をする雑然さには、実際閉口していたのだった。そういう彼にとって、動物の番人はこの上ない適役であり、一つの部屋が与えられるということが、彼にとって大変好都合だったのである。

動物小屋(4)は、L字形に建てられた三号と四号の、二つの病棟の裏側で、終日じめじめと空気の湿った、薄暗い所であった。どうかすると、洞穴の中へ這入《はい》ったような感じがし、地面には蒼く苔が食んでいた。もともとこの病院が、武蔵野特有の雑木林の中に、新しく墾《ひら》かれて建てられたものであるため、人里離れた広漠たる面影が、まだ取り残されていた。患者の逃走を防ぐために、院全体が柊《ひいらぎ》の高い垣根で囲まれていて、一歩外へ出ると、もうそこは武蔵野の平坦な山である。小屋の周囲にも、松、栗、檜《ひのき》、それから種々な雑木が、苔を割って生えていた。その中、小屋のすぐ背後にある夫婦松といわれる二本は、ずぬけて太く、三抱《みかかえ》もあるだろうか、それが天に冲《ちゅう》する勢《いきおい》で傘状に枝を張って、小屋を抱きかかえるように屋根を覆っていた。屋根には落葉が積って、重そうに厚く脹《は》れて、家の中へは、太陽の光線も時たま糸を引くようにさすくらいのものであった。

宇津の部屋も、この動物小屋の内部にあって、動物の糞尿から発する悪臭が、絶えず澱《よど》んでいた。ほとんど動物達と枕を並べて眠るようなもので、初めの間彼も大変閉口したが、重病室の患者が出す強烈な膿の臭いよりは耐え易《やす》く思った。

動物は、猿、山羊、モルモット、白ねずみ、兎――特殊なものとしては、鼠癩に患《かか》った白ねずみが、三匹、特別の箱に這入っていた。これ等に食物を与えたり、月に二、三度も下《しも》の掃除をしてやるのが、彼の仕事だった。従って暇も多かったが、別段友人があるという訳でもないので、大てい読書で一日を暮すか、病気のために腫《は》れぼったくむくんだ貌《かお》に深い苦悩を沈めて、飯粒を一つ一つ摑《つか》んで食う白ねずみの小さな体を眺めているのだった。日が暮れ初めてあたりの林が黝《くろ》ずんで来だすと、彼は散歩に出かけて、林の中を、長い間歩き廻った。そういう時、動物達のことはすっかり忘れていた。彼は熱心に動物を観察して、そこにいろいろのことを発見したが、それに対して親しみやよろこびを感ずるということは一度もなかった。

小屋を裏手に廻って、ちょっと行くと、そこに監房がある。赤い煉瓦《れんが》造《づく》りの建物で、小さな箱のようであった。陶器でも焼く竈《かまど》のようで、初めて見た時は、何であろうかとひどく怪しんだものであった。

「どんな世界へ行っても、人間と獄とは、切り離されないのか。」

彼はそれが監房だと判《わか》った時、そう呟《つぶや》いた。この小さな異常な社会の監房ではなく、一般社会の律法下の監獄に服役中の友人を思い出したからだった。

院内は平和で、取るに足るような罪もなかった。随《したが》って監房も休業が多く、時たま、宇津が散歩の折に房内からひいひいい女の泣声が聞えても、それは大てい、逃走し損った者か、他人の亭主を失敬した姦婦の片割れくらいのものらしかった。宇津も、間木《まき》という不思議な老人に出会《でくわ》すまでは、感情に波をうたせるような変ったこともなかった。L字型をした二つの病棟の有様も、彼にはもう慣れていた。夜など、病棟から流れ出る光りが、小屋の内部まであかくさし込んで、畳の上に木の葉が映ったりすると、美しいと思って長い間見続けたりした。病棟の内には重病者が一杯うようよと集まっていて、そこは完全な天刑病の世界である。光りを伝って眺めると、硝子窓《ガラスまど》を通して彼等の上半身が見えた。頭をぐるぐる白い繃帯《ほうたい》で巻いたのや、すっかり頭髪の抜けたくりくり坊主の盲人が、あやしく空間を探りながら歩くのが、手に取るように見えるが、入院当時のような恐怖は感じなかった。入院当時の数日は、絶海の孤島にある土人の部落か、もっと醜悪《しゅうあく》な化物屋敷へ投げ込まれたような感じだった。そして、これが人間の世界であるということはどうしても信ずることが出来なかった。右を向いても左を見ても、毀《こわ》れかかった泥人形に等しい人々ばかりで、自分だけが深い孤独に落ち込んで行くようで、足掻《あが》きながら懸命に正常な人間を探したものだった。ぶらぶら院内を歩いている時など、向うから誰かやって来ると、激しい興奮を覚えながら、熱心にその者を眺めた。そしてだんだん近づくにつれて、足に巻いた繃帯が見え出したり、腐った梨のようにぶくぶくと脹《ふく》らんだ顔面がじろりと彼を睨《にら》んでいることに気づいたりすると、一度にぐったりと力が抜け、げっそりしてしまうのであった。その反対に、ひょっこり看護婦の白い影でも、木立《こだち》の間にちらりと見えると、ほっと安心し、もうその方へ向って二、三歩足を踏み出している自分に気づいたりするのだった。宇津は、自分が癩病に患っていることを肯定しながら、自らを患者一般として取り扱うことの出来ぬ心の矛盾に、長い間苦しめられた。

彼が間木老人と会ったのは、動物小屋に来てから十日ばかりすぎたある夜中だった。その日動物達に夕食を与えてしまうと、すぐ床《とこ》の中へ這入って眠ったが、悪い夢に脅かされて眼が覚めてしまった。そしていくら眠ろうとしても、眼はますます冴え返って来るので、仕方なく起き上ると、小屋を出て、果樹園の方へぶらぶら歩いて行った。運良く月が出ていたので足許も明るく、眼を遠くに注ぐと、茫漠《ぼうばく》とした武蔵野の煙ったような美しさも望まれた。桃の林は黝ずんで、額を地に押しつけるようにして蹲《うずくま》って見え、月は、その下で丸く大きく風船玉のように、空中に浮んで、そこから流れて来る弱い光りが、宇津の影を作っていた。宇津が歩くと、影も追って地を這《は》った。自分の影に気がつくと宇津は、それが余りぴったり地に密着しているので、だんだん自分の体が浮き上って行くように思われて来てならなかった。すると奇怪な不安を激しく感じて、もう一歩も歩くことが出来なくなってしまった。また来たな、と呟くと一つ大きく呼吸した。こうした不安は幾度も経験しているので、さほどに驚かなかった。がこれが、何時何処《いつどこ》で不意に表われて来るか皆目見当がつかず、その上一旦突き上って来ると、どうにも動きが取れなくなってしまうので、それにはひどく弱った。これは病気に対する恐怖が、死に感応して起るものであろうと、彼は自分で解釈していた。不安は執拗《しつよう》な魔物のようで、その都度《つど》自分がだんだん気狂いになって行くような、また新しい不安をも同時に感ずるのだった。こういう時彼は、ぐうっと胸一杯に空気を吸い込んで、もう息が切れる、という間髪に鋭くハッハッと叫んで一度に息を抜くことにしていた。そこで大きく息を入れ、胸が張り切ると、ハッと鋭く抜こうとしたとたんに、

「枯野さん。」

という呼声が、突然すぐ間近《まぢか》でしたので、吃驚《びっくり》して呼吸が声の出ないうちに抜けてしまった。

「枯野さんではありませんか。」
二、三間《けん》しか離れていない近くで、今度はそう言った。宇津は初めて、こんな自分の近くに人が居り、しかも自分に呼びかけていることを識《し》って驚いた。
「いいえ。」

と彼は取敢《とりあ》えず返事をした。その男は月影をすかして探るように宇津に近寄って来ると、

「これはどうも失礼しました。」

と静かに言うと、

「どなたですか。」

と訊《き》いた。何処か沈んだような調子の声で、何気《なにげ》ない気品といったものが感ぜられた。宇津はすぐ老人だなと感じた。月の蒼い光りの底を、闇が黝々《くろぐろ》と流れて、どんな男かはっきり見極めることは出来なかったが、宇津はすぐそう感じた。しかし宇津は、こんな深く品を沈めた、余情を有《も》った言葉を、まだ一度も聞いたことがなかったので、激しく心を打たれながら、何者であろうかと怪しんだ。

「僕、宇津という者です。」

ちょっとの間を置いて、そう答えると、

ながら、

「宇津？　宇津？」

ひどく何かを考える様子で、そう繰り返した。これはおかしい奴だと、宇津は思い

「そうですか。宇津？　宇津？」

と鸚鵡《おうむ》がえしに言うと、また、

「宇津？」

「御存じなんですか。」

と訊いてみた。

「いえ、いえ。」

と狼狽《ろうばい》しながら強く否定して、

「わたしは間木という者ですが——。」

「はあ。」

と応《こた》えながら宇津は、老人の過去に、宇津という固有名詞に関する何かあって、それから来る連想が心に浮んでいるのであろうと察した。

「何時、入院されたのですか。」

「まだ入院後三ケ月ばかりです。どうぞよろしく。」

「ほう、そうですか。」

そう言いながら老人がぽつぽつ歩き出したので宇津も追って歩いて行った。宇津は注意深く老人を観察しながら、どうしてこんな夜中に歩きまわっているのか、それが不思議でならなかった。

老人は病気の程度を訊いたり、懸命に治療に心掛ければ退院することも出来るであろうから心配しないがいいと元気づけたりした。

「全治する人もあるのですか。」

と訊《たず》ねてみると、老人はしばらく何ごとかを考える風だったが、

「さあ、そう訊ねられると、ちょっと答えに困るのですが……この病院の者は、落ちつく、という言葉を使っていますが、つまり病菌を全滅させることは出来ませんが、活動不能の状態に陥れることは出来るのです。」

と言って、癩菌は肺結核菌に類する桿状菌《かんじょうきん》で、大楓子油《だいふうしゆ》(5)の注射によってそれが切れ切れになって亡《ほろ》びて行くものだということを、この病院の医者に聞いたし、顕微鏡下にもそのことが表われていると説明して、無論《むろん》あなたなど軽症だから今の間にしっかり治療に心掛けることが何よりで、養生法としてはすべてのものに節制をすること、これだけだと強く言って、これさえ守れば癩病恐るに足らぬと教えた。

入院以来宇津はもう幾度もこれと同じような言葉で慰められたり、力づけられたりし

て来たので、この言葉にもさほどの喜びを感じないのみか、老人の口から出る語気の鋭さに、一体この老人の過去は如何《いか》なるものであったのだろうかと、それが気になって彼は、全神経を澄みわたらせて対象を摑《つか》もうとしていた。老人は所謂《いわゆる》新患者に対して心使いをする楽しさを感じてか、それからも宇津に、病院の制度のことや患者一般の気質などを話して、最後に、今何か作業をやっているかと訊いた。

「動物小屋の番人をやっています。」

と答えると、

「そうですか、あそこは空気の悪い所ですから胸に気をつけなさい。この上に肺病まで背負い込んではたまりませんよ。この病院に癩肺二つに苦しんでいる者がかなり居りますが、そりゃ悲惨なものです。先日もあんたの小屋の裏にある監房へ入れられて——女と一緒にここを逃走しようとして捕まった男なのですが、房内が真赤に染まるほどひどい喀血《かっけつ》をして死にました。」

宇津は老人の言葉を聞きながら、竈のような監房を心に描いて、この病院には、人間の為《な》し得ないような恐しいことが、まだまだ埋っているに違いないと思って、深い不安と恐怖を感じたのだった。

今まで宇津以外に誰もいない動物小屋の、薄暗い部屋へ、時々間木老人が訪ねて来るようになった。宇津が豆腐殻に残飯を混ぜて、動物達の食餌を造っていると、老人はこつこつとやって来て、宇津の仕事振りを眺めたり、時には手伝ってくれたりした。今まで見たことのない老人の姿に、猿が鉄の網に縋《すが》ってキャッキャッと鋭く叫んで、初めの間騒いで困ったが、だんだん馴れて来ると、老人は、甘い干菓子を懐に忍ばせて来て、猿に握らせてやった。が老人が一番可愛がるのは、小さな白鼠で、赤い珊瑚《さんご》のような前足で一つびとつ飯粒を摑んで食う有様《ありさま》を見ると、素晴しい発見のように喜んだ。鼠癩に罹《かか》ったのを見る時は、大てい貌をしかめて、余りその方へは行かなかった。

宇津は注意深く老人を眺めながら、何の気もなく行う一つびとつの動作の中にも、言葉の端々にも、過去の生活が決して卑俗なものでなかったに違いないと思われる、品位といったものを発見した。貌の形は勿論病のために変っていようが、しかしそこにも犯し難いものが感ぜられた。老人の話では、入院してからもう十年にもなり、入院当時は貌じゅう結節が出ていて、その上醜《みにく》くふくらんでいたが、今ではすっかり結節も無くなって、以前の健康な頃のように、すっきりとふくらみも去ったということであった。無論湿性であるから眉毛《まゆげ》は全部抜けていたが、かなり慣れている宇津には、決して奇怪な感じを抱かせはしなかった。

仕事が終ると、二人は、暗い部屋で向い合って、ゆっくりお茶を飲んだ。

「わたしは生れつきお茶が大の好物でねえ、実際疲れた時に味《あじわ》う一杯は捨てられませんよ。」

と、あるかなしの微笑を浮べながら老人はそう言って、本式のお茶の点《た》て方を宇津に教えたりした。

交わるにつれて宇津はこの老人にだんだん深い興味を覚えると同時に、次第に深く尊敬するようになった。そして夕暮近く、静かな足どりで帰って行く老人の後姿を眺めながら、一体何者であろうかと考えるのだった。彼はまだ老人が何処の病舎にいるのか識らなかったので、ある日それを訊ねてみた。するとその答えが余り意外であったので驚いてしまった。

「わたしは、十号に居ります。」

老人はそう細い声で言って、暗い顔をしたのだった。十号はこの病院の特殊病棟で、白痴と、瘋癲《ふうてん》病者の病棟である。

宇津はかなり注意深く老人を観察するのであるが、何処にも狂人らしいところは見えなかった。それかといって白痴であろうとは、尚更《なおさら》思えなかった。その重々しい口調といい、行為の柔かさといい、到底そういうことは想像することすら不可能であった。それではきっと附添をしているのであろうと思った。附添もこの院内の作業の一つで、一日十銭が支給されて、軽症者の手で行われていた。しかし老人は附添ではなく、やっぱし精神病者の一人であった。宇津が試みに、附添さんもなかなか大変でしょう、と訊いてみると、老人は、こつこつと自分の頭を叩いて、

「やっぱり、これなんです。」

と言って、寂しそうに貌を曇らせて、黙々と帰って行ったのだった。ではあれでもやはり狂人なのだろうかと、今更のように、その沈んだように落着いた言葉や行為の中に、ある無気味さを感じたのだった。そして初めて老人に会った時の状《さま》を想い浮べて、あんな真夜中にああした所を歩き廻っていることにも、何か異常なものを思い当ったのだった。

　この老人が陸軍大尉であることを宇津が識ったのは、一ケ月ほど過ぎたある夕暮だった。その日彼は初めて間木老人の部屋を訪ねたのである。

　十号は他の病棟とかなり離れていて、この病院の最も北寄りで、すぐ近くに小さな池があった。池というと清らかな水を連想するが、これはどろんと濁った泥沼で、その周囲には八番線ほどの太さの針金で、頑丈に編まれた金網が張り巡らされてあった。勿論自殺防禦《ぼうぎょ》のためで、以前にはこの泥沼に首を突込んで死んだ者も、かなりの数に上ると

いうことである。

他の病棟は一棟に二室で、一室に二十のベッドが並んでいるが、十号は中央に長い廊下が貫いていて、両側に五つ宛《ずつ》、十個の部屋があって、ここだけは日本式な畳であった。部屋は六畳で、各二人宛が這入っているが、狂い出すと監禁室に入れられた。狂人といっても大ていは強度の恐迫症患者で、他は被害妄想に悩まされている者が多かった。その他にも白痴やてんかん持ちや、極度なヒステリー女など、色々いた。

附添の手によって綺麗《きれい》に光っている廊下を、初めて宇津は歩きながら、想像以上に森《しん》と静かな空気に不思議な感を抱いたが、何か無気味なものが底に沈んでいるような恐しさをも同時に感じた。だんだん夕暮れて行くあたりの陰影が忍び込んで、そこの空気はぼんやり翳《かげ》り、長い廊下の彼方《かなた》に、細まって円錐形に見え、黝《くろ》く浸《にじ》んで物の輪郭もぼやけていた。歩く度《たび》に空気が、ゆらりと揺れるように思われ、自分の背後から不意に、手負い猪《じし》のように狂人がうわっと飛びついて来るのではあるまいかと、彼は心配でならなかった。老人の部屋が幾番目にあるのか聞いていなかったので、うろうろと廊下に立って、細目にあいている部屋を、横目でちらりと覗《のぞ》いてみたり、誰か早く出て来れば訊ねてみるのだがと、二、三歩行ったり来たりしていると、すぐ右手の部屋から、美しい女の唄声がもれ聞えて来た。宇津は立停《たちどま》って唄声の美しさに耳を澄ませて、ふうむふうむと感心しながら、ひょっとすると朝鮮女かも知れぬと思った。唄はアリランで、原語のまま巧みに歌って行った。その唄声が病棟内を一ぱいに拡がって行くと、突然廊下の突き当っている向う端の部屋の障子《しょうじ》があいて、そこから男が一人ふらりと浮き出て来た。誰もいない家へ初めて来て、うろうろする時の間《ま》の悪さを感じていた宇津は、ほっと安心すると同時に、白痴か狂人かと神経を緊張させて、その男を眺めた。この病院で制定された棒縞《ぼうじま》の筒袖《つつそで》を着て縄のように綯《な》いよれた帯をしめていた。体重が二十四貫《かん》もありそうにぶくぶくと太った男で、丸《まる》で空気に流されるようにふらふらと宇津の方へ近寄って来て、間近まで来ると、ひょいと立停ってぼんやり彼を眺めた。白痴だな、と直覚したが、兎《と》に角《かく》一応訊ねてみようと思って、

「今日は。」

と先《ま》ず挨拶をしてみた。すると、対手《あいて》は、はあと言ったまま、宇津の頭の上のあたりを眺めている。

「間木さんの部屋は何処でしょうか。」

と訊くと、

「はあ。」

と言って、やっぱり同じ所を眺めているのだった。宇津は苦笑しながら、これは困っ

たことになったものだと思っていると、対手は小さな、太い体とは正反対の細い女のような声で流行歌の一節を口吟《くちずさ》み始めた。宇津は思わず微笑してじっと聞いていると、急に歌をやめて、ぶつぶつ口の中で何か呟きながら外へ出て行ってしまった。そこへ附添人が来たので、それに訊いてようやく老人の部屋へ這入った。老人は不在だったが、すぐ帰って来るだろうという附添人の言葉だったので、彼は帰りを待つことにした。

部屋は六畳で、間木老人の他に、もう一人居るとのことであったが、その男もいなかった。畳はかなり新しく、まだほのかに青みを有っていたが、処々に破れ目や、赤黒く血の浸《にじ》んだ跡等があった。壁は白塗りであったが、割れ目や、激しく拳固で撲《なぐ》りつけたらしい跡があった。その他爪で引掻《ひっか》いた跡や、ものを叩きつけて一部分壁土の脱落した所などもあって、狂人の部屋らしい色彩が感取された。あの温和な老人がこうしたことをやるのだろうかと怪しんでみたが、老人と一緒にいる他の男がやったものであろうと思った。それでは一体どんな男が住んでいるのであろうかと考えると、ちょっと気味が悪くなって来だした。

南側には硝子窓があって、その下に小さな机が一つ置いてあった。机の上には巻紙《まきがみ》が一本と、黒みがかって底光りのする立派な硯箱《すずりばこ》が載せられてあって、しっとりと落着いた感じが宇津の心を捕えた。が、何よりも心を惹いたのは、巻紙と並んで横になっている一葉の写真で、この院内では見られない軍人が、指揮刀を前にして椅子に腰をおろしていた。宇津は激しく好奇心を動かせながら、それを眺めた。肩章によって大尉であることは直《す》ぐに判った。無論老人の若い時のものに相違なかった。きりっとした太い眉毛や、逞しい髯《ひげ》の立派さや、この写真で見る間木氏と、今の老人との隔りは甚《はなは》しかったが、それでも、幼な心の想い出をたどるような、ほのかな面輪《おもわ》の類似があった。

「ふうむ。」

と言いながら、宇津は熱心に視《み》つめた。その時彼はふと父を想い出した。彼の父もやはり軍人で、しかも老人と同じ大尉だからで、小さい頃その父に幾度も日露戦争の実戦談を聞かされたことがあった。そしてひょっとすると間木老人も父と一緒に北満の荒野で戦った勇士ではあるまいかと思われて来た。すると間木老人が宇津という名前を聞いた時、宇津、宇津、宇津？　と言って考え込んだりした様子なども、また新しく心に浮んで来て、これは大変なことになって来たと、宇津は心の中で呟いた。そして自分が今何か大きな運命的なものの前で、ぽつんと立っているような不安と、新しいことに出会《でくわ》すに違いないという興味とを覚えた。

宇津が次々に心に浮んで来る想念に我を忘れていると、突然、鈍く激しい物音がどんと響いて、続いてばたばたと廊下を駈《か》け出す足音と共に、

「またやりやがった！」

という叫声が聞えて来た。すると部屋部屋の硝子戸が、がたがたと開いて四辺が騒然としはじめた。どうしたのかと、宇津は怪しみながら入口を細目にあけて廊下を覗いてみた。彼がここへ這入って初めて会った太い白痴が、仰向《あおむ》けに倒れて、口から夥《おびただ》しいあぶくを吹いて眼を宙に引きつっていた。それを先刻廊下を駈け出した男であろう、上からかがまって懸命に押えつけている。勿論一眼でてんかんだと解《わか》った。部屋部屋から飛び出して来た人々は、白痴を取り巻いて口々に何か喋《しゃべ》り出した。女が二人と男が五人であったが、どれもこれも形相は奇怪に歪んで、それが狂的な雰囲気のためか身の毛の立つような怪しい一団を造り上げていた。しかもこれが何時どのように狂い出すか判らない連中ばかりだと思うと、気色《きしょく》が悪くなって来て、これは足許の明るい中に帰った方がよいように思われ出し、立上って一歩廊下へ踏み出した。するとその時また先刻の美しいアリランの唄声が聞えて来た。唄声はそう高くはないが、それでも人々の騒音に消されもしないで、あたり一ぱいに流れていった。この腐爛《ふらん》した世界を少しずつ清めて行くようで、宇津は立止ってじっとそれを聞いた。その時急に表が騒々しくなると、狂人であろう、一人の男が底抜けに大きな声で歌のようなものを呶鳴《どな》りながら入口に現われた。頭の中央が禿《は》げ上って周囲だけにちょびちょびと毛が生えていた。その周囲の毛が頬を伝って顎《あご》まで下りて来ると、そこには見事な、八寸《すん》もありそうな鬚《ひげ》が波を打って垂れていた。貌全体が全《まる》で毛だらけであったが、そのくせ眉毛がまるっきり無いので、ひどく怪しげであった。彼はその禿げわたった頭を光らせながら、物凄《ものすご》い勢で廊下を突き進んで来ると、白痴を取り巻いている人々を押し退けて中央に割り込み、突然胆を潰《つぶ》すような太い声で、

「桜井のてんかん奴！」

と呶鳴った。すると、今度は嗄《しゃが》れた声で、ひどく可笑《おか》しそうに笑い出した。一度笑い出すと、止めようとしても止まらないらしく、彼は長い間最初と同じ音程で笑い続けた。がしばらくすると、綱でもぷつッと切断するように、ぴたりと笑い止んで、眸《ひとみ》を鋭く空間に注ぐと、貌を嶮《けわ》しく硬直させて、何か考える風だったが、やがてがっくりと首を落し、ひどく神妙そうに黙々として宇津のいる部屋へ這入って来た。

「君は誰だ。間木君に用かね！」

神妙な貌つきに似ず鋭い口調でそう言うと、考え深そうに鬚をしごきながら、どかりと坐った。心臓にうすら寒いものを覚えながら宇津が、

「はあ、待っているのですが。」

と答えてその男を見た。もう六十二、三にはなるであろう。間木老人と同年、あるい

は三つ四つ下であろう。しかし一本も白髪の混っていない漆黒の顎鬚は実際見事なものであった。頭の光っている部分はかなり峻《けわ》しく尖《とが》っていて、そこに一銭銅貨大の結節の痕があった。そこだけ暗紫色に黒ずんでいて、墨か何かを塗ったようだった。男はしばらく宇津を眺めていたが、

「何時、この病院へ来たのかね！」

と訊いた。

「五ケ月、近くになります。」

と言うと、

「ふうむ。」

と深く何事かを考えていたが、

「形有るものは必ず破る、生有るものは必ず滅す、生者必滅は天地大自然の業だ。」

と息をつめて鋭く言うと、激しい眸ざしで宇津を視《み》つめていたが、急にまた以前と同じ嗄声で爆笑し出した。が、すぐまた真面目くさった貌になって、

「抑々《そもそも》癩病と称する病は、古来より天刑病と称されしもので、天の、刑罰だ！　癒《なお》らん、絶対に癒らん！」

小気味がよいという風にきっぱり言い切ると、またしても笑い出した。

「現代の医学では癒らんというのだ。だが俺は癒す。現に癒りつつあるのだから仕方があるまい。」

眸を光らせながら、宇津を覗き込んでそう言った。

「どうすれば癒りましょうか。」

宇津は、こいつ可哀そうに病気のためにひどく狂っていると思いながら、それでも顎鬚の壮観に何者であろうと好奇心を起しながら試しに訊いてみた。

「先ず、信仰、の二字だ。仏法に帰依《きえ》するのだ。」

微動だにしまいと思われるほど強い自信を籠めてそう言い切ると、それから長い間、驚くべき該博《がいはく》な知識を有って仏教を説いて、君も是非宗教を有つようにと勧めた。

「それでは、あなたに随って僕もやってみましょう。」

と言うと、

「それが良い、それが良い。」

と幾度も言って、茶器を運んで来ると、買ってから一週間以上も経つであろうと思われる、固くこわばった羊羹《ようかん》を押入から取り出して、遠慮なく食い給えと言って宇津の前へ放り出した。そして自らその一つを口に入れてむしゃむしゃと食い始めた。食わぬのもどうかと思われたので、一つ口に入れてみると、固い羊羹はごりごりと音を立てた。

男は満足そうに宇津を見ていたが、急に何かを思いついたように立上って、押入から一封度《ポンド》ほどの金槌《かなづち》を取り出し、早口に経文の一節を唱え出した。可笑しなことをやり出す男だと宇津は怪しみながら見ていると、いそがしげに着物をぬぎ捨て、褌《ふんどし》一つになって宇津の前に坐ると、膝小僧《ひざこぞう》を立ててそれをごつんごつんと叩き出した。膝小僧が痛そうにだんだん赤らんで来ると、男はますます槌に力を加え一層高く経文を唱えて強く打ち続けた。かなり長い間叩いていたが、それを止めると、今度は両掌で打った跡をうんうん唸《うな》りながらもみ始めた。全身にじっとり汗がにじんで来ると、ふうと大きな息を吐いて宇津の方を眺め、

「君も病気を癒したいであろうが、それなら俺のようにやり給え。」

と言って、前よりも力を入れてもんでいたが、現代の科学ほどあてにならんものはない、医学は癩を、斑紋型、神経型、結節型の三つに分割して大楓子油の注射をやるが、俺はこの分類に賛成出来ない、況《いわ》んや皮膚病として取り扱うなどは噴飯ものだ、抑々癩菌は人体の何処にいるか、医者は入院患者に対して先ず鼻汁と耳朶《みみたぶ》の血液を採る、成程《なるほど》そこにも一ぴきくらいはいるかもしれん、がほんとは骨の中にいるんだ、骨の中には癩菌が巣を造っている、だから俺はこうして膝小僧を叩くのだ、骨の中でもここが一番多く菌が蝟集《いしゅう》しているのだ、ここには菌が、五つくらいも巣を造っているに相違ない、そ

れが叩くと熱気と激しい震動で菌のやつが泡を食って骨の外側に這い出して来るんだ、するとそこに結節が出来る、金槌で叩くのは結節を造るためだ、それならどうして自ら痛い目に会ってまで結節を造るか、無論それを直《ただ》ちに除く方法があるが故だ。この病院では結節注射と称して大楓子油を結節にうつが、あれは愚の至りだ、注射をすると折角《せっかく》出ている菌を又候《またぞろ》骨の中へ追い込んでしまうに過ぎんということを誰も気づかないんだ、結節を除くには注射など零《ぜろ》だ、たわしでこするのが一番良い、こすり取ってしまうのだ、俺の頭を見給え、結節の痕があるだろう、これは俺の発明したたわし療法でこすり取った痕だ、と口から泡を飛ばしながら言うと、禿げ上った頭をつるりと撫《な》でまわした。宇津は思わず噴き出しながら、しかし同時に心の底に何か不安なものを覚え、反撥してみたい欲求をさえ感じた。自分の中にある医学への信頼が脆《もろ》くも破れて行きそうに思われた。

「たわしでこするのでは痛くてたまらんでしょう。」

心の中に複雑な葛藤を沈めたまま、微笑してそう言うと、

「何、麻痺しているから一向感じがないんだ。」

と言って、また例のようにからからと笑い出した。宇津はその麻痺という言葉に突然ぞっと背筋が冷たくなって、早く間木老人が帰ってくれればいいがと思案した。麻痺、

と簡単に言ってしまえばそれまでのものであるが、生きた肉体の一部が枯木のように感覚を失い、だんだん腐って行く恐しさは、考えれば考えるほど奇妙な、気色の悪い無気味さである。それに人々の話を聞くと、今日は誰が足を一本切ったの、腕を片方外科場に置いて来たのと言い、しかも切られる本人は、医者が汗を流しながら鋭い鋸《のこぎり》でごりごり足をひいているのに、平然と鼻歌の一《ひと》くさりも吟じて知らん顔をしているというのである。そしてそれが決して他人事ではなく、直接に自分自身に続いている事実で、その間にあるものはただ時間だけである。この病院に来て以来、人に幾度も慰められたが、その言葉の中には定《きま》って、

「まだまだあんたなんか軽いんですから。」

安心しろと言われたが、このまだまだという言葉ほどげっそりするものは他になかった。しかしこれが一等適切な正確な言葉なのである。

宇津が暗澹《あんたん》たる気持で相手の鬚を眺めていると、狂人は急に立上って、褌一つのまま憑《つ》かれたように室内をぐるぐる廻り出した。どうしたのですかと訊くと、

「気が狂い出して来たんだ。」

と早口に言って、その言葉が終らぬうちに、胆を潰すような大きな声で、南無阿弥陀仏、南無阿弥陀仏と呶鳴り出した。これはとんでもないことになって来たと宇津が弱っ

ていると、そこへ運良く間木老人が帰って来たのでほっとした。

老人の話では、この鬚男はもと政党ごろか何かそのようなことをやっていたらしく、入院当時はひどい沈黙を守って毎日仏を拝むことを仕事にしていたが、五、六ケ月過ぎる頃から気分に異状を来したとのことであった。そしてひどく暗い顔になりながら、

「わたしも実は強迫観念に悩まされてこの病室に来ているのですが、あの男も初めはやっぱりそんな風でした。」

そして鬚は幾度も監禁室に入れられたことや、癩菌があたかも蛆虫《うじむし》かなんぞのように指で触れ得るもののように思われ、それが絶間なく肉体を腐らせて行くことに怒りと恐怖を覚え、監禁室の中でも一日に二、三度は暴れ出して、壁に体を撲《う》ちつけ、全身を掻《か》きむしるのだとも言い、

「実際なんという惨《むごた》らしいことでしょう。敵は自分の体の内部に棲んでいて、どこへでも跟《つ》いて来るのです。それを殺すためには自分も死なねばならぬのです。自分も死なねばならぬのです。」

私も時々硫酸を頭から浴びて病菌を全滅させたい欲求を覚えます、と宇津は自ら思い当るふしを言おうとしたが、その時はっと自分も褌一つの鬚と同じ心理を行っていることに気づいて、深い不安を覚えて口を緘《つぐ》んだ。

宇津が十号を訪ねてから、しばらくの間、老人は小屋を訪れて来なかった。宇津は例のように動物達の世話をしながら老人は一体どうしているのであろうかと、しばらく会わない老人を心配したり、こちらからもう一度訪ねてみようかと考えてみたりした。小屋の中はいつものように仄暗《ほのぐら》く、二、三日前に腹を割かれ、生々しい患者の結節を植えつけられた小猿が、心臓を搾《しぼ》るような悲鳴を発して、それがあたりをますます陰鬱《いんうつ》なものにしていた。そして老人が再びここへ来るまでの間に、一つ、宇津の心に残ったエピソードがあった。

それは十二時近くの夜中のことで、宇津がふと眼をさますと、裏手の監房のあたりから、荒々しい男の怒声と切なげな女の悲鳴が聞えて来るのだった。それと同時に、監房でもあけているのか、扉の音なども響いて来た。宇津は怪しみながら草履《ぞうり》を引っかけると、外へ出てみた。あたりは闇く、高い空を流れる風が、老松の梢にかかって、ざわめく音だけが聞えた。監房の前には小さな常夜燈が一つ点《つ》いていて、そこだけが、塗り込められた闇の中にぼうっと明るく浮き出ていた。その小さな円形の光りの中で、黒い着物を着て鷹のように全身保護色している男が、二人がかりで若い女を、引きずるようにして監房の中へ押し込んでいた。黒い男は、この院内の患者を絶えず監視している監督である。宇津は息をひそめながら、松の陰に身をしのばせて、幻想的な映画のスクリーンを見るように、津々《しんしん》たる興味をもって熱心に眺めた。争っているのであろう、女の華美《はで》な着物の縞目《しまめ》が、時々はたはたと翻《ひるがえ》って、それが夜目にもはっきり見えた。が間もなく女は監房の内部へ消えて、厚い扉が、図太く入口を覆ってしまった。黒い男は顔を見合わせて、互《たがい》ににやりと笑う風だったが、それもそのまま闇の中に消え去って、もうあたりは以前の静寂に復《かえ》って、厚い扉だけが、暗い光りの下に肩を張っていた。宇津は松の横から出ると、監房の方へ近よって行った。女が、ひいひい泣く声が、低く強く流れ出て来た。彼は扉の前に立って、しばらく内部の泣声を聞いていたが、だんだん女に声をかけてみたくなって来だした。どうせ駈落し損った片割れだろうと思ったが、この場合何と言ったらいいのか、適当な言葉がなかなか浮んで来なかったので、帰ろうと思ってそろそろ歩き出すと、

「おい！」

という男の声が房内から飛び出て来たのでひどく吃驚《びっくり》して立止った。さては男の方はもう先に這入っていたのかと思いながら、何か自分に言伝《ことづ》てでもあるのかと鋭く神経を沈めて、危《あや》うく返事をしようとすると、急に女の泣声がぱったりと止んで、それから細々と語り合っているらしい男女の声が洩《も》れて来た。その時人の足音がこつりこつりと聞え

て来たので、さては監督があたりを警戒しているのだなと、感づいたので、彼は急いで小屋へ帰った。

この一組の逃走未遂者の中、男の方はすぐその翌日退院処分を食って追放されたが、女は五日間監房の中で暮して出された。が数日過ぎると、女の体は松の枝にぶら下って死んでいた。恐らくは胎内に子供でも宿っていたのであろう。

この小さな事件は、宇津の心に、悪夢のような印象を残した。彼は相変らず動物達と暮しながら、時々あの小さな光りの円形の中で行われたことが、はっきり心に蘇《よみがえ》って、苦しめられた。その度《たび》に、不安とも恐怖ともつかない真暗いものだが、ひたひたと心を襲って来るのを感じた。彼はあの時、自分でも驚くほど冷静だったのに、どうしてこう後になって強く心を脅すのか不思議に思われてならなかった。これはもはや一生涯心の斑点となって残るのではあるまいかと思ったりすると、自然心が鬱《ふさ》いで行った。

モルモットは一箱に一匹ずつ這入っていて、兎の箱と向い合って積み重ねられてあった。その間はちょっと谷間のように細まり、幅は三尺《じゃく》くらいしかなかった。宇津はその仄暗い間を、幾度も行ったり来たりして、彼等に食餌を与えていった。動物達は待ちかねたように飛びついて食った。宇津はその旺盛な食慾にもさほどの興味も覚えなかった。

赤い兎の眼が光線の工合で時々鋭くキラリと光った。モルモットの眼は、わずかな光りの変化にも、眺める角度の些細《ささい》な動きによっても、激しい色彩の変化を示した。実際モルモットの眼の色の変化の複雑さには宇津も、もう以前から驚かされていた。透きとおるような空色にも、水々しいブドウ色にも、無気味な暗紫色にも、その他一切の色彩に変化して眼に映った。しかしそれが生物のためか、自然色の美しさではなく、どこか底気味の悪い鋭さがあった。宇津は時々その眼色に全身を射竦《いすく》められてしまうような深い恐怖を覚え、自分の全身が獰悪《どうあく》な猛獣に取り巻かれているような気がしだして、息をつめて急いで外へ出ることがあった。彼にはどうしても動物達と馴れ親しむということが出来なかった。先日も子猿が、宇津の知らぬ間に誰かが投げ込んだものであろう細い縄切れを、足首に巻きつけてキャッキャッと騒ぐので、取ってやろうと箱の前にしゃがむと、猿は不意に金網の間から腕を出して、宇津の長い頭髪をぐいと摑んだ。彼は危く悲鳴を発するほど驚いて飛び退いたが、心臓が永い間激しく鼓動した。今日も幾度も行ったり来たりしているうちに、また恐怖が全身に満ちて来だして、ずっと前に見た猛獣映画の光景などが心に浮び上って来るので、急いで外へ出た。がまたすぐ中へ這入って行った。自分はもう何時死んでもいい人間なんだと強く思ったからだった。それならいっそ今死んだらどうだろう、何気《なにげ》なくそう思って上を仰ぐと、綱を掛けるに手頃の梁《はり》が見えるので、彼は兎の箱の上へ這い上って手を伸ばしてみた。心が変に楽しみに脹らんで来て、彼はにやりにやりと笑った。それからそろそろ帯を解《と》くと、梁に掛けた。二、三度試しに引いてみたが、十人が一度に首をくっても大丈夫確かなものだった。これに首を結《ゆ》わえて飛び下りさえすれば……ふうむ、死なんて案外訳なくやれるものなんだな、それではそんなに命を持て余さなくてもいいんだ、ここまで来て自分は平気なのだからもう何時でも死ねるに違いない、と思って安心すると、それならそんなに急いで死ぬ必要もないと思ったので、彼はまた帯を締めると、下へ降りた。そのとたんに、

「宇津さん。」

と呼ぶ間木老人の声が聞えたので、急いで外へ出ると、

「ほんとにやるのかと思いましたよ。」

と老人は軽い微笑を浮べながら言うので、ではすっかり見られたな、と思いながら、

「いや、ちょっと試しにやってみたんです。」

「ははは、そうですか試しにね。どうです、行けそうですか。」

「案外たやすく行けるんじゃないか、という気がします。」

「ふうむ。」

と深く頷《うなず》くと、何かに考え耽《ふけ》っていたが、

「あなたはどうして生きて行こうと思っていますか。」

と不意に鋭く、宇津の貌を視つめながら言った。こういう時、老人の過去の軍人的な面影がちらりと見えた。宇津はそれを素早く感じながら、どう答えたらいいのかに迷った。もうかなり以前から、考え続けている問題だった。彼は自分の感覚の鋭敏さは、対象の中からこの問題を解決する何ものかを見つけ出そうとする結果で、そして感覚が鋭敏になればなるほど、対象と自分との間は切迫して、緊張し、あたかも両端を結んで張り渡された一本の線の上に止っている物体のように、ちょっとゆるめればどうと墜落する間髪に危く身を支えているのだと思った。

「もう長い間探しているのですが、僕には生きる態度というものが見つかりません。」

老人は深く頷いて、また長い間考え込んでいたが、やがてそろそろ宇津の部屋に這入って行き、

「お茶でも味わして下さい。」

と静かな、幾分淋しげな声で言って、坐った。ひどく疲れているようであった。

勿論ここでは本式のお茶など点てらるべくもなかったが、それでも宇津は、湯加減や濃度によく気をつけて老人に奨めた。老人はちょっと舌の先にお茶をつけて、何か考え耽りながら味っていたが、

「桜井が死にましたよ。」

と言った。

「へええ、あのてんかん持ちの人ですか。」

「わたしの部屋にいる鬚を知っているでしょう。あれと喧嘩をしましてね。腹立ちまぎれに井戸へ飛び込んだのです。」

何時の時も二人の話は途切れがちで、無言のまま互に別々のことを考えながら向い合って坐っていることが多かったが、今日もそこまで言うと、途切れてしまって、老人は窓外に眼をやって、林の中をちょこちょこ歩いたり急に駈け出したりして戯《たわむ》れている仔犬を眺めていた。がしばらくすると、宇津の額をじっと視つめながら、

「変なことを訊くようですが、お父さんは御健在ですか。」

「はあ。」

と答えると、

「何時か一度お訊ねしたいと思っていたのですが、もしかしたらあなたのお父さんは日露戦争においでになられた方で、お名前は、彦三郎さんと言われはしませんか。」

「はあ、そうです。どうして御存じですか。」

「ふうむ。」

老人は唸《うな》るようにそう言うと、宇津の貌を熱心に視つめ出した。

「そっくりだ。その額が、そっくりです。」

宇津は何か運命的な深いものに激しく心を打たれながら、まだ額だけは病気に浸潤されていないことを思うと、急に額がかゆくなって来て、手を挙げると、老人はますますふうむふうむと感嘆して、

「その手つき、その手つき。もう何もかも、そっくりだ。」

「父を御存じなんですか。」

「知っているどころか、日露戦争の時には、同じ乃木軍に属していた、親友でしたよ。」

老人は遠い過去を思い浮べているらしかった。宇津はもうどう言っていいのか、言葉が出なかった。

「あの頃は、わたしも元気でしたよ。元気一ぱいで、御国のために働きました。ちょうど奉天の激戦の時で、物凄い旋風が吹きまくっていました。その中を、風のために呼吸を奪われながら、昼夜の別なく最左翼へわたし達の旅団は強行軍を行ったのです。敵軍の本国との連絡を断つためでした。その行軍の眼にも止まらぬ早業が、あの戦の勝因だったのです。けれどクロパトキンという敵の将軍も偉いやつでしたよ。あのクロパト

キンの逆襲の激しさには実際弱らされましたよ。わたしはそのために、とうとう、情《なさけ》ない話ですが、俘虜になってしまったんです。その時俘虜になった日本人が、千二百名もいました。少佐大佐なども数人やられました。」

老人はお茶を啜《すす》って、輝かせた瞳を曇らせながら、

「それからの八ケ月間というものは、ロシヤの本国で俘虜生活を続けました。勿論そんなに苦しい生活ではありませんでしたが、本国へ送られるまでの長い間の生活は、実際例えようもないほど、苦しいものでした。自殺をする者もかなりいました。それから重傷を受けた者、片手を奪われたもの、あの野戦病院から鉄嶺に送られた時は、地獄でしたよ。その時は夢中でよく覚えがありませんが、今から考えてみると、地面に掘った深い洞窟のような所へわたし達は入れられたのですが、そこで重傷者は大部分死に、本国まで行った時は、もう半分くらいの人数でした。」

老人は長い間、ロシヤでの俘虜生活を語って、宇津には背中の砲弾の痕を見せたりした。疵痕《きずあと》は三寸くらいの長さで、幅は一寸内外であろう、勿論普通一般の疵と変りはなかったが、宇津は興味深くそれを眺めた。かなり深い負傷であったらしく、そこだけが五分《ぶ》ほども低まっていた。

「どんな色をしていますか。」

と老人は背後の宇津に訊いた。

「そうですね、色は健康な人の皮膚の色と大差ありませんが、皺《しわ》が寄っています。」

と言うと、

「そうですか。」

と老人は、癩の疵でないことを示し得たことに幾分の喜びを感じたのであろう、満足そうに貌を晴れ晴れさせて、

「この病気の発病後に出来た疵は、どんなに治っても暗紫色をしているものなのです。」

と言って、老人は冷たくなったお茶をごくりと飲み、宇津が熱いのを再び注ぐと、老人はそれをちょっと舌の先につけて下に置き、深く何ごとかを考える風だったが、深い溜息を吐くと、

「ほんとうに、わたしは人間の運命というものを考えると、生きていることが恐しくなって来ます。」

と弱々しく言って、

「みんな夢でした。それも、悪い夢ばかりでしたよ。」

と続けて言って、かすかな微笑を浮べた。そして何時になくそこへ横《よこた》わると、長々と

足を伸ばして、

「あなたは人を信ずる、ということが出来ますか。わたしはもう誰も信ずることが出来ません。いやほんとうに信じ合うことが出来たとしても、きっと運命はそれを毀してしまいますよ。不敵な運命がねえ。あなたのお父さんとの場合もそうでした。生涯交わろうと約束したのでしたが、わたしの方から遂にその誓いを破らねばならなかったのです。わたしは苦しみましたよ。けれどわたしは、俘虜になったり、遂には癩病にまでなってしまったのですからねえ。とうとうわたしはここへ一人きりで隠れてしまったのです。ところがまたしても運命です。わたしの娘がこの病気になって、この病院へ来たのです。それからは、この娘だけを信じて、わたしのすべてはこの娘と共にするという覚悟で暮して来たのです。娘は今年で三十に余るのですが、それも生涯独身で暮す覚悟だとわたしに誓いました。だのに、その娘にも裏切られてしまったのです。」

宇津は悪夢のように思われる先日の光景を鮮明に心に描いて、運命に打ち砕かれた老人の切なげな声を聞いた。いうまでもなく老人の娘は二、三日前に自殺した女である。この病院へは、親子兄妹で来ているものがかなりあることは宇津も知っていたが、今目《ま》のあたり老人を見て、その苦悶《くもん》が一様のものでないことを、強く感じた。とたんに、大きな運命の力の前に弱々しくうなだれて行こうとしている自分の姿を感じて、ぐっと胸を拡げて反抗しようとしたが、宇津は自分に足場のないことを、この時切実に感じた。

その翌日老人は娘の死んだ松の枝で、同じように首をくくって死んだ。宇津は老人の死体を眺めながら、この時こそ安心し切っている老人の貌形に、死だけが老人にとって幸福だったのだろうと考えて、苦悶を浮べていない死貌に何か美しいものを感じたりしたが、自分の貌がだんだん蒼ざめて行って、今自分が大きな危機の前に立っていることを自覚しつつ深い溜息を吐いた。

吹雪の産声

松林の梢を鳴らせ、雑木の裸になった幹の間を吹き抜けて来る冷たい風が、ひっきりなしにこの重病室の硝子窓《ガラスまど》に突きあたっている。朝の間、空は地を映すかと思われるほど澄みわたっていたが、昼飯を終った頃から曇り始めて、窓の隙間から吹き込んで来る風は更に冷気を加えて、刃物のような鋭さを人々に感じさせていた。

午前中に一通《ひととお》り医療をすました病人たちは、それぞれの寝台にもぐり込んで掛蒲団《かけぶとん》を首まで引っぱってちぢまっている。暇になった附添夫たちは、当直の者を一人残して詰所へ引きあげてしまい、室内にはしんとした静けさだけが残っていた。鼻の落ちかかった病人が時々ぐすぐすと気持の悪い音をたて、冷たい風のため痛みの激しくなった神経痛の病人が堪《た》えられない呻声《うめきごえ》をもらしているが、それらは一層静けさを人々の胸にしみわたらせているようであった。さっきから、室の中央に出された大きな角火鉢の前で股

を拡げ、講談本かなにかを読み耽《ふけ》っていた当直の坂下も、やがて一つ大きい欠伸《あくび》をすると、

「用があったら、詰所にいるからな。」

と言い残して私の方をちょっと眺め、薄笑いをして出ていってしまった。

矢内の方に視線を移して見ると、寝苦しいのであろう短い呼吸を忙《せわ》しく吐きながら、それでもやはりまだ睡《ねむ》っているようである。さっきうったパントポンが効いたのであろう。食塩注射を既に数回もやらねばならなかったほど衰えた彼は、ここ十数日煉獄《れんごく》の日々が続いて浅い睡眠さえもめったにとれなかった。落ち窪んだ眼窩《がんか》は洞穴のように深く、その中にある紙のように薄くなった瞼《まぶた》では眼を閉じることも出来ぬのか細目に両眼を開いたままである。両頰に突起した顴骨《けんこつ》、細長いほど突き出た顎《あご》、そしてそこに生えているまばらな艶《つや》のない鬚《ひげ》を眺めていると、もはや死の今日明日に迫っていることを強く感じさせられるのであった。この男の死後襲って来るであろう孤独が頭をかすめ、こうした世界に生き残る自分のみじめさが胸にこたえて、私はいきなり彼を抱き起して寝台の上にしっかりと坐らせたい衝動を覚えた。その衝動をおさえ、立上ると足音を忍ばせながら室内をあちこちと歩いた。凍りついたような窓硝子の向うに、空はますます曇って流れ、ちらちらと白いものが舞い落ち始めている。時計を見るとまだ二時を少しま

わったばかりであったが、悪臭の澱《よど》んだ室内はたそがれのように薄暗かった。

寝台はずらりと二列に並んで、絆創膏《ばんそうこう》を貼りつけた頭や、パラフィン紙で包んだようにてらてらと光っている坊主頭や、頭から頸部《けいぶ》へかけて繃帯《ほうたい》をぐるぐる巻いた首などが、一つずつ蒲団の間から覗《のぞ》いている。頭の前に取りつけられた二段の戸棚になっているけんどんの上には、薬瓶や古雑誌などが載せられ、寝台の下には義足や松葉杖が転がされてある。その他血膿のにじんだガーゼ、絆創膏の切れはしなどがリノリウムの敷きつめられた床《ゆか》にぽつぽつと散らばって、歩いている私の草履《ぞうり》にからみつくのであった。入口のところまで来ると私はちょっと立停《たちどま》って外を眺め、すぐそこに見える狂人病棟の窓に、この寒いのに明け放って外へ半身をのり出し、なにやら呟《つぶや》きながらげらげらと笑っている狂った老婆を硝子越しに見つけると、引返してまた歩き出した。途中、部屋の中ほどまで来ると私はちょっと矢内の寝台を覗いて見、まだ睡っている彼をたしかめると、入口とは反対側の奥まった硝子戸まで歩をすすめた。硝子戸にぶつかるとまた立停って考えたが、私は思い切ってそれを開き、廊下へ出た。廊下を挟んでこちらに向いている小さな産室が二つそこにある。孕《はら》んだまま入院して来た女たちがここで産み、生れた子供は感染しないうちに自宅に引き取られ、あるいは未感染児童の保育所に送られるのである。廊下に立って、私はその部屋を一つ一つ覗いた。部屋の大きさは畳にすれば八畳くらいのものであろう、各室とも二つずつの寝台が並んでいる。妊婦《にんぷ》は今一人、右手の部屋にいるきりで、左の部屋は空《あき》になってい、がらんとした寝台の上を寒々とした風が流れていた。

　妊婦は窓の方に向って坐り、生れ出る子供の産着《うぶぎ》でも縫っているのか、大きな腹をかかえるようにして手を動かしている。彼女の腹は臨月であった。昨日も陣痛を訴えて医者を走らせたりしたのであったが、ここへ来るまで百姓をしていたという彼女の丈夫な体は、痛みが停るともう横になってはいないのであった。彼女の病勢はもうかなり進んでいて、小豆《あずき》くらいの大きさの結節が数え切れぬばかりに重なり合って出ている顔面は、さながら南瓜《かぼちゃ》のようである。頭髪は前額部の生際《はえぎわ》からいただきのあたりへかけてすっかり薄くなり、勢《いきおい》のない赤茶気たのが握り拳《こぶし》のように後頭部にくるくると巻かれている。彼女は何時《いつ》ものように小さな声で、自分の故郷に伝わっているのであろう民謡を口吟《くちずさ》んで、調子を合せ、上体を小刻みに揺り動かしているのが、背後から見る私の眼にも映るのであった。今までも彼女がこの唄を口吟んでいるのを幾度も聴いたことがあった。彼女は恐らくこの唄以外には一つも知らぬのであろう。声はほそぼそとしてその顔に似ず美しいものであったが、じっと聴いていると胸に食い入って来る呻きのようなものが感ぜられ、かえってなまなましい苦痛が迫って来る。それは長い間いためつけられた農婦が何ものかに向って哀願し訴えているようであり、また堪えられぬ自分の運命の怨嗟《えんさ》のようにも聴えた。私はその唄を聴くたびに千幾百年の長い癩者の屈辱の歴史が思い浮んで、暗い気持になった。

雪が激しくなって来た。私は部屋の前を離れると廊下の窓側によって外を眺めた。雑木の幹に白い粉が吹きつけて、半面はもう白く脹《ふく》らんで見える。空を仰ぐと、幾万の蚊が群がり飛びながら地上に向ってなだれ落ちて来るようである。ふと気がついてみると、さっきの唄声はやみ、その代りに小さくすすり泣く声が聞える。また泣き始めたのだ。彼女の唄声が何時の間《ま》にか泣声に変っているのを私はもう何度も聴いていた。常は病のことも忘れ腹の中に成長しつつある小さないのちに母らしい本能的な喜びを感じては口吟み始めるが、ふと院外《そと》に暮している夫を思い出したり、自分の病気が気にかかって来たりすると、頭がこんがらがって泣き出してしまうのであろう。彼女がほとんど同時に泣いたり笑ったりするのも珍しくはなかったのである。矢内の寝台から三つばかり離れて彼女と同年、すなわち三十四、五の女が肋膜を病んで寝ているが、彼女はそこへ来てよく話し込んで行くことがある。二、三日前もそこへ来て、腹の子供に与える名前のことなどを語り合っては、大きな、つつ抜けた声で笑っていたが、不意に黙り込んだかと思うとたちまちぽろぽろと涙を流し始めて、

「汝《にし》を育てることも出来ねえだよ。汝ァお母ァを恨むじゃねえぞ、お母ァは好きで癩《れえ》病になったじゃねえ。んだからな、んだからな、汝ァお母ァを恨むでねえぞ……。」と腹に向って口説《くど》きながら産室へ駈《か》け込むのであった。また、彼女は夜中に姿をかくして附添夫たちを騒がせたことも二、三度あった。彼女は寒さに顫《ふる》えながら雑木林の中でぼんやり佇《たたず》んでいた。附添夫がようやく見つけて、帰ろうと言うとおとなしく帰って来る。なんのためにあんなところで立っていたのかと訊《き》いても、彼女はただ黙っていて返事もしなかった。首でも縊《くく》る気だったのかと訊くと、急に激しい調子で否定し、あとはのどをつまらせて泣いてしまう。彼女自身でも自分がどうして夜中に室を抜け出したりしたのか判《わか》らなかったのであろう。彼女は絶えず喜びと苦痛とを一緒くたに感じて、こんがらがったままとまどい続けていたのだ。そしてただどうにかせねばならぬということだけを切実に感じて、夢中のまま部屋を飛び出したのであろう。

風が募り、雪は速力をもって空間を走った。暗灰色に覆われた空は洞窟のように見え、私は頭上に重々しい圧迫を覚えた。

「野村さん。野村さあん。いませんか。」

病室の方からそういう呼声がその時聴えて来た。私はとっさに矢内が眼をさましたのであろうと気づいて、

「ああいますよ、いますぐ。」

と、急ぎ足で病室へ這入《はい》った。とっつきの寝台にいる病人が私を見ると、

「矢内さんが呼んでいるよ。」

矢内は眼をさまして、じっと視線を近よって行く私の方へ向けている。

「気分、どう?」

彼は微笑をしたかったらしく、眼尻にちょっと皺《しわ》を寄せたが、すっかり肉の落ちた顔ではもはや表情をうごかすことも出来なかった。

「何か、用?」

「いや、なんにも、用はない。」

私はふと、彼の眼が異様な鋭さを帯びて来たのに気がつき、すると寒いものが胸をかすめるのを覚えた。彼はじっと私の顔に視線を当てていた、しかしよく見ると彼は私の顔を眺めているのではなく、どこか私の背後にでも注意をそそいでいるようである。彼の眼にはもう何も映っていないのではあるまいか、この鋭さは死を見る鋭さではあるまいか。私はじっとその眼を眺めているうち、その鋭さの内部に、暗黒なものを見つめてでもいるかのような恐怖の色がたゆとうているように思われるのであった。彼は弱々しい、衰え切った声で、途切れ途切れの言葉を吐いた。ひとこと毎《ごと》に忙《せわ》しく呼吸し、とも

すれば乱れそうになる頭を弱まった意識のうちに懸命につなぎ合せているらしく、私も彼といっしょに息苦しくなって来るのだった。

「苦しい？」

「そんなに苦しくない。」しばらく黙っていてから「苦しくないが、頭が、なんだかぼうっとして行くような気がする。」

「熱があるのかも知れないね。」

と言って私が額に掌《て》を置くと、彼は幼い児のように瞼を閉じた。熱はなかった。二時ちょっと前にあった午後の検温では、三十六度二分、という低い熱で、かえって低過ぎるのが心配であった。死ぬ前には妙に体温が下るものだということを何時か聴いたことのあった私は、額に掌《て》を広げながらも、むしろ熱があってくれればと半ば願っていた。けれど、

「熱ないよ。これなら大丈夫だよ。さっき睡れたからよかったんだよ。」

と私は彼を力づけた。

「眼をさましたら、君が、いないので……。」

「淋しかったのか。」

「うん、俺、今夜、死ぬよ、きっと。」

「馬鹿なこと言っちゃいけない。しっかり気をもって、がんばるんだ。」

私はじん、としたものを体に感じ、急いで、声に力を入れながら言った。

「あの子供、きっと、今夜生れるよ。早く生れないかなあ、俺、待っているんだけどなあ。」

そういう彼の言葉の中には、今夜生れるということを確信しているようなひびきがこもっていた。彼がどんなに子供の生れることを待っていたか、私の想像も及ばぬほどであった。彼はもう何度となく、早く生れないかなあ、とくり返していたのである。

「生れるよ。きっと生れるよ。」

と私は強く言い切って黙った。生れ出る子供よりも、彼の死の迫っていることを強く感じさせられて、私はもはや言葉がなかった。しかし死の近づきつつある彼が、どうしてこれほど子供の生れることを待っているのであろうか。ここへ来る前から小学校で子供を教え、また入院してからも病院内の学園に子供たちを相手に暮していた彼の、本能的な子供好きのためであろうか。私には不可解なものに思われるのであった。あるいは生れ出る子供の中に自己のいのちの再現を見ようとしているのか——。

「湯ざまし。」

けんどんの上に載せた薬瓶をとって、私は静かに彼の開いた口中へ流し込んでやった。

薬瓶の中にはかねてから造っておいた湯ざましが這入っているのである。仰向《あおむ》いているためのどを通しにくいのであろう。彼は口をもぐもぐと動かせていたが、やがてごくりと飲み込んだ。ごくりという音に、まだ彼が幾らかでも力をもっていることを私は知った。

「も、すこし。」

と彼はまた骨ばかりの顎を突き出し、唇を尖《とが》らせるのであった。

深い寂寥《せきりょう》が襲って来て、私は不意に何かにしがみつきたい衝動を覚えた。こうした施療院の堅い寝台の上で死んで行く彼は果して幸福なのか不幸なのか、そして生き残る私自身は――看護《みと》られる彼が不幸か、それとも看護る私の方が不幸なのか、更に今夜にも生れるかも知れないあの子供は、一体幸なのか不幸なのか。私はただそこに人間の手には動かし難いちから、運命的なちからを感ずるのみであった。だが、私は何にしがみつきたいのか、しがみつくものが果してあるだろうか。私がしがみつきたいと思ったのは、死んで行こうとしている彼の生命であった。だが死の迫った彼の命にどうして私を支える力があるか。私は今までの彼との交遊を思い浮べた。女性から遠ざかった私の対象を失った心は、彼の中に自分の力の源泉を見ようとした。あるいは彼の精神と私の精神との均衡裡の緊張に自己の墜落を防いで来たのである。だが、それも破れようとしているのだ。彼の死と共に、私の心は底知れぬ孤独の淵に墜落するであろう。

　桜の花が散って間もない時分、私は癩の宣告を身に受けて入院した。するとそこに矢内がいたのである。矢内は昨日入院したというのであった。私と彼とがめったにない親しさで交わるようになったのも、お互《たがい》に入院したばかりの孤独さ、お互に病院に慣れ切らない何を見ても恐怖と驚きとを感ずる感受性の一致が結びつけたためである。いやそれはお互に結びついたというよりも、むしろ私が彼にしがみついて行ったという方が当っていよう。二人の性質はほとんど正反対といってよかった。東北の果《はて》に生れ、雪の中に育った彼と、温暖な四国に生れた私とは地理的にも反対のものを示している。彼の言葉使いには常に鈍い重さがつきまとい、動作は牛のようにスローであったが、彼と対立すると私はいつも圧迫感を覚えた。

「おい、一石いこうか。」

と彼の部屋を覗いてみると、彼はたいていごろり横になって眠たそうな顔をしている。顔全体にかるいむくみが来て、眉毛《まゆげ》はもうほとんど見えないくらい薄くなっている。癩の進行程度は私とほぼ同じくらいである。

「うん、よし来い。」

　勿論《もちろん》二人とも定石《じょうせき》も満足に知らぬのであるが、相伯仲《あいはくちゅう》しているため二人にとっては力の入った勝負なのであった。彼は常に遠大な計画をもって迫って来る。私の石を遠巻きにしてじりじりと攻め寄って来る。時には私の石をみな殺しにかけようとでもするような、途方もない石の配りをすることもあった。しかし勝負は定《きま》って私の勝になるのである。私の石は巧みにぬらくらと逃げ廻りながら敵の弱点を一個所だけ破る。一個所でも破られると定石を無視した彼の計画は、もはや収拾がつかないでばらばらに分裂したまま死んでしまうのであった。石を投げて「もう一ちょう。」と彼は言う。口惜しそうにも見えないのである。師匠が弟子に負けた時のような悠々とした表情が彼の顔には流れている。

　この病院へ這入って来ると皆年齢をなくしてしまう。まだ十三、四の子供が大人に向って相対《あいたい》の言葉を使い、大人もまた平気で自分の子のような相手の友達になってしまうのである。大人にも子供にも、ただで食わされているという意識があるからであろう。私もいつの間にかこの習慣になれて、七つも年上である矢内に向って、おい、お前、君という風な言葉使いになっていた。私はこれをいけないと思うのであったが、矢内は少しも気にする風はなかったのみか、彼は私を鋭いところがあると言って尊敬さえもしているようであった。私の小賢《こざか》しい部分が彼の眼には鋭敏なものと見えたのかも知れない。私はそれに対してただ少しでも誠実でありたいと願う以外にはなかった。彼は間《ま》もなく学園に奉職するようになった。彼はもともと美しい男ではなく、低い小さな鼻、小さな眼、狭い額、その額に波形に這入っている深い皺、それらから来る印象はふとあの醜《みにく》い、手を有《も》った動物を聯想させるのであったが、しかし子供たちに囲まれてにこにことしている時の彼の顔は、どこにもないほど美しいものであると私は思った。眼尻に皺をよせ、頬をふくらませて笑っている姿は、素朴な美しさをたたえて、私はそこに長閑《のどか》な田園の匂いを嗅ぐのであった。そういう時、私は病気のことすらも忘れることが出来た。平常からめったに病気を忘れることの出来なかった私は、そうした姿を見る時、何故ともなくほっと溜息を吐いた。

こういうことがあった。

その時私は二週間ばかり病院から暇をとって父の家へ帰ったのである。その記憶は今もなお頭の中に黒い斑点として焼痕《やけあと》を残しているが、私は実はもう病院へは帰るまいと決意していた。病院へ帰らないでどこへ行こうというのか、癩患者は療養所という小さな片隅をおいては、この地球上どこにも平和な住家はないのではないか——いうまでもない、私の心は死に向って決意していたのである。

二週間の間、私は生と戦い続けた。父の許から帰ると病院へは来ず東京の町々をさまよい、ある時は鉄道線路の横に立って夜を明かし、ある時は遠く海を見に行った。私は私の生を、私の意志によってねじ伏せようとしたのであった。だが意志とはなんだろうか、意志と生命とがどうして別物だと考えられるか、意志をもって生命をねじ伏せる、要するに言葉の綾ではないか。意志が強ければ強いほど生への欲求の強いのも当然であった。私は方向を失ってしまった。死ぬことも出来ない、しかし生きることも出来ない。生と死の中間に挟まれて私は動きがとれなくなってしまったのだ。びしょびしょと雨の降る夜、電光の溢《あふ》れた街路に立って、折から火花を散らせながらごうごうと怪物のように駈けて行く電車の胴体へむしゃぶりついてみたかった。俺は癩病だ、俺は癩病だと叫びながら、人々でいっぱいの中を無茶苦茶に駈け廻りたくなったりした。犇《ひしひし》々と迫って来る孤独が堪《たま》らなかったのだ。雪崩《なだ》れるようにもみ合って通る人々、その中にぽつんと立っている私だけが病人であるとは！　私とその人々との間には越えられぬ山がそびえて、私だけが深い谷底から空を見上げて喘《あえ》いでいるように思われた。もし叫びまわることによって自分の五体がばらばらに分裂し去ることが出来たらどんなに良かったか。そういうところへ矢内からの手紙であった。

「――君の手紙を見ました。君の気持がどうであるかは僕はよく判ります。けれども、君は君の生命が君だけのものではないということを考えるべきです。君のものであると共にみんなのものです。みんなの中の君であると共に、君の中のみんななのです。君の中に僕が在るように僕の中に君が在ることを考え、どうでも生きて貰《もら》いたい僕の願いです。」

手紙は至って簡単で短かった。しかしこの短い中に流れている彼の真剣な声は、私の心にひびかずにはいなかった。この手紙の意味が私に十分読めているか疑わしいが、私はこの時切実に矢内のところへ帰りたくなった。彼の柔和な顔や、学園の子供たちを相手にしている姿などが蘇《よみがえ》って、この孤独感から抜け出るには彼以外にないと感じさせられた。私はその夜再び病院の門を潜った。彼は待ちかまえていて、大きな手でがしりと私の肩を摑《つか》んで、きらりと涙を光らせた。私が真に友情を知ったのはこの時であった。

半年ばかりたって彼はこの病室に入室した。急性結節の発熱であった。そしてそれきり彼は寝ついてしまったのである。

初めはすぐ退室出来るであろうと思って深く気にもとめなかった。また急性結節は小児のはしかのように、大切にさえすれば一命をとられるようなことは決してないのである。しかし不運にも急性結節の熱が退き、退室も間近《まぢか》になったと思われる頃になって、激烈な癩性神経痛が両腕に襲って来たのであった。急性結節の高熱に痛めつけられ、体力を失った矢先に来たこの神経痛は、彼の抵抗力のほとんどを奪い尽したのである。毎日一回ずつ巻き更《か》えてやる繃帯の中で、彼の腕は見る間に痩せ細って行き、摑んでみると堅い木の棒を摑んでいるような感じがした。その上へ極度な睡眠不足が重なり、一時的にもせよ痛みをとめて睡眠をとりたいと思って服用する強いアスピリンや、麻酔の注射は更に彼の力を衰えさせたのである。そしてやがてはその注射もアスピリンも効果が薄れて行き、遂には一睡も出来ぬまま夜を明さねばならなくなった。私は彼の寝台の前に立ちながら、何者に向ってともつかぬ憤《いきどお》ろしい思いになった。夜など、歯を食いしばり、額からだらだらと膏《あぶら》汁《じる》を流しながらじっと堪えている彼を見ると、私自身も歯を食いしばらねばいられない苦痛を感じた。こうした痛みを前にしてただ呆《ぼう》然《ぜん》と立っていなければならぬ自分の無力さ、またこの痛みに対してほどこす術を知らぬ医学の無能さ、そういったものに対する激しい怒りと共に、やがては私自身もこうした苦痛を堪えて行かねばならぬであろうという恐怖に、私の心は暗い淵の底に沈んで行くのであった。しかし一たび狂い始めた病勢は最後まで狂い続けねばやまない。間もなく彼は胸の痛みを訴えるようになり、肋膜炎の診断を受けねばならなかったのである。そういう日々の苦痛な生活がもし内臓に影響を及ぼさなかったならばそれは奇蹟であろう。急坂を駈け下りて行くように彼の病勢は悪化した。やがて肺結核が折り重なって弱り切った病体の上にのしかかったのであった。

吹雪はますます激しくなり、潮がおし寄せて来るように松林が音を立てた。入室以来十一ケ月、一日として休まることのなかった彼の病勢は、うち続いた長い嵐の日々であったのだ。彼の結核は俗にいう乾性であったため、喀血《かっけつ》するというようなことは一度もなかったが、それだけまた悪性のものでもあったのである。しかしそうした中にあって、一日も意力の崩れることのなかった彼——私にはそう見えたのである——は、私に何者にも勝って生きる意義を教えてくれた。

ある日のことであった。それは今から二ケ月ばかり前であった。私はほとんど毎日彼の病室を見舞っていたが、その時ちょっとした用件のため四、五日訪ねることが出来なかったのであったが、その日這入って行くと、彼はいきなり、

「つくづく生きなければならないと思うよ。」

と、堅い決意を眉宇《びう》に示して言うのである。何時ものようにおっとりとした調子ではあったが、私はその底に潜んでいるおしつけるような力を見逃すことが出来なかった。

「うん、生きなければいけないよ。だから早く元気になってくれ、早くね。」

彼は不快なものをふと顔に表わした。だから早く元気になってくれ、と言った私の言葉の日常的な卑俗さが気に触ったのであろう。が、間もなく彼らしく顔を柔げ、

「昨夜、二人死んだのだよ。一人はこの病室、も一人は、×号の人。」

人が死ぬとこの病院では、その病室の前で鐘を叩いて、病舎に住んでいる死人の知人

を集める習わしがある。その鐘の音を昨夜、二度も聴かされて、彼はしみじみと考えたというのであった。

「そしてね、僕はもっと真剣に病気と戦わなくちゃいけないと思ったのだ。今まで僕は、心から戦おうとはしなかったんだよ。僕は戦うよ。」

産室の姙婦が来たのはその翌日だった。この姙婦は彼の心に異常な衝動を与えたとみえ、彼は珍しくその日一日興奮の色を浮べながら、寝台の上に幾度も起き上ろうとするのであった。

「死ぬ人もあるけれど、生れる者もあるんだね。僕は今まで、人間が生れるということを知らなかった。忘れていた。僕は今まで、既に生れている者だけしか頭になかったんだ。」

と、彼は熱のこもった声で言った。

「うん。僕もそうだったよ。いや、僕は僕だけしか、今まで見えなかった。君にあの手紙を貰うまではね。」

「よかったよ。君にもみんなが見えるようになったんだから。そのうえに、生れて来るんだよ。次々に生れて来るんだよ。僕は初めて歴史を知ったんだよ。」

彼の肉の落ちた頬には喜悦が昇っていた。が、それを見た刹那《せつな》、私は、彼が意識しないにせよ既に死を感じていることをはっきりと知った。

　彼はその後もたびたび子供のことを語った。そして語る度《たび》に彼の顔に和やかな光りがただようのであった。それは体内にかがまっている胎児をまのあたり見ながら、その成長を楽しむ父親のような様子があった。だが、自分の病勢が進むにつれて焦り気味《ぎみ》になり、ふと不安な影が顔を包むようになった。早く生れないかなあ、と言う彼の声には、どこか絶望のひびきが感取されるのであった。

「おお、さむ。ひでえ雪になりやがったなあ。」

　矢内の寝台の向い側の男が、起き上って急いで襟《えり》を合せながらそう言って便所へ立って行った。

「ほんとだ、ひどい雪になったのね。」

　とその横の女が寝台に坐って大きな欠伸をした。それが動機になって方々で声がしだした。

「やあ、もう五、六寸《すん》はつもったぜ。」

　と片足の少年が叫んだ。少年は松葉杖をこっとんこっとんとつきながら窓際に立って行った。

　矢内は仰向けに寝たまま、じっと窓外を眺めている。雪の少ないここでは珍しい大雪であった。彼は自分の生れた土地を思い出しているのであろうか、私はふとあたりに北国の気配を感じるのであった。

「おうい諸君、お茶にしようか。」

と当直の坂下が詰所から出て来て叫んだ。室内は急にざわめき始めた。けんどんの戸をがたがたとあける音や、湯呑の触れ合う音などが入り混って聴えた。

「何か食べたくない?」

と私は矢内に訊いた。彼は首をちょっと左右に揺った。なんにも食べたくはないのである。


夜になった。私は矢内の横の寝台を空けて貰ってそこに宿ることにした。吹雪はますます激しさを加えて窓外に唸《うな》り続けている。ごうごうと林の音が聴える。どこか遠くで巨大な怪物が断末魔のうめきを呻いているようである。窓にはすべてカーテンが広げられ、室内は無気味な沈黙が続けられていた。私はやがて襲いかかって来る不幸の前に立って、それを待つともなく待っているかのような不安が病室全体を満たしているように思われてならなかった。雪のため各病舎からの見舞いもほとんどなかった。それでも宵のうちは入口の硝子戸が二、三度明けたり締めたりされたが、間もなくその数少い見舞客も帰ってしまうと、重苦しい静けさが一層人々の身にこたえるかのようであった。

「ああ、ああ、今日もこれで暮れたんだなあ。」

と向う端の男が呟きながら床《とこ》の中から腕を伸ばして、脹らんだ蒲団をとんとんと叩いて押えつけた。

「ほんとにねえ……何時までこんなくらしがつづくんだろうねえ……。」

それに応ずるともなく一人の女がこの世の人とも思われぬかすれた声を出して起き上った。彼女はそろそろと手探りで寝台をおりると、便所へ行くのであろう、あさくさ紙を口に啣《くわ》えて寝台と寝台との間を探り歩き始めた。頭から顔、頸《くび》、手足へかけてすっかり繃帯につつまれていた。眼も鼻も勿論繃帯の中になっている。外部から見えるのはただれくずれかかった唇だけであった。その姿はまだ仕上らぬ人形の型であった。顔もなければ指もなく、また人間らしい頭髪もない。ただ頭らしいもの、二本の腕らしいもの、二本の足らしいものがようやく象《かた》どられている白い模型が、薄暗い電燈の下を怪しげにゆらゆらとうごいて行くさまである。慣れている私も長く見るに堪えなかった。

矢内の呼吸が速くなった。私はじんと全身の毛立つのを覚えた。死ぬんじゃないか、という不安が頭をかすめた。

「矢内！」

と私は思わず高い声を出した。彼はものうく眼を開いて私を見る。私はほっと息を抜きながら、

「苦しくなった?」

と低い声で訊いた。

「くるしい——。」

と彼は力の無い声である。ほとんど聴きとれぬほど低い声であった。私はそっと彼の額に手を置いてみた。しかし熱はなかった。

「みみ、のなかで、なんだか、あばれて、あばれて、いる。」

「ええ?」

と私は聴きとれないで訊きかえしたが、すぐうんと頷《うなず》いて解《わか》ったような表情をして見せてやった。一言を出すに彼がどんな努力をしているかが察せられて、私は訊きかえしたりした自分が無慈悲なものに思えたのである。が、私はすぐその言葉の聴えた部分をつぎ合すことが出来た。彼は以前にも耳の中で何かがあばれているように耳鳴りがすると言ったことがあった。それから眼がかすんでならないとも言った。その時私がそれを医者に訴えると、まあ判り易《やす》く言えば全身結核、といったような状態なのだと教えてくれたのであったが、それから推して考えると彼は眼も耳も破壊されつつあるのであろう。

不安が私の心の中に拡がって来る。私は坂下に医者を呼ぶように頼んだ。坂下はさっきから心配そうに私らの方を眺めていたが、急いで廊下伝いに医局へ駈け出して行った。死んじゃいけない、生きてくれ、どんなことがあっても生きてくれ、と私は心の中で呟き続けた。坂下の足音が廊下の果に消えてしまうと、室内の静けさが身にしみ、矢内の出す呼吸の音がかすかに耳に這入って来た。

間もなく医者が来、診察が終ると、彼は私を寝台の陰に呼んで言った。

「まだ一日二日は大丈夫と思いますが、危険はありますから気をつけて下さい。」

そして変ったことがあればすぐ呼ぶようにとつけ加えて矢内の腕へカンフルを射《さ》して出て行った。医者の姿が硝子戸の向うに消えてしまうと、私は取りつく島を失った思いがし、もはや頼り得るものが何ひとつとして無いことを深く感じた。窓外に咆哮《ほうこう》する雪嵐はあくまで、生きようとする人間に対して敵意に満ちているように思われ、私は人間というものの孤独さ、頼りなさが骨までもしみ入るのであった。私はあらためて室内を眺めまわした。繃帯に埋まれたこの人達は果して生きているのであろうか、もし精神と肉体を備えたものが人間であるなら、これは人間とは言えぬであろう、それなら一体何だというのか、恐らくは人間という外貌を失った生命であろう、これはもう動物ですらあり得ないのではないか、人間としての可能の一切を失って最後の一線に残された命とはこれであろう。だが、私はこの時はっきりと知った。生命に対する自然の敵意を。私は病室の一歩外に荒れ狂い、喚《わめ》き咆哮する自然の盲目な力を見た。自然は絶間なく人間を滅ぼそうと試みているのだ。生命とは自然の力と戦う一つの意志なのだ。その時、矢内の唇がもぐもぐと動いているのに気づいて急いで耳を近づけた。

「うまれ、ない、かなあ、まだ、生れないかなあ……。」

咽喉《のど》の奥からしぼり出すような声であった。私は、はっと胸のしまる思いがし、

「生れるよ。きっと生れるよ。」

何が私にそういう確信を与えたのか、私は夢中になって、しかし断乎《だんこ》と言い切ることがこの時出来た。一瞬、矢内の眼が異様に輝いてじっと私の眼に釘づけされた。

その時、突然、がらがらと何かの転がる音が附添詰所であがった。

「何を！」と喚く声がそれに続いて、烈《はげ》しく罵《ののし》り合う声が聴えたかと思うと、とたんに入口の硝子戸が荒々しくあけ放たれて附添夫の一人が転がるように病室の中へ駈け込んで来た。と、その後からまた一人が追って来るとたちまち室内で子供のようなつかみ合いが始まった。

「この、ひょうろく玉。」「何を。この薄馬鹿。」「畜生。」「ぶっ殺してくれる。」そういう悪罵《あくば》を喚き合いながら二人はどたどたと床の上でもみ合った。僧兵のように頭の禿《は》げ

上った方が、やがて小兵《こひょう》な相手をリノリウムの上にねじ伏せてぼかぼかと頭を撲《なぐ》った。小兵な男は二本の足と二本の腕をばたばたともがいていたが、そのうち隙を狙って下からしたたか相手の顎を小突き上げた。上の男はワッというような悲鳴をあげて一瞬ひるんだが、たちまち物凄《ものすご》い勢《いきおい》で前よりも一層猛烈に打ち続けた。病人たちは仰天してみな起き上った。静かにしろ、と誰かがどなった。病室だぞとまた一人が叫んだが、二人の耳には這入らなかった。と、そこへ当直の坂下が駈け込んで来た。彼はさっき医者を呼びに行ってから、どこか他の病室の附添詰所にでも用があったのであろう、そのまま帰って来なかったのである。彼は物凄い勢で二人に飛びかかって行くと、

「ここを何処《どこ》だと思ってやがるんだ。このかったい野郎！」

と叫んで、上になっている男の頬桁を平手でぴしゃりと叩いて、背後から抱きすくめた。と、下の男が猛然とはね起きて坊主頭をぶん撲った。

「馬鹿！」と坊主を抱いた坂下が叫んだ。そして彼はいきなり坊主を放すと小兵な男の胸ぐらを摑《つか》んでぐいぐいと当直寝台の上に押しつけた。「仲さいは時の氏神ってことを、この野郎、知らねえな！」

「おい、静かにしてくれないか。」

と私はたまりかねて言った。

「それ見ろ！」と坂下が言った。「死にかかった病人がいるんだぞ、それで、き、貴様附添か、ここを何処だと心得てやがるんだ。」

「放してくれ、もう判った。」と押えられた男が言った、が、にやにやと笑いながら立っている坊主を見ると、たちまち憎々しげな声で「あん畜生、生意気な野郎だ。」

坊主は毒々しい嘲笑を顔面一ぱいに浮べながら、

「ヘッ、どっちが生意気だ。口惜しかったら外へ出ろ。病室は喧嘩をする場所じゃねえ。」

「じゃ、なんで手前《てめえ》俺の頭を撲りやがったんだ。」

「貴様が生意気だからさ。」

「生意気なのは手前じゃねえか、バットを三本呑みゃ死……。」

「よし判った。」と坂下が押えた。「もっとやりたけりゃ外へ出てやれ、とめやしねえ。」

そこへ詰所にいた残りの附添夫が二人、寝ていたとみえて単衣《ひとえ》の寝衣のまま寒そうに体をちぢめながら這入って来た。

「おい！」と坂下は小兵から手を放して立上ると、二人に向って言った。「手前ら、何だって喧嘩をとめねえんだ。病室で騒いでいるのをほったらかしとくとは、ふとい奴だ。」

「ははは、ははは、ばかばかしくてな、とめられもしねえさ。こいつらときたら。」

「何だい一たい、喧嘩のおこりは、ええ？」

と坂下は訊いた。

「この畜生が……。」と小兵が言いかけるのを、「手前だまってろ！」と坂下は一喝を喰わせた。

「おこりはこうさ。初めこいつが――小兵が――バットを三本煎じて呑んだら死ぬって言ったんさ。するとこの坊主が、いや死なねえって反対した訳さ。」

「ちぇッ。もっとましな喧嘩かと思ったらなんでえ、だらしのねえ喧嘩しやがる。」

と坂下は唾でも吐くように言った。病人たちがどっと笑った。

「バットを三本煎じて呑みゃ死ぬに定ってるじゃねえか。」

と小兵が苛立《いらだた》しげに言った。

「ちぇッ死ぬもんか。」

と坊主が言った。

「死ぬ。」

と小兵も負けていなかった。

「死なねえ。」

「死ぬ！」

「死なねえ。」

「じゃ貴様ここで呑んでみろ。口惜しかったら呑んでみろ。」

「馬鹿！」と坊主が大声でどなった。「もし呑んで死んだら手前どうするんだ！」

病人たちもみな思わず噴き出した。坊主は自分の失言に気づくと、急に真赤になって叫んだ。

「よし、呑んでやる！　持って来い。」

病人たちはもう腹を抱えるようにして笑った。坊主はますます苛立って来た。その時であった、私は産室から伝わって来るうめき声を聴いた。陣痛だ。

「おい坂下君、大変だ、大変だ。子供が生れそうだぜ。」

と私は夢中になりながら言った。

「えッ、そいつあ大変だ。やい！　そんな糞にもならんこたあ明日にしろ。坊主、手前は人の頭をぶん撲った罰に医局へ行って来い、俺はこっちの用意だ。」

異常な緊張した空気が病室を流れた。坊主が慌《あわただ》しく廊下を駈け出して行くと、坂下は産室の方へ飛んで行った。病人たちは寝台の上に坐って生れるのを待った。急に水をうったように病室全体がしんと静まった。地響きをうって雪の落ちる音が聴えて来る。吹雪はまだやまない。矢内の顔を見ると、彼もまた私の方に衰え切った視線を投げた。視線が、かっちりと合うと、彼の骸骨のような面《おもて》に微《かす》かな喜びの色が見えた。

「矢内、生れるよ。」

と私は力をこめて言った。彼はちょっと瞼を伏せるようにして、また大きく見開くと、

「うまれる、ねえ。」

とかすかに言った。今にも呼吸のと絶えそうな力の無い声であったが、その内部に潜まっている無量の感懐は力強いまでに私の胸に迫った。死んで行く彼のいのちが、生れ出ようともがいている新しいいのちにむかって放電する火花が、その刹那私にもはっきりと感じられた。

「いのちは、ねえ、いのちにつながっているんだ、よ。のむら君。」

と彼はまた言った。私は心臓の音が急に高まって来るのを覚えながら、言葉も出ないのであった。生命と生命とのつながり、私は今こそ彼の手紙がはっきりとよめた。そして彼の確信がどのようなものであるかを知ったのだ。間もなく一通りの準備を終えた坂下が産室から出て来た。彼は興奮の色を顔に表わしながら近寄って来ると、

「凄《すげ》えなあ。」

と吃《ども》るような声で言った。

「俺ァこの病院へ来てから、まだ一ぺんも赤児の泣声を聴いたことがなかった、癩病にゃ嬰児《こども》はねえと思ってたからな。」

私は思わず顔に微笑が漂って来るのを意識しながら、

「そうだよ。」

やがて廊下に急ぎ足が聴え、女医が看護婦を従えて這入って来ると産室の中へ消えた。坂下は夢中になって女医の後を産室へ再び這入って行こうとすると、看護婦が笑いながらとめた。

「だめよ。」

「ちぇッ。」

と坂下は残念そうに私の横へ引返して来た。

激しい呻きが聴えて来た。緊張した呼吸《いき》づかいが誰もの口から出た。病人たちは寝ようとしないでじっと生れるのを待っている。矢内は眼を閉じてじっとしている。私はふと不安になった。耳鳴りがしている彼の耳に、もし生れた嬰児の声が聴えなかったら――私は大切なものを今一歩というところで失ったような思いであった。

「矢内。」

と私は呼んだ。動かない。私はハッと全身に水を浴びたような思いで再び呼んだ。

「矢内！」

すると彼は静かに眼を開いて私の顔をまじまじと眺めた。私はほっとしながら言った。

「矢内、きこえるかい？」

彼はちょっと瞼を伏せてまた開いた。こっくりをして見せる代りであることを私は知っている。私は注意深く矢内の眼を眺めた。その眼の中にある感激に似た輝きがぱちぱちと燃え、空間の中に存在する見えぬ何ものかを凝視しているような鋭さが、その内部から湧き上って来る真黒いものに没し去られそうになるのを私は感じる。それは戦いである。深淵の底に消え失せようとする生命が新しい生命に呼びかける必死の叫びである。私は再び彼を抱き起してしっかりと寝台の上に坐らせたい欲求を覚えた。それは私の心の奥底から烈しい力で突き上って来る衝動であった。私は自分の腕がその時無意識のうちに動き出したのを知った。はっとして自省した時、その空間に差し出した手が震えるのを知った。空《むな》しいものが私の心の間隙に忍び込んで来た。私はまた何かにしがみつきたい欲求を覚えた。私自身が淵の底に吸い入れられて行くような気がしたのであった。私はその時絶望を感じているのか喜びを感じているのか判らなかった。その二つのものが同時に迫りぶつかって来るのだ。私を支えるものが欲しかったのであった。

坂下は私の横に立ったまま息をつめ、産室から来る呻声に調子を合せて、彼もううううと唸るのであった。

間。

それは緊張し切った長い時間であった。

突然、何かを引き裂くような声が聴えた。続いて泣き出した嬰児の声が病室一ぱいに拡がった。

「うー。」病人たちは低い呻声をもらした。期せずしてみんなの視線は産室の方に集まった。異常な感激の一瞬であった。その時矢内が不意にむっくりと起き上った。あっと私は声を出して彼の体を支えようと腕を伸ばしたが、その時にはもう彼の体はゆらゆらと揺れながら再び元の位置に倒れていた。私は驚きのあまりどきどきと心臓を鳴らせながら、歪んだ枕を直してやった。彼は静かに眼を閉じたまま何も言わなかった。

やがて、看護婦が子供を抱いて這入って来ると、

「男の子よ。」

と言って勝ち誇ったような顔つきをし、そのまま風呂場の方へ歩いて行った。堰《せき》が切れたように病室全体が遽《にわ》かに騒しくなった。附添夫と共に病人たちも元気な者はその後について集まって行った。と、そこからどっとあがる笑声が聴えて来ると、

「癩病でも子供は生れるんだ。」

と一人が誇らかな声を出した。続いて口々に言う声が入り乱れた。

「看護婦さん。俺に一度だけ、抱かせてくれろ、な、たのむ。」

「馬鹿言え、小っちゃくてもこの児は壮健だぜ。うっかり抱かせられるかってんだ。」

「病気がうつる。みんな引き上げろ。」

「だって俺ぁもう十年も子供を抱いたことがねえんだ。たった、一度でいい。」

「いけねえに定ってるじゃねえか、このかったい。」

「生れたばかりで抱かれるかい。」

「まるで小っちゃいが、やっぱり壮健だ。見ろ、この元気そうな面。」

「全くだ。俺ぁこいつの手相を見てやるかな、大臣になるかも知れねえ。」

「さわるな、さわるな。」

「こら、赤児、こっち向いてみろ、いいか、大きくなったって俺達を軽蔑するんじゃねえぞ、判ったな。しっかり手を握ってらあ。なんしろこいつあ病者じゃねえからな。」

そのうち坂下が出て来ると彼は急いで私の横へやって来て言った。

「凄え。凄え。」

あくる日の午後、矢内は死んだ。空は晴れわたって青い湖のようであった。降り積った雪の中を、屍体は安置室に運ばれて行った。屋根の雪がどたどたと塊《かたま》って地上に落ちた。産室からは勇ましく泣声が聴えて来る。私はその声に矢内の声を聴き、すると急にぼろぼろと涙が出た。喜びか悲しみか自分でも判らなかった。白い雲が悠々と流れている。

望郷歌

夏の夕暮だった。白っぽく乾いていた地面にもようやくしっとりと湿気がのって、木《こ》立《だち》の繁みではや蜩《ひぐらし》が急しげであった。

子供たちは真赤に焼けた夕陽に頭の頂きを染めながら、学園の小さな庭いっぱいに散らばって飛びまわっている。昼の間は激しい暑さにあてられて萎《な》え凋《しぼ》んだように生気を失っているのだが、夕風が吹き始めると共に活気を取りもどして、なんとなく跳《は》ねまわってみたくなるのであろう、かなり重症だと思われる児までが、意外な健やかさで混っているのが見える。

女の児たちは校舎の横の青芝の上に一団となって、円陣をつくり手をつなぎ合ってぐるぐると廻っていた。円の中には一人の児が腰を跼《かが》めて両手で眼をおさえている。望郷台と患者たちに呼ばれている、この小山の上から見おろしていると、緑色の布の上に撒かれた花のようだった。鶏三はしばらく少女たちの方を眺めていたが、あれはなんという遊びだったかな、と自分の記憶の中に幼時のこれと似た遊びをさがしてみた。うしろにいるのはだあれ、多分あれであろうかと思いあたると、急に頬に微笑が浮んで来るのだった。

少女たちは合唱しながらぐるぐると廻っていたが、やがて歌が終ると、つないでいた掌《て》を放して蹲《うずくま》った。すると今度は中に蹲まっていた児が立上るとみえたが、たちまちどっと手をうって笑い始めるのだった。西陽が小さな頬を栗色に染めているためか、癩児とは思われぬ清潔な健やかさである。

鶏三は芝生に囲まれた赤いペンキ塗りの小箱のような校舎と見比べながら、教室にいる時の彼等の姿を思い浮べた。今こうして若葉のように跳び廻っている彼等も、一歩教室へ入るが早いか、もう流れ木のようにだらりと力を失ってしまうのである。眼は光りを失って鈍く充血し、頬の病変は一層ひどく見え出して、何か動物の子供にものを教えているような無気味な錯覚に捉われたりするのであった。彼が学園の教師になったのは入院後まもなくのことであったが、教室へ這入《はい》った彼に一斉に向けられた子供たちの顔を初めて見た時、彼はいたましいとも悲惨とも言いようのないものに胸を打たれた。小さな頭がずらりと並んでいるのであるが、ある児は絶間なく歪んだ口から涎《よだれ》をたらしており、ある児は顔いっぱいに絆創膏《ばんそうこう》を貼りつけている。ひどいのになると机に松葉杖を立てかけており、歩く時にはギッチンギッチンと義足を鳴らせるという有様であった。一体この児たちに何を教えたらいいのであろう、また彼等にどういう希望を与えたらいいのであろう、そして二十五歳で発病した自分ですら一切の希望を奪われてしまっているのではないか、況《ま》して七、八歳の年少に発病した彼等が如何《いか》なる望みをこの人生に持ち得るというのか――。彼は教壇に立ちながら、この少年少女たちに対してはもう教えるものは一切なかったばかりでなく、教えることは不可能だと思ったのであった。彼の受け持っていた学科は国語と算術であったが、彼はそれ以来算術を他の教師に頼んで自分は作文を受け持ち、ただ思い切り時間を豊かに使用することに考えついた。彼は教科書を放擲《ほうてき》してしまい、国語の時間には童話を話してやったり、読ませてみたりし、作文はなんでも勝手に綴らせ、時間の半分は学園の外に出て草や木の名を教えた。それは教えるというよりも、むしろ、一緒になって遊ぶという気持であったのである。彼にはこの子供たちに対して教えるという風な気持になることがどうしても出来なかった。この年にしてこの不幸に生きねばならぬ運命を背負っているというだけでも、地上における誰よりも立派な役割を果しているのではないか、よしんばこれが立派な役割だと言えない無意味な不幸であるにしても、彼はその不幸に敬意を払うのは人間の義務であると信じたのであった。

子供たちは教室から一歩外へ出ると、たちまち水を得た魚のように生きかえった。血液は軀《からだ》の隅々まで流れわたって、歪んだ口の奥にも、腫《は》れ上った顔面の底にも、なお伸び上ろうとする若芽の力が覗《のぞ》かれるのだった。

「癩病になりゃ人生一巻のお終《しま》いさ、ちぇッ。」

という彼等の眼にさえも光りが増して、鶏三はそういう言葉も笑いながら聴いた。彼は一切を忘れて遊びに熱中している子供たちを眺めるのが何よりの楽しみであった。彼等は学科を全然理解せず、ただそれが自分たちには無意味であるということだけを本能的に感得していたが、遊んでいる時の彼等にとっては無意味なものはこの地上に一つもなかった。彼等は至るところに遊びを発見し、そこにすべての目的を置き、力を出し尽して悔いなかった。子供たちはみなそれぞれ恐しい発病当時の記憶と、虐《しいた》げられ辱《はずか》しめられた過去とをその小さな頭の中に持っている。それは柔かな若葉に喰い入った毒虫のように、子供たちの成長を歪め、心の発育を不良にしていじけさせてしまうのである。子供たちをこれらの記憶から救い、正しい成長に導くものは学科でもなければ教科書でもなかった。ただ一つ自由な遊びであった。彼等は遊びによってすべてを忘れ、恐しい記憶を心の中から追放する。それはちょうど、最初に出た斑紋が自らの体力によって吸収してしまうように、彼等自身の精神の機能によって心の傷を癒してしまうのであった。

鶏三はじっと、夕暮れてゆく中に駈《か》け廻っている子供たちを眺めながら、貞六、光三、文雄、元次、と彼等の名前を繰っていたが、ふと山下太市の顔が浮んで来ると、あらためて庭じゅうを眼でさがしてみた。そして予期したように太市の姿が見当らないと、彼は暗い気持になりながらその病気の重い、どこか性格に奇怪なところのある少年を思い浮べた。

その時どっとあがった女の児たちの喚声が聴えて来た。小山の上に立っている彼の姿を見つけたとみえて、顔が一せいにこちらを向いて、

「せんせーい。」「せんせーい。」

と口々に叫ぶのである。鶏三が歯を見せて笑っていることを知らせてやると、彼女等は蜘蛛《くも》の子を散らせたように駈けよって来て、ばらばらと山の斜面に這《は》いつき、栗や小松の葉をぱちぱちと鳴らせて、見る間に鶏三の腰のまわりをぐるぐると取り巻いた。そしてさっきのように手をつないで彼を中心にぐるぐると廻り、

中のなあかの小坊主さん

まあだ背がのびん

そんな歌を唄ってまたわあっと喚声をあげるのだった。そして手を放すと、今度は、

「かくれんぼしようよ、よう先生。」

と、わいわい彼を片方へ押しながら言うのであった。鶏三は笑いながら、

「よし、よし。さあ、じゃんけん。」

「あら、先生が鬼よ、先生が鬼よ。」

「なあんだ、ずるいね、じゃんけんで決めなきぁ……。」

「だって、先生おとななんだもの、ねえ、よっちゃん。」

「そうよ、そうよ。」

そして子供たちははやばらばらとかくれ始めるのだった。鶏三は苦笑しながら山の頂きに蹋まって眼をつぶった。

「先生、百、かぞえるのよ。」

「遠くまで行っちゃだめよ。」

木々の間を潜りながら彼女等は叫ぶのだった。

鶏三はふと人の気配を感じた。彼をさがして歩く女の児のそれではないことは明かである。小さな森のように繋った躑躅《つつじ》の間に身をちぢめていた彼は、首を伸ばしてあたりを眺めてみたが、それらしい姿は見当らなかった。陽はもう沈んでしまい、南空いっぱ

いに拡がった鱗雲《うろこぐも》だけがまだ黄色く染って明るかった。地上はもうそろそろと仄暗《ほのぐら》く、鶏三を撫《な》でる草は、露を含んで冷たくなっていた。先生、先生と呼ぶ子供たちの声が山の上から聴えて来たが、鶏三は立上ろうともしないで、じっと耳を傾けた。人の気配がするばかりでなく、彼は奇妙な歌とも呟《つぶや》きともつかない声を聴いたのである。好奇心を動かせて再び伸びあがり、山裾《やますそ》の方を眺めてみると、木の葉の陰に太市が一人でじっと坐っているのだった。そこからはかなりの距離があって、歌声はよく聴き取れなかった。それに木の葉が邪魔になって、はっきりと姿を見定めることも出来ないので、彼は相手に気づかれぬように注意深くにじり寄ってみた。もし彼が近寄って来ることを知ったなら太市は直《す》ぐに逃げてしまうように思われたのである。逃げ出さないまでも歌は決して唄わぬであろう。

鶏三は今まで太市が遊んでいる姿をほとんど見たことがなかった。大勢が一団になって遊んでいるところには太市は一度もいたためしがなく、何時《いつ》でもどこか人の気づかぬところで独りで遊んでいるのだった。学園などへもほとんど出ず夜が明けるが早いか子供舎を抜け出して、腹が空《す》かなければ何時までも帰って来なかった。子供たちも別段彼を嫌っているという訳ではなく、また太市も部屋の仲間に悪感情を持っているという訳でもないらしかったが、性格的に孤独なためか、それとも頭の足りないためか、みんなと歩調を合わすことが出来ないらしいのであった。勿論知能の発育はその肉体と共に不良であるのは明かである。

　年は今年十三になるのだが、後姿などまだ十歳の子供のようにしか見えなかった。顔はさながらしなびた茄子《なす》のように皮膚が皺《しわ》くたになってい、頭髪はまんだら模様に毛が抜けている。これでも血が通っているかと怪しまれるほど顔も手足も土色であった。鶏三が初めて太市の異常なところに気づいたのは、太市がちょうど熱を出して寝ている時であった。太市はたいていの熱なら自覚しないで済ませてしまうらしかったが、この時はぐったりと重病室の一室で眠っていたのである。かなりの高熱であったに違いなかった。見舞いに行った鶏三は一目《ひとめ》見るなり老いた侏儒《こびと》の死体を感じてぞっとしたのであるが、そこには生きた人間の相は全くなかった。と、突然太市の乾いた白い唇が動き始め、やがて小刻みにぶるぶると震えるのであった。何か必死に叫ぼうとしているらしいのである。鶏三は我を忘れて、太市、太市、と呼んでみた。そのとたんに太市は、ヒイ、ヒーと奇妙な叫声を発してむっくり起き上ると、枯枝のような両腕を眼の高さまでさしあげて、来る何ものかを防ごうとする姿勢になった。

「かんにんして、かんにんして――。」

と息もたえだえに恐怖の眼《まな》ざしで訴えるのであった。恐らくは、あの小さな心につきまとって離れぬ異常な記憶に脅かされているのであろう。子供たちの話では、発熱しない時にも三日に一度は真夜中に奇怪な叫声を発したり、そうかと思うとしくしくと蒲団《ふとん》の上で泣いたりするとのことであった。

つくつく法師なぜ泣くか
親もないか子もないか
たつた一人の娘の子
館にとられて今日七日
七日と思へば十五日
十五のお山へ花折りに
一本折つては腰にさし
二本折つてはお手に持ち
三本目には日が暮れて……

太市は草の上に坐って胴を丸め、両手で山の斜面に穴を掘っていた。歌声と調子を合せて上体を揺りながら腕を動かしている様子は、土人の子供が無心に遊んでいるようなロマンチックな哀感があった。鶏三はしばらくじっと太市の様子を観察しながら、こんなところでこんな歌を呟いて遊んでいるさまに意外な気がすると共に、また何か思いあたった思いでもあった。彼はその歌の調子や規則的に揺れる体によって、今太市が全く無我の境にいることを察した。穴を掘ることも、始まりは蟻《あり》の穴を掘るとか蚯蚓《みみず》を取るとかいう目的があったのであろうが、もうそうした最初の目的は忘れてしまって、ただ歌の調子をとるために意味もなく掘り続けているに相違なかった。多分頭の中にはこの歌によって連想される数多くの思出がいっぱいになっているのであろう。

鶏三は相手の胆を潰《つぶ》さぬように気を使いながら、顔に微笑を泛《うか》べて、

「太市。」

と友だちの気持になりながら低い声で呼んでみた。と、太市の肩がぴくッと動いて歌はぴたりととまり、手は穴に入れたまま石のようになった。振り返ってみようともしないのである。あるいは振り返って教師と顔を見合せる勇気がないのか……と、太市はまた前のように一心に穴を掘り唄い始めた。鶏三の声に、太市はただ何かの気配を感じてギョッとしたのであった。

「何やってるんだい？」

と言いながら鶏三は側へ寄って行った。すると、太市はほとんど異常ともいうべき驚

きようで、蝦《えび》のように飛び上ると恐怖の眼ざしで鶏三を見上げ、今にも泣き出しそうであった。

「太市はなかなか面白い歌知ってるんだね。」

と鶏三は親しそうに笑ってやったが、太市はやはりぷすんと突立ったまま、おどおどと見上げているのであった。頭の頂きに鱗のように垢《あか》がたまり、充血した眼からは脂が流れて、乾いたのが小鼻のあたりまで白く密着していた。しなびて皺だらけになった顔は、老人なのか子供なのか見分けるに困難だった。

「太市、もう晩になったから先生と一緒に帰ろうよ。」

と、今度は鶏三はこう言ってみたのであるが、ふと家を出る時何時もの習慣で誰か子供にでもやろうと考えて袂《たもと》に投げ込んでおいたチョコレートを思い出すと、彼はそれを取り出して太市に示し、

「そうら、チョコレートだよ。太市はチョコレート嫌いかい?」

瞬間、太市の眼がきらりと光ると、鶏三の顔と見較べておずおずと手を出しかけたが、何と思ったか急にさッと手を引込めた。そして敵意に満ちた表情になってじろりと白い眼で見上げたが、また欲しそうにチョコレートに眼を落すのであった。

「そらあげるよ、また欲しかったら先生の家へおいで、ね。」

しかし太市はもう鶏三の言葉を聴いてはいなかった。じっとその四角な品に眼を注いでいたが、相手の言葉の終らぬうちにいきなり手を伸ばしてひったくるように摑《つか》むと、まるで取ってはならぬものを盗《と》ったかのように背中に手をまわして品物を隠した。数秒、様子を窺《うかが》うように太市は鶏三の顔に眸《ひとみ》を注いでいたが、突然身を飜《ひるがえ》すとさっと草を蹴って駈け出した。とたんに太い松の幹にどんとぶつかってよろけると、くるりと振り返ってみてからまた一散に逃げて行くのであった。

松や栗の間を巧みに潜り抜けて、前のめりに胴を丸くして駈けて行く猿のような姿を鶏三は見えなくなるまで見送った。彼は他の明るい子供たちの方ばかりに眼を向けて、そこに子供の美しさや生命力を感じていい気になっていた自分が深く反省されたのだった。勿論彼とても意識して明るい子供ばかりを見る訳では決してなかったのであるが、何時とはなしに自然にそうなってしまい、なるべく病気の重い児からは顔を外向《そむ》け、太市のことなどほとんど忘れていることが多かったのである。とにかく明るい児にならないまでも、大勢で遊ぶことの楽しさをあの少年に教えねばならない。鶏三は強くそう考えると、そろそろと山の傾斜を登り始めた。がその時ふと彼はまだ夏にならない頃面会に来た太市の祖父を思い出した。背を丸くして駈けて行く太市の後姿が、その老人にそっくりであったのである。

その時の面会もまた異常なものであった。そしてそれ以来太市の病的な性格が一層ひどくなったのは明かであった。それまではたまには子供舎の近くで遊んだり、学園へも出て来て本を開いたりすることもあったのであるが、それ以来は全くそうしたことがなくなってしまった。そして人目につくことを極度に恐れ、顔には怯《おび》えたような表情が何時でもつきまとうようになった。

大人の患者たちがよく太市をからかって、

「太市の頭は馬鈴薯《じゃがいも》。馬の糞のついた馬鈴薯。」

などと言うことがあった。すると太市はいきなりあかんべえをして逃げ出すという無邪気な癖を持っていたのであるが、それすらもなくなってしまった。

その日はしょぼしょぼと梅雨の降っていたのを鶏三は覚えている。面会の通知があると鶏三は急いで子供舎へ出かけた。受持の教師である関係上彼は太市を面会室まで連れて行き、その親たちにも一応挨拶をする習わしであったのである。太市は運よく子供舎の前の葡萄棚《ぶどうだな》の下で、白痴のように無表情な貌《かお》つきでぼんやりと立っていた。葡萄の葉を伝って落ちる露が頭のてっぺんにぽたぽたと落ちかかるのだが、彼はまるでそれには気もつかないようであった。

「太市、面会だよ。」

と鶏三はにこにこしながら言った。こういう世界に隔離されている少年たちにとっては、親や兄弟の面会ほど楽しいものはない筈《はず》であった。今までにも彼は何度も子供たちを面会に連れて行ったことがあるが、面会だよ、と一言言うが早いか、彼等の顔はつつみ切れない喜びであふれ、どうかするときまり悪そうに顔を赧《あか》らめたりするほどであった。彼はそういう子供の可憐な喜悦の表情を予期していたのであるが、太市は信じられぬとでもいう風に合点のゆかぬ眼ざしである。しかし考えてみれば、他の子供には毎月に一度、尠《すくな》い児でも年に一度はこの楽しみを持っていたのであったが、太市は今までただの一度もこの経験を持っていないのである。この病院へ来る時も警察の手を渡って来たという。

「太市、お父さんかも知れないよ。」

と、鶏三は太市の気を引き立てようと思って言ってみた。

「お父さんは死んだい。」

鶏三はぐさりと胸を打たれた思いであった。が急に太市は独りで歩き出した。顔には他の児と同じように喜びの表情が見える。鶏三も嬉しくなって、

「お母さんかな?」

と、太市に傘を差し伸ばしてやりながら言うと、少年は答えないで一つこっくりをす

るのであった。

しかし期待は裏切られ、面会室の入口まで来るやいなや、太市は釘づけにされたようにぴたりと立停《たちどま》ってしまった。

室の中にはもう七十近いかと思われる老人が、椅子に腰をおろしていたが、子供の姿を見ると腰を浮せ、しょぼついた眼を光らせて、

「おお。」

と小さく叫んで、患者と健康者との仕切台の上に身を乗り出して来た。

「さあ上りなさい。」

と鶏三は太市に言って、自ら先に上って老人に軽く頭を下げ、振り返って見ると太市はやはり入口に立っているのであった。その顔には恐怖の色がまざまざと現われている。

鶏三は怪しみながら、

「どうしたの、さあ早く。」

と太市の手を摑もうとすると、少年はさっと手を引込めてしまうのである。

「太市。」と老人が呼んだ。「おじいさんだよ、覚えているかい。」

老人はもうぼろぼろと涙を流しているのであった。と突然太市はわっと泣き出すと、いきなり入口の柱にやもりのようにしがみついて、いっかな離れようとしないのであっ

た。鶏三が近寄って離そうとすると、少年は敵意のこもった眼で鶏三を見、老人を見て、その果《はて》は鶏三の手首にしっかりと噛《か》みついて、

「イ、イ、イ」

と奇怪な呻声《うめきごえ》と共に歯に力を入れるのだった。さすがに鶏三も仰天《ぎょうてん》して腕を引くと、太市はぱっと柱から飛び離れて後も見ないで駈けて行ってしまった。

老人はむっつりと口を噤《つぐ》んで、下を向いたまま帰って行った。鶏三が何を訊《たず》ねてみても老人は黙っている。ただ、ああ、ああと溜息をもらすだけであった。

しかし間《ま》もなく鶏三は太市の身上についてほぼ知ることの出来る機会が掴めたのであった。

少女たちとかくれんぼをした日から四、五日たったある夕方、涼しくなるのを待って彼は少年たちを連れて菜園まで出かけたのである。そこからは遠く秩父の峰が望まれ、広々とした農園には西瓜《すいか》やトマトなどが豊かに熟して、その一角に鶏三の作っている小さな畠もあった。

子供たちは蝗《いなご》のようにばらばらと畠の中に飛び込んで行くと、たちまちばけつや目《め》笊《ざる》などに自分の頭ほどもある大トマトがいっぱい収穫されるのであった。

鶏三は麦藁帽子《むぎわらぼうし》を被《かぶ》って畠に立ち、

「幹を痛めないように、鋏《はさみ》でていねいに切って……青いのは熟《う》れるのを待つこと……。」

などと叫んだ。

「やい、カル公、そいつぁ青いじゃないか。」

「ばかやろ、青かねえや、上の方が赤くなってらあ。」

「すげえぞ、すげえぞ、こいつは俺が食うんだ。」

「ヤッ蛇だ、先生、先生、蛇だ。」

子供たちはわいわいと言いながら畠の中を右往左往するのだった。

「先生、西瓜とっちゃいけないの？」

「西瓜はまだ熟れていないようだね。」

「熟れてるよ、熟れてるよ。」

「どうかね。もう二、三日我慢した方がいいようだね。」

「ううん、先生熟れてるんだよ。カル公と、向うの紋公とが熟れてるんだよ。」

鶏三は思わず吹き出して笑うと、

「じゃ、その二つを収穫しよう。」

子供たちはわっと喚声をあげると、収穫だ、収穫だと叫びながら、その二つを抱えて来た。西瓜には一つ一つカル公、紋公、桂公、信太郎などと名前が書きつけてあった。

一通り収穫が終った頃、急に地上が暗くなり始めた。気がついて空を見上げると、西北の空からもくもくと湧きあがった黒雲が、雷鳴を轟《とどろ》かせながら中天さしてかなりの速度で這い上っているのであった。と、はや大粒の雨滴が野菜の葉をぱちぱちと鳴らせ始めた。

鶏三は子供たちに収穫物を持たせて一足先に帰すと、大急ぎで彼等の荒した跡を見て廻った。そして採り残されてあるトマトのよく熟したのを二つ三つもぐと、目笊に入れて帰ろうと遠くに眼をやった時、雑木林の中から突然太市が現われて来たのであった。猟犬に追われる兎のように林の中から飛び出して来ると、まっしぐらに畠の中を駈けて行くのである。体の小さな彼の下半身は茄子やトマトの葉の下に隠れて、ただ頭だけがボールのように広い菜園のただ中を一直線に飛んでいるのだった。好奇心にかられて鶏三は立停って眺めた。とたんに暗雲を真二つに引裂いて鋭い電光が地上を蒼白に浮き上らせると、岩の崩れるような轟音《ごうおん》が響きわたって、草や木の葉がぶるぶると震えた。脱兎のように飛んでいた太市が、その時ばったり倒れて見えなくなった。鶏三は思わずあっと口走って足を踏み出した。

紐のような太い雨がざざざと土砂を洗って降り注いだ。稲妻は間断なく暗がった地上を照らし、雷鳴は遠く尾を引いて響いて行っては、また突然頭上で炸裂する火花と共に耳朶《じだ》を打った。鶏三は片手に笊をしっかりと抱き、片手ではともすれば浮き上りそうになる麦藁帽子を押えて、太市の倒れた地点に視線を注いで駈け出した。と、太市は、倒れたまま地面を這い出したのか、不意に二十間《けん》も離れた馬鈴薯畑に首を出すと、また一散に走り出して、果樹園の番小屋に飛び込んで行った。

鶏三も駈足で番小屋まで走り着くと、先《ま》ず内部を窺ってみた。中はほとんど真暗であった。西側に明り取りの小さな窓があって、断続する蒼い光線が射し込む度《たび》に小屋の中は瞬間明るくなった。荒い壁はところどころ剝《は》げ落ちて内部の組み合わさった竹が覗いてい、部屋の真中には湯呑やアルミニユムの急須、ブリキの茶筒などが散乱して、稲妻が光る度にそれらの片側が異様な光りを噴き出した。

番人は誰もいなかった。鶏三は眸を凝して稲妻の光る度に太市の姿をさがした。どこにも少年の姿が見当らないのである。

鶏三は思わず笑い出した。見当らないはずであった、太市は部屋の隅っこで向うむきになって蹲り、首と胴体とを押入れの中に懸命に押し込んでいるのであった。ぼろ布か何かが押入の中からはみ出しているのに似ている。鶏三は、

「太市、太市。」

と呼びながら上って行ったが、それくらいの声では太市はなかなか気がつきそうにもなかった。雷鳴が轟く度に太市は、輪なりにした尻をぴくんと顫《ふる》わせ、押入の中で、

「うおッ、うおッ。」

と奇怪な呻声を発しているのであった。

「どうした、太市。」

驚かせてはならぬと思いながら、しかし思い切って大声で呼ぶと、小山の下で呼んだ時と同じように激しく太市は仰天して飛び上ったが、押入の上段にごつんと頭をぶちつけて、

「いた!」

と悲鳴を発した。刹那《せつな》ひときわ鋭い稲光りが秋水《しゅうすい》のように窓から斬り込んで来て、太市は、

「うわッ。」

と押入の中に首を押し込んだ。冷たいものでひやりと顔を撫《な》でられたような無気味さに、鶏三も身を竦《すく》めて腰をおろすと、雷の鳴るうちは駄目だとあきらめて、入口の土砂降りを眺めた。

雨はほとんど二時間近くも降り続けた。時々雨足が緩んだかと思うと、また新しい黒雲が折り重なって流れて来ては降り募った。うち続いた菜園は仄明るくなるかと思うとすぐまた暗がり、その間を電光が駈け巡った。

やがて雨足が少しずつ静まるとともに、雷鳴が次第に遠方へ消えて行くと、洗われた地上にははや月光が澄みわたっているのだった。

「なんだ、月か。」

鶏三は馬鹿にされたようにそう呟いてみたが、その時彼の横をこっそり逃げ出して行こうとする太市に気づいて、彼はやんわりと少年の胴を抱きあげると、自分の前に坐らせた。雷に極度に脅《おびや》かされたためか、太市は放心したような表情でぼんやりと鶏三を見上げている。鶏三は立上って蜘蛛《くも》の巣だらけになった電燈のスイッチをひねると、

「恐かったろう、太市。」

しかし太市はもうむずむずと逃げ出しそうにして返事などしようともしないのである。

「しかしもう大丈夫だよ、今夜は先生と一緒に散歩しながら帰ろうよ、ねえ。」

太市は黙って下を向いたまま、畳の焼穴に指を突込んで中から藁を引き出し始めるのだった。鶏三はちょっと当惑しながら、

「太市はトマト好きかい？」

と食物の話に移ってみると、

「うら、好かん。」

と太市は笊を見ながら答えた。

「この前あげたチョコレートはうまかったかい。」

「うん。」

「そう、ようし、それでは今度は先生がもの凄《すご》くでかいのを買ってやろう。ねえ。」

太市は相変らず下を向いて、顔をあげようともしないのであるが、案外に素直なその答え方に鶏三は胸の躍るようなうれしさを味《あじわ》った。

「太市は面白い唄を知っていたね。あれ、なんて言ったっけ、つくつく法師なぜ泣くか、それから?」

太市はちらりと鶏三を見上げたが、すぐまた下を向いて頑固におし黙ったまま、じりじりと後退りを始めるのであった。鶏三はしばらくじっと太市の地図のようになった頭を眺めていたが、ふと奇妙なもの悲しさを覚えた。こうした少年を導こうとする自分の努力が、無意味な徒労と思われたのである。それにこの少年を一体どこへ導くつもりなのか、結局はこの児にとっては、林の中や山の裏で、蚯蚓やばったを捕えながら独りで遊んでいるのが一番幸福なのではないか。それに少年とはいいながら、この児の前途に何が来るか明かであった。あと二、三年のうちには多分盲目になるだろう、そして肺病か腎臓病か、そんな病気を背負い込んで長い間ベッドの上で呻き苦しむ、そして一条の光りも見ることなく小さな雑巾を丸めたように死んでしまう——これがこの児の未来であり、来るべき生涯である。年はわずかに十三歳ではあるけれども、しかしこの少年にとってはもはや晩年である。そしてこの少年と全く等しい運命が、他のすべての子供にも迫っているばかりではない、鶏三自身もこの運命に堪《た》えて行かねばならぬのである。子供たちの生活の中に生命の力を見、美しさを発見して、それを生きる糧《かて》としていた自分の姿さえ、危《あやう》く空《むな》しいものと思われるのであった。人生とは何だ。生きるとは何だ。この百万遍も繰りかえされた平凡な疑問が、また新しい力をもって鶏三の心をかき乱した。

「太市、帰ろうよ。先生と一緒に帰ろうね。」

それに、太市も鶏三もさっきの夕立でびっしょり濡れていた。無論《むろん》夏のこととてそれはかえって涼しいくらいであったが、しかし体には悪いであろう。

「お父さんは太市が幾つの時に亡くなったの?」

しめった土の上を歩きながら訊《き》いてみた。

「九つだい。」

と太市は怒ったような返事であった。

「太市はお父さん好きだったかい。」

しかしそれにはなんとも答えないで、急に立停ると、足先でこつこつと土をほじりながら、

「ばばさん。」

と呟いた。

「ふうん、じゃあ太市はばばさんが一等好きだったの。」

「うん。」

「ばばさんはいま家にいるのかい？」

「死んだい。」

「ふうむ。幾つの時に。」

「七つだい。」

「太市はつくつく法師の唄、ばばさんに教わったの、そうだろう、先生はちゃんと知ってるよ。」

鶏三は、月光の中に薄く立ち始めた夜霧を眺めながら、まだ五つか六つの太市が、祖母の膝《ひざ》の上でつくつく法師の唄を合唱している光景を描いた。太市は、どうして知って

いるのか、と問いたげに鶏三を見上げたが、急に羞《はずか》しげな、しかし嬉しそうな微笑をちらりと浮べた。

「太市はお母さんのところへお手紙を出しているかい？」

と鶏三は今度は母親のことを訊いてみた。どうしたのかその母親はただの一度も面会に来ないのである。しかしまだ生きていることは明かであり、太市がその母を慕っていることも、この前の老人の面会の時駈け出したのをみても明かであった。

するとと突然太市はしくしくと泣き始めるのであった。そして手紙を書いてもどこへ出したらいいのか判《わか》らないと言うのである。切れ切れに語る太市の言葉を綴り合せてみると、長い間患《わずら》っていた父が死ぬと、母親はどこかへ男と一緒に、この前面会に来た祖父と太市を残したまま「どこへやら行って」しまったというのである。その後のことは鶏三がどんなに訊いてみても、もう太市は語らなかった。そして長い間地べたに蹲み込んでなかなか歩き出そうともしないで石のように黙り続けるのであった。兄弟はあるのかないのか判らなかった。しかし鶏三はもうそれ以上追求してみる気はなかった。そして自分の舎へ帰ってからも、長い間太市のことを考え続けた。

「ばばさん」のことを言った時ちらりと見せた微笑や、「うん」と答える時の意外な素直さを思い出すと、暴風の中にたわみながらも張っている一点の青草を見た思いであった。そしてこうした考えがよしんば鶏三の勝手な空想や自慰であるにしろ、彼は太市の不幸を自分の眼で見てしまったのである。見てしまった上はもう太市を愛するのは義務なのだ。そう思うと彼はまた新しい力の湧いて来るのを覚えるのであった。

急いで草履《ぞうり》をつっかけて家を出たものの、鶏三は迷わずにはいられなかった。またあの老人が面会に来たというのであるが、一体会わせたものかどうか――勿論会わせてやり、太市の心に蟠《わだかま》っている老人への恐怖を取り除いてやるのがほんとうに違いなかったが、しかしこの面会によって、ようやく明るみに向い、どうにか過去の記憶を忘れかかっている太市の心を、再び暗黒の中に突き墜《おと》すような結果にならないとも限らないのである。もしそうなれば今までの鶏三の努力も水泡と帰してしまうのだ。

夕立の日以来、鶏三はかなりの努力をしてみたのである。彼は先ず、何よりも自分に信頼させるのが大切であると考えた。しかしこの場合にも直《ただ》ちに大勢の子供の中に引き込もうとしたり、あるいは何かを上から教えるという風な態度は一切禁物であった。彼は太市の友人にならねばならないと考えると、その日から暇さえあれば太市をさがして歩いて、一緒に蟬《せみ》を採ったりばったを捕えたりした。初めのうち太市は、彼の姿を見るともう一散に逃げ出したり、何時間か彼と一緒にいながら一口も口をきかなかったりしたものであったが、幸い鶏三にはどことなく子供たちに好かれる性質がそなわっていて、何時とはなしに太市も馴《な》れて来たのであった。

そして秋も深まった近頃では、三日に一度は朝早くから林の中に小鳥を捕りに出かけたりするようになった。太市は小鳥を捕ることに特異な才能を示した。鶏三の仕掛けた囮《おとり》が籠の中でただ空しく囀《さえず》っている間に、太市の囮にはもう幾羽もの小鳥が自然と集まって来て、彼は次々と収穫してゆくのであった。囮の籠にあたる朝日の工合や、仕掛けるべき樹の高さや、黐竿《とりもちざお》の置き方などがこの少年には本能的に知覚されるのか、鶏三はこういうところにも少年のもっているある自然な性質を感じるのであった。そして捕えた小鳥を片手でしっかりと摑み鶏三の許へ駈けて来る時の輝いた顔つきや、用意の籠にその鳥を投げ込んだあと、得意げに鶏三を見上げる興奮した無邪気な表情などを見ると、彼は思わず微笑が浮び、ふと自分の弟を見るような肉親感をすら覚えるのだった。

こうして太市と精神的にようやく融け合って来始めたいま、再び老人に会わせることは鶏三にとってはかなり苦痛であった。それにこの間の太市の作文を思い出すと、やはり老人に対して一種の嫌悪を覚え、会わせることが不安であった。勿論老人があああした恐るべき行為を執ったのも、よくよくせっぱつまってのことであろう、父が死に、母が逃げてあとに残された癩病やみの太市を連れて、恐らくはその日の糧にも困ったのに違いない。それは鶏三にも察せられるが、しかし今一息というところで再び太市の精神に暗い影を投げかけることは、許し難いことだと言わねばならない。

太市の作文というのは、『この病院へ来るまでの思出』という題を与えて綴らせたものであった。時間内に作らせることは困難だと思った鶏三は、これを宿題として何時でも出来た時に出すようにと言っておいたのであった。

ぼくがにわであそんでいるとおまわりさんが来て、ぼくによそへあそびに行ったらいかんといいました。お母さんはぼくをものき(物置部屋)にはいれといいました。ここから出るなといってぼくにみかんをくれました。ぼくはみかんを食いながらそこにおりました。ねずみが出てきてぼくの鼻をかみましたのでぼくはちょくちょくそとへ出てあそびました。それからお母さんはよそのしと(人)とどこへやら行ってしまいました。それからおじいがええところへつれて行ってやるといいました。町かときいたら町じゃといいました。橋のうえでおじいがええ月じゃみい太市といいました。ぼくがお月さんを見よるとおじいがぼくのせなかを突きました。

文はそこで切れていたが、これだけでもう何も明かであった。みかんを食いながら、と言うから、多分冬であったのだろう、物置小屋の片隅に蹲っている太市の姿や、氷のように冴えかえった月光を浴びて毬《まり》のように川に突き落された姿などが、鮮明な絵となって鶏三をうったのであった。

しかし自分の孫を川に突き落して殺そうとした老人の心事を考えると、鶏三はまた迷わざるを得なかった。勿論老人が悪いのではない、すべては癩にあったのである。しかしその癩なるが故に物置小屋に入るべく運命づけられ、親の愛情をすら失った太市を守る者が、この自分以外にどこにいるか——。鶏三は意を決して一人で面会室に出かけた。

面会室には例の老人が茶色っぽい木綿の袷《あわせ》を着て、ぼんやりと坐っていたが、鶏三の姿を見ると急に立って、小さな眼に微笑を見せるのであった。さきに見た時よりも一層憔悴《しょうすい》が目立っていて、微笑した顔はかえって泣面に見えた。鶏三はふと太市を連れて来なかったことに後悔に似たものを覚えながら頭を下げた。老人はきょろきょろと鶏三の顔を窺ってはあたりを見廻し、

「あの、太市のやつは……。」

と、いぶかし気《げ》におずおずと訊くのであった。

「はあ……。」

と鶏三は受けたが、さて何と言ったらいいのか、適当な言葉もすぐには見つからなかった。すると老人は仕切台の上に乗せてあった手拭《てぬぐい》をぎゅっと摑みながら、

「どこぞ悪うて寝ておるんではないかいの。」

と、はや心配そうに訊くのである。

「いや……。」

と鶏三は答えながら、ふと相手の言葉通り重病で面会は出来ないと言ってしまおうかと考えついたが、こういう偽りは彼の心が許さなかった。

「いや、あの児はまあ元気でいるんですが、弱ったことにはどうしてもここへ来るのは嫌だって言うのです。そしてどこかへ隠れてしまって出ないんです。」

これは鶏三の想像である。鶏三はここへ来る途中、やはり一応太市に老人の来たことを知らせようかと考えたのであったが、知らせた結果は、いま言ったようになることは明かに予想されるのである。

すると老人は、

「そうかいのう。」

と言ってうつむくと、握っていた手拭を腰に挟みながら、

「一目生きとるうちに会いとうてのう。」

と続けて鶏三を見上げた。が急にその眼にきらりと敵意の表情を見せると、すねた子供のように、

「しょうがないわい。しょうがないわい。」

と口のうちで呟いて、腰をあげるのであった。

「お帰りになるのですか。」

と鶏三が訊いてみると、むっとしたように相手をにらんで、

「帰るもんかい、一目見んうちは帰るもんかい。」

と怒り気味《ぎみ》に言って、また腰をおろすのであった。勿論鶏三に腹を立てているのではない、自分の内にある罪の意識と絶望とのやり場のないまま、ただ子供のようにあたりちらしたいのであろう。老人の顔には許されざる者、の絶望が読まれる。

鶏三は老人をじっと眺めながら、その黄色い歯や脂の溜った小さな眼、しなびたような小柄な体つき、そういったものがどことなく太市そっくりであるのに気がつくと、心のうちが侘《わび》しくしめって来た。すると今まで太市や、この老人に対してとって来た自分の態度までが、浅薄なひとりよがりのように思われ出し、自分の立っている足許の地の崩れるような不安を覚えた。

と、急に老人の眼が赤く充血し始めたが、たちまち噴出するように涙が溢《あふ》れると急いで腰の手拭を取って眼を拭ったが、しばらくは太市と同じようにしくしくと泣くのである。

「お前さんは、わしがあの児を憎んでると思うてかい、わしが太市を憎んでと思うて

かい。」

それは人生の暗い壁に顔を圧《お》しつけて泣きじゃくっている子供のようであった。鶏三は重苦しい気持のまま黙っているより致方《いたしかた》もなかった。老人は問わず語りにうつむいたままぶつぶつと口のうちで呟くのであった。

「監獄の中でもわしはあれのことを思うて夜もおちおち寝れなんだわい。こうなるのも天道様にそむいた罰じゃと思うてわしが何べん死ぬ気になったか誰が知るもんか。その時のわしの心のうちが人に見せたいわ。それでも、もう一ぺんあいつの顔が見たいばっかりに生きとったが……この前来た時は監獄から出て来た日に来たんじゃが、あいつはわしに会おうともせなんだ。なんちゅうこったか。わしの立瀬はもうないわい。あの日も駅で汽車の下敷になった方がよっぽどましじゃと勘考《かんがえ》もしてみたがのう、あれが生きとるうちは死にきれんわいな。養老院へ行ってもあいつの行きとるうちはわしは死にゃせんぞ……お前さんはわしが面会に来るのに菓子の一つも持て来んと思うて軽蔑していなっしゃろ、え、軽蔑していなっしゃろ。菓子は持て来んでも、わしはあれのことを心底から思うとる。この心がお前さんには通じんのかい。さ、一目会わせてくれんか、わしは一目、この眼で見んことには帰りゃせんぞい。たとえあいつが嫌じゃ言うても、わしは一目見たいのじゃ。遊んどるところでもええ、見せてくれんかの、頼みじゃ。」

この頼み通りにならんうちは決して動かないぞ、とでもいう風な老人らしい一こくな表情で言葉を切ると、つめ寄るように鶏三をみつめた。

相手の表情にけおされて鶏三は立上ると、

「それじゃ運動場へでも行ってみましょう、ひょっとしたらあの児もいるかも知れない。」

と言って老人を外へ連れ出した。がそのとたん、面会室の窓下にぴったり身をくっつけて内の様子を窺っていたらしい一人の少年が、蝙蝠《こうもり》のようにぱっと飛び離れると、二人の眼をかすめるように近くの病舎の裏に隠れたのが見えた。

「あっ太市、こりゃ、太市。」

と老人は仰天した声で叫ぶと、よろけるような恰好《かっこう》で駈け出した。と、校舎の角から不意に太市の小さな顔が出たかと思うと、またすっと引込んでしまった。鶏三も駈け出しながら、

「太市、太市。」

と呼んだが、もう音も沙汰もなかった。二人がその舎の裏に廻った時には、はや太市の姿はどこへ行ったか全く見当もつかないのであった。老人はしばらく未練そうにあちこちを覗いていたが、

「ええわい。もうええわい。」

と怒ったように呟いて、首を低く垂れて帰り始めた。

「またいらして下さい。この次にはきっと会って話も出来るようにしておきますから。」

と鶏三は言った。彼は今の太市の姿に強く心を打たれたのである。老人はもうなんとも言わなかった。そして握りしめていた手拭に初めて気づいて、あわてたように腰に挟みかかって、

「わしが悪いのじゃ。」

と、一言ぶつりと言うのであった。


子供舎では、学園から帰って来た連中が思い思いの恰好で遊んでいた。廊下にはラジオが一台取りつけてあって、その下に小さい黒板がぶら下り、
十月二十八日(木曜)六時起床。

朝、一時間勉強すること。

今日の当番、石田、山口。

などと書きつけてあるのが見えた。部屋の中には北側の窓にくっつけて机が並べてあ

り、二、三人が頭を集めて雑誌の漫画を覗いている。中央にはカル公と紋公とが向き合って、肩を怒らせて睨《にら》みあっていた。

「槍《やり》!」

とカル公が叫んだ。

「栗鼠《りす》!」

と紋公がすかさず答えた。

「するめ。」

とカル公が喚《わめ》いた。

「目白。」

と紋公が突きかかった。

「ろくでなし!」

「しばい!」

「犬。」

「盗人《ぬすっと》。」

「盗賊。」

「熊。」

「豆。」

「飯。」

「鹿。」

「カル公。」

「なにを！」

「バカ野郎、なにをってのがあるけ。やいカル公負けた、カル公負けた。」

「なにを！　負けるかい、負けるもんか。もう一ぺん、こい。」

「やあい、カル負け、カル負け、カル公負けた。」

紋公はそう怒鳴りながらばたばたと廊下へ駈け出した、カル公は口惜しそうに、

「やあい、もう一ぺんしたら負けるから逃げ出しやがった、やあい弱虫紋公。」

と喚きながら紋公の後を追うと、もう二人は仔狗《こいぬ》のように廊下で組打ちを始めるのであった。

門口まで老人を見送って急いで子供舎までやって来た鶏三は、部屋に太市がいないのを確めると、そのまま自分の舎の方へ歩き出したが、ふと立停った。そしてちょっと考え込んだが、すぐ太市を捜しに林の方へ出かけることにした。心の中にはさっきの老人の姿がからみついて、彼は暗澹《あんたん》たるものにつつまれた気持であった。あの老人はこれか

ら後どうして行くのであろう、あの口ぶりで世話をしてくれる者もいないらしい。養老院へ這入るのもそう容易ではないとするると、それなら乞食をするかのたれ死ぬか、恐らくはこのいずれかであろう。

林の中では、ようやく黄金色に色づき始めた木々の葉陰を、鶸《ひわ》や四十雀《しじゅうから》が飛び交っていた。空は湖のように澄みわたって、その中を綿のような雲が静かに流れている。鶏三は落葉を踏みながらあちこちと太市の姿を求めて歩くのだったが、少年の姿はなかなか見つからなかった。時々葉と葉の間から大きな鳥が音を立てて飛び立つと彼はじっとその鳥を見送ったりした。彼は太市をさがして歩く自分の姿が次第にみじめに思われ出して、草の上に坐り込むと、もう太市をさがすのも嫌悪されるのであった。そして投げ出した自分の足をつくづく眺めながら、気づかぬうちに拡がって行く麻痺部にさわってみたりした。そして何時の間にか頭をもちあげて来ている小さな結節に気づいてはっとすると、鮮かな病勢の進行に絶望的な微笑をもらして、立上ったとたんに、やけくそな大声で怒鳴ってみたくなった。

「うおーい!　太市。」

声は木々の間を潜り抜けて、葉をふるわせながら遠方へ消えて行った。

自分の声にじっと耳を澄ませていた彼は、それが消えてしまうのを待ってまた叫んだ。

「うおーい。」

するとふいにすぐ間近くで女の児たちの喚声があがった。

「うおーい。」

と彼女等は鶏三を真似て可愛い声で叫ぶのだった、そして入り乱れた足音を立てて、葉の間を潜り抜けて来ると、小山の上でしたように彼を取り囲んだ。

「先生が今日はすてきな歌を教えてあげようね。」

と鶏三は笑いながら言うと、

「さあ、みんなお座りなさい。」

「すてき、すてき。」

と子供たちは手をうってはしゃいだ。鶏三はちょっと眼を閉じて考えるような風をしてから、太い声で、うろ覚えの太市の歌を唄い始めた。

子供たちは鶏三に合せて合唱した。多分太市もどこかでばばさんを想い出しながら唄っていることであろう。鶏三は次第に声を大きくしていった。

童話

可愛いポール

ミコちゃんの小犬は、ほんとうに可愛いものです。丸々と太った体には、綿のように柔かい毛がふかふかと生えています。

名前はポールと言います。これはミコちゃんが、三日も考えてつけたのでした。ポールというのは、フランスの美しいお歌を作る先生のお名前です。

ミコちゃんはポールが大好きです。ポールもミコちゃんの言うことは何でもよく聞きます。またミコちゃんの行く所へは、どんな所でも家来のように従《つ》いて行きます。

「ポール！　ポール。」

と呼ぶと、どこにいてもポールは一目散に駈《か》けて来て、ミコちゃんの命令を待っています。

御近所のおばさん達も、ポールを見ると

「可愛いポール。可愛いポール。」
と呼んでは、ポールの一等好きなカルケットをごちそうしてくれます。そしてミコちゃんを見ると
「なんというお利口《りこう》なミコちゃんでしょう。」
と言って、口々にほめてくれるのです。それはポールがまだミコちゃんのお家へ来ない前ポールを助けてやったからです。

ミコちゃんがポールを助けたのは、雪でも降りそうな寒い日の夕方でした。お父様のお手紙を持ってミコちゃんはポストまで行かなければなりませんでした。北風がヒューヒュー吹いて手でも足でも凍ってしまいそうです。それでも元気よく駈けて行きました。すると赤いポストの横で、大勢の人が、何か口々にわいわいと言っています。それに混って大変悲しそうな犬の声も聞えて来るのでした。

どうしたのかしら？ と思って側へ近寄って見ると、それは野犬狩をしているのでした。

この寒いのに、一人は頭に穴のあいた麦藁帽子《むぎわらぼうし》をかむって、太い棒を持っています。もう一人はベトベトとよごれたオーバアを着て、恐しい眼つきであたりをにらんでいま

す。手には強そうな綱を持っています。

すぐ横には荷車が一台止めてあります。荷車の上には、大きな箱がのせてあって、犬をつかまえると、この箱の中へ押し込んでしまうのです。

恐しい眼つきをした男が言いました。

「まだ朝から二十匹しか捕らんぞ。」

穴あき帽子をかむった方が答えました。

「うん。もう十匹は捕りたいなあ。」

それを聞いて、ミコちゃんは、思わずぞっとしました。

車の上の箱の中からは、苦しそうにうんうんうなる声や、お母様のおちちがほしくなったのでしょう、仔犬の泣き声が、キャンキャンと悲しそうに聞えて来ます。

その時、まだ生れて間《ま》もないようなちいちゃな仔犬が、ちょこちょこと駈けて来ました。

きっと箱の中の、お友達の泣き声を聞いて、どうしたのか、と思って出て来たのでしょう。仔犬は大きな箱を眺めて、不思議そうに考え込みました。

恐しい二人の犬殺は、やがてこの仔犬を見つけてしまいました。

「おや、こんな小さいのが出て来たぞ。」

「これはすてきだ。どれ、捕えてやろうか。」

二人の犬殺は、両方から、仔犬をかこんで、はさみうちにしようとしています。

「まあ、可哀そうだわ。」

ミコちゃんは思わず声を出してしまいました。すると、その声を聞いたのか、仔犬は急に走って来て、ミコちゃんの足にじゃれつきました。急いでミコちゃんは仔犬を抱き上げました。

それを見た二人の犬殺は

「こら！　早く犬を出さんと、お前も、箱の中へぶち込むぞ！」

と叫んで、ミコちゃんをにらみつけました。

「いや、いやだわ。」

「どうしても出さんと言うんだな！」

大声で犬殺はそう言うと、無理にミコちゃんの手から仔犬をもぎ取ろうとします。ミコちゃんは力一パイに仔犬を抱いていましたが、大きな男にかかっては、かないません。とうとう取り上げられてしまいました。

「さあ箱の中へはいっておれ！」

可哀そうに、仔犬は首をつかまれて箱の中へ投込まれました。

ミコちゃんは可哀そうで可哀そうでなりません。なんとかして助けてやろうと決心しました。

「ね、おじさん。あたいがその犬飼うわ。だから下さいな。ね、おじさん、いいでしょう。」

ミコちゃんは一生懸命にたのみました。けれどだめです。

箱の中へ入れられた仔犬は、急に悲しくなったのか、キャンキャンキャンと泣いて、のどが破れて血が出るかと思われるほどです。早くお家へ帰って、お母様のおなかの下で温まりたくなったのでしょう、箱の中から、板を引っ掻《か》いては泣くのでした。けれど仔犬の力ではどうすることも出来ません。

それを見ていると、ミコちゃんも、なんだか悲しくなって来ました。

その時、黒いマントを着たやさしいおまわりさんが来て、ミコちゃんの頭をなでながら、

「感心な児じゃ。よしよし。おじさんが助けて上げよう。」

と言って、箱の中から、さっきの仔犬を出してくれました。さあ、ミコちゃんは大よろこびです。

「おじさん、ありがと。おじさん、ありがとう。」

と、いくどもいくども頭を下げてお礼を言いました。

この可哀そうな仔犬がポールだったのです。それからミコちゃんとポールは大の仲好になりました。ポールは何時《いつ》も、ミコちゃんのお家で幸福そうに遊んでいます。

それを見るとミコちゃんは、あの時ポールを救ってやって、ほんとうに良かったと、思うのでした。

すみれ

昼でも暗いような深い山奥で、音吉じいさんは暮して居りました。三年ばかり前に、おばあさんが亡くなったので、じいさんはたった一人ぼっちでした。じいさんには今年二十になる息子が、一人ありますけれども、遠く離れた町へ働きに出て居りますので、時々手紙の便りがあるくらいなもので、顔を見ることも出来ません。じいさんはほんとうに侘《わび》しいその日その日を送って居りました。

こんな人里はなれた山の中ですから、通る人もなく、昼間でも時々ふくろうの声が聞えたりするほどでした。取り分け淋しいのは、お日様がとっぷりと西のお山に沈んでしまって、真っ黒い風が木の葉を鳴かせる暗い夜です。じいさんがじっと囲炉裏《いろり》の横に坐っていると、遠くの峠のあたりから、ぞうっと肌が寒くなるような狼《おおかみ》の声が聞えて来たりするのでした。

そんな時じいさんは、静かに、囲炉裏に掌をかざしながら、亡くなったおばあさんのことや、遠い町にいる息子のことを考えては、たった一人の自分が、悲しくなるのでした。

おばあさんが生きていた時分は、二人で息子のことを語り合って、お互《たがい》に慰め合うことも出来ましたけれど、今ではそれも出来ませんでした。

来る日も来る日も何の楽しみもない淋しい日ばかりで、じいさんはだんだん山の中に住むのが嫌になって来ました。

「ああ嫌だ嫌だ。もうこんな一人ぼっちの暮しは嫌になった。」

そう言っては今まで何よりも好きであった仕事にも手がつかないのでした。

そして、ある日のこと、じいさんは膝《ひざ》をたたきながら

「そうだ！　そうだ！　わしは町へ行こう。町には電車だって汽車だって、まだ見たこともない自動車だってあるんだ。それから舌のとろけるような、おいしいお菓子だってあるに違いない。そうだそうだ！　町の息子の所へ行こう。」

じいさんはそう決心しました。

「こんなすてきなことに、わしはどうして、今まで気がつかなかったのだろう。」

そう言いながら、じいさんは早速町へ行く支度に取りかかりました。ところが、その

時庭の片すみで、しょんぼりと咲いている、小さなすみれの花がじいさんの眼に映りました。

「おや。」

と言ってすみれの側へ近よって見ると、それは、ほんとうに小さくて、淋しそうでしたが、その可愛い花びらは、澄み切った空のように青くて、宝石のような美しさです。

「ふうむ。わしはこの年になるまで、こんな綺麗《きれい》なすみれは見たことはない。」

と思わず感嘆しました。けれど、それが余り淋しそうなので
「すみれ、すみれ、お前はどうしてそんなに淋しそうにしているのかね。」

と尋ねました。

すみれは、黙ってなんにも答えませんでした。

その翌日、じいさんは、いよいよ町へ出発しようと思って、わらじを履《は》いている時、ふと昨日のすみれを思い出しました。

すみれは、やっぱり昨日のように、淋し気《げ》に咲いて居ります。じいさんは考えました。

「わしが町へ行ってしまったら、このすみれはどんなに淋しがるだろう。こんな小さな体で、一生懸命に咲いているのに。」

そう思うと、じいさんはどうしても町へ出かけることが出来ませんでした。

そしてその翌日もその次の日も、じいさんはすみれのことを思い出してどうしても出発することが出来ませんでした。

「わしが町へ出てしまったら、すみれは一晩で枯れてしまうに違いない。」

じいさんはそういうことを考えては、町へ行く日を一日一日伸ばして居りました。

そして、毎日すみれの所へ行っては、水をかけてやったり、こやしをやったりしました。その度《たび》にすみれは、うれしそうにほほ笑《え》んで
「ありがとう、ありがとう。」

とじいさんにお礼を言うのでした。

すみれはますます美しく、清く咲き続けました。じいさんも、すみれを見ている間は、町へ行くことも忘れてしまうようになりました。

ある日のこと、じいさんは
「お前は、そんなに美しいのに、誰も見てくれないこんな山の中に生れて、さぞ悲しいことだろう。」

と言うと
「いいえ。」

とすみれは答えました。

「お前は、歩くことも動くことも出来なくて、なんにも面白いことはないだろう。」

と尋ねると
「いいえ。」

とまた答えるのでした。

「どうしてだろう。」

と、じいさんが不思議そうに首をひねって考えこむと
「わたしはほんとうに、毎日、楽しい日ばかりですの。」

「体はこんなに小さいし、歩くことも動くことも出来ません。けれど体がどんなに小さくても、あの広い広い青空も、そこを流れて行く白い雲も、それから毎晩砂金のように光る美しいお星様も、みんな見えます。こんな小さな体で、あんな大きなお空が、どうして見えるのでしょう。わたしは、もうそのことだけでも、誰よりも幸福なのです。」

「ふうむ。」

とじいさんは、すみれの言葉を聞いて考え込みました。

「それから、誰も見てくれる人がなくても、わたしは一生懸命に、出来る限り美しく咲きたいの。どんな山の中でも、谷間でも、力一パイに咲き続けて、それからわたし枯れたいの。それだけがわたしの生きている務めです。」

すみれは静かにそう語りました。だまって聞いていた音吉じいさんは

「ああ、なんというお前は利口《りこう》な花なんだろう。そうだ、わしも、町へ行くのはやめにしよう。」

じいさんは町へ行くのをやめてしまいました。そしてすみれと一所に、すみ切った空を流れて行く綿のような雲を眺めました。

随筆

発　病

いったいに慢性病はどの病気でも春先から梅雨期へかけて最も悪化する傾向がある。結核などはその著しい例であろうと思うが、癩もやはりそうで、この頃になるとそれまで抜けなかった頭髪が急に抜け始めたり、視力が弱って眼がだんだんかすんだり充血したりする。私もこの春突然充血した眼が、いまだに良くならないでいる。勿論《もちろん》その頃に較べるとずっと良くなったし、それに秋がもう始まっているのでだんだん良くなって行きつつあるが、それでも一度充血するともう完全な恢復《かいふく》は不可能である。それ以来ずっと視力が衰えて、夜などちょっと無理をして本を読み過ぎたりすると、翌日は一日中じくじくと眼の中が痛む。何かひどくしみる薬液——たとえば硝酸銀——をさされたようで、黒い眼鏡でも掛けない限り、明るい屋外を歩くことが出来ないくらいである。まことにそれは憂鬱《ゆううつ》なものである。

だから、癩の発病も定《きま》って春さきで、秋や冬に発病したというのは非常に少い。私が発病したのもやはり春、四月頃だったと記憶している。発病とは無論《むろん》自覚症状を言うのであって、それまでには病勢は相当進んでおり、彼等は長い潜伏期のうちに十分の準備工作を進めて居るのである。

自覚症状に達する前一ケ年くらい、私は神経衰弱を患《わずら》って田舎でぶらぶら遊んでいたが、今から考えてみるとそれは既に発病の前兆だったのである。変に体の調子が悪く、何をやるのも大儀で、頭は常に重く、時には鈍い痛みを覚えた。極端に気が短くなって、ちょっとしたことにも腹が立って、誰とでも口論をしたものであった。

それでいて顔色は非常に良く、健康そのもののようだと人に言われた。両方の頬っぺたが日焼けしたようにぽうと赧《あか》らんで、鏡など見ると、成程《なるほど》これは健康そうだと自分でも驚いたくらいであった。従姉《いとこ》などに会うと、お前は何を食ってそんなに顔色が良くなったのか、神経衰弱なんてうそついているのだろうと言われた。そしてこれが、やがて来るべき真暗な夜を前にして、ぱっと花やぐ夕映《ゆうば》えのようなものであろうとは、私は無論知らなかった。

そのうち年が更《かわ》って一ケ月もたたぬうちに私のその健康色は病的な赤さに変って、のぼせ気味《ぎみ》の日が続き、鼻がつまってならなくなり出した。医者に診て貰《もら》うと鼻カタルだと言われた。それで一日三回薬をさしたが、ちっとも効かないで日が過ぎた。

　こうして二月も半ば過ぎたある日、私は初めて自分の足に麻痺部のあることを発見した。どういう工合にして知ったのかもう忘れてしまったが、ひどく奇異な感じがしたので、何度も何度もつねってみたり、ためしに針をつきたててみたりしたのを覚えている。おかしいと思ったが、しかし別段かゆくも痛くもないことなのでそのままほったらかしておいた。ところが、そうしたことがあってから間《ま》もないある日、寝転んでぱらぱらとめくっていた雑誌に癩のことが書かれてあるのを発見し、好奇心にかられて読んでみたのであった。そしてそのとたんに私はさっと蒼白になったのを覚えている。

　私は不安になったのである。俺は癩かも知れない。癩だろうか、そんなばかなことが、しかしそうかも知れない。私は夢中になってズボンをまくり上げ、麻痺部を調べた。ひょっとしたらもう麻痺なんか無くなっているかも知れない。そう思ってまたつねってみたのだったが、やはりそこには何の感じも伝わって来なかった。しかし麻痺したからって必ずしもレパーだとは言えないじゃないか、と私は自分を元気づけてみたりしたが、不安は暗雲のように広がった。人間が運命を感ずるのはこういう瞬間である。私はどがんと谷底に墜落した思いで、運命と鼻をつき合せたような感じであった。真黒いものが潮鳴りのような音をたてて私にうちかかって来た。私はその時初めて闇というものを見たのである。

しかし私はすぐ冷静になり、冷静になると同時に自分の驚きの大きさがばかばかしくなった。よし癩であることが確実だとしても、何も驚く必要はありゃしない、現代の医学では治癒するというじゃないか、それに、第一この俺が癩病患者になるなんて信ぜられんじゃないか、この俺が。——

大臣でもルンペンになり得るということを、私はその時知らなかった。人は誰でも、自分は特別の位置にあると思い込んでいるし、またそう思っていればこそ生きられるのであるが、私もやはりそうであったのだ。例えば新聞で殺人事件や自殺の記事を読んでも、自分がそうしたことの当事者になることがあろうとは誰も考えぬであろう。なんとなく自分とは別な種類の人間がすることのように思うのが普通である。しかし別な種類の人間などどこにもいはしないのである。人は誰でも同じである。一朝ことが間違えば強盗でも強姦でも殺人でも自殺でも、その他なんでもなし得るのが人間の宿命である。俺が兎《と》に角《かく》その時私は、自分が癩者になり得るとはなかなか信ぜられなかった。俺が癩患者だって、ばかな！　と私は自分の考えをひと蹴りしたのであった。

けれども、それから一ケ月も経たぬうちに更に自分の新しい症状を知らねばならなかった。もう夕刻近かったと覚えているが、妙に眉毛《まゆげ》がかゆく、私はぼりぼりと掻《か》きながら自分の部屋へ這入《はい》った。そして何気《なにげ》なく指先を眺めると抜けた毛が五、六本かたまってくっついているのである。おかしいと思ってまた掻いてみると、また四、五本くっついているのであった。おや、と思い、眉毛をつまんで引っぱってみると、十本余りが一度に抜けて来る。胸がどきりとして、急いで鏡を出して眺めてみた時には、既に幾分薄くなっているのだった。私は鏡を投げすて、五、六分の間というもの体をこわばらしたままじっと立竦《たちすく》んでいた。LEPRA! という文字がさっと頭にひらめいた。ほとんど決定的な感じがこもっていた。私はけもののように鏡を拾い上げると、しかし眺める気力もなく畳に叩きつけたのであった。

三日たって、私は村から五里《り》隔った市《まち》の病院へ診察を受けにいった。家の者には市へ遊びに行って来るからとごまかしておいた。家の者といっても私は祖父母との三人暮しであったが。父は義母と共に義弟や義妹を連れて別居していた。

その病院は市《まち》ではかなり信用のある皮膚科専門で、院長はもう五十を過ぎたらしい人である。待つ間もなく私は診察室に通された。麻痺部を見せ、眉毛の脱落を述べると、彼は腕を組んで、頰に深く皺《しわ》を寄せて私の貌《かお》を眺めた。

「どういう病気でしょうか。」

と訊《き》いてみたが、ううむと唸《うな》るだけで返事をしなかった。私はその重大そうな表情で、もう自分の病名を言われたのと同じものを感じとった。私は自分でも驚くほど冷静であった。

「レパーじゃないでしょうか。」

と思い切って訊《たず》ねると、

「そうだろう。」

と彼は圧《お》しつけるような重々しい声で言った。私は今その時のことを考えながら、どうして彼が、私の言葉に対して「そうだ」とは言わなかったのか不思議でならない。そうだろう、とはまことに医者らしくない言葉だからである。そうだと断定するのは残酷な気がして言えなかったのかも知れない。

「あんたの家族にこの病気の人があるのかね。」

「いや、ないです。」

「二、三代前にあったという話は聴かなかったかね。」

「全然そんなことはありません。しかしこれは伝染病じゃないのですか。」

「そう、伝染だがね、ちょっと……。」と言葉尻を濁して黙った。しばらくたってから、

「研究中ということにしておきます。診断すると警察の方へ通知しなければならないから。」と言って出て行った。入れ違いに年をとった看護婦が来て私を寝台の上にうつぶ

せに寝かした。私は初めて大楓子油《だいふうしゆ》の注射を尻へしたのであった。

外へ出ると、私はすぐその足で本屋へ立寄って土田杏村の『哲学概説』と他に心理学の本を二、三冊買った。何のためにその本を買ったのか自分でも判《わか》らなかったが、兎に角何かして気をまぎらわしたかったのに違いない。私はそれから市中をあっちこっちと歩き廻って最後に活動小屋へ這入った。大して絶望もしないで、私は極めて平然としていた。しかしその平然とした気持の底に、真黒な絶望と限りない悲哀が波立っていることを、私はかすかに意識していた。そういう意識があったからこそ本を買ったり活動小屋へ飛び込んだりする気になったのである。

それは、何かの糸口を見つけて湧き立って来ようとする絶望感を、じっと押え耐えている気持であった。その気持をもし横からちょっとでもつつかれたりすると、私はたちまちその場でがっくりと膝《ひざ》を折ってしまったであろう。

活動は「キートンの喜劇王」だった。館内は割れるような爆笑の渦で波立っていたが、私はちっともおかしくなかった。大げさな身振りと少しも現実性のない場面と場面の重なりが腹立たしくてならなかった。私は人々と同じように笑えなくなった自分を意識した。とたんに激しい孤独感が押し寄せて来そうになった。私は必死になってそれに反抗し堰《せ》きとめようと努力した。何でもない、何でもない、俺はへこたれやしないと声に出して無理に呟《つぶや》いた。

小屋を出ると運の悪いことには小学校時代の友達にばったり出合った。彼はその小屋のすぐ近くの店に奉公しているとのことであったが、私はそれまで知らなかった。二人は貧弱なカフェに這入ってビールを飲んだ。酒を飲んではいけないとさっき病院で聴かされて来たばかりだったが、私は別段やけでもなく三本を飲んだ。そして更にウイスキーを三、四杯飲んで、それから別れた。しかし少しも酔っぱらわなかった。

家へ帰るのがなんとなく嫌悪されてならなかったので、私は海辺へぶらぶらと歩いて行った。東京でいえばちょうど芝浦といったようなところで、埋立地になっている所には、不用になったボイラーや、鉄くずや、木材などが積んであった。もう夕方になっていたので、海は黒ずんで、底の方に怪物でも忍び込んでいるような気配がした。夜というものはその怪物の吐き出す呼吸に違いない――薄闇の中に融かされているように煙った海原を眺めながら、そんなことを思っていると、不意に「ああ俺はどこかへ行きたいなあ。」という言葉が自分の口から流れ出た。言おうと思って言ったのではなかった。自分の中にいるもう一人の自分が、せっぱつまって口走ったように、客観的に聴えた自分の声であった。泣き出しそうに切ない声であったのを、私は今も忘れることが出来ない。

こうして私の癩生活は始まったのだった。私は十日に一度ずつその病院へ通った。勿論祖父母にも別居している父にも病名を明して、半年ばかり通い続けた。しかし何の効果もないことは勿論である。そしてすべての癩者がするように、売薬を服用し薬湯を試みてみたが、やはり何の効目もなかった。そして今いる病院へ這入るまでの一ケ年に幾度死の決意をしたか知れなかった。しかし結局死は自分には与えられていなかったのである。死を考えれば考えるほど判ってくるものは生ばかりであったのだ。

けれど、病名の確定した最初の日、活動館の中で呟いた、

「なんでもない、なんでもない、俺はへこたれやしない。」

という言葉と、海辺で口走った言葉、

「ああ俺はどこかへ行きたいなあ。」

の二つはいつまでも執拗《しつよう》に私の頭にからみつき、相戦った。今もなおそうである。恐らくは死ぬるまでこの二つの言葉は私を苦しめ通すであろう。どっちが勝つか自分でも判らない。もしあとの方が勝てば私は自殺が出来るであろう。どちらが勝っても良いと思う。私は自分に与えられた苦痛をごまかしたり逃避したりしてまで生きたくはない。生きるか死ぬか、これが解決を見ないまま時を過して行くことは実際苦しいことではある。しかし私の場合においてそう易々《やすやす》と解決がついてたまるものか。苦しくともよい、

兎に角最後まで卑怯なまねをしたくないのである。苦痛に正面からぶつかって自分の道を発見したいのである。

発病した頃

胸までつかる深い湯の中で腕を組んで、私は長い間陶然としていた。ひどく良い気持だった。外は凩《こがらし》が吹いて寒い夜だったが、私は温かい湯に全身を包まれているので、のびのびとした心持であった。私は結婚したばかりのまだ十八にしかならない妻のことを考えていたのである。春になったら、田植時までの暇な時期を選んで彼女を東京へ連れて行ってやろう、なんにも知らない田舎娘の彼女はどんなにびっくりすることだろう、電車や自動車にまごまごするに違いない、すると俺は彼女の腕をとって道を横ぎる、大きなビルディングや百貨店を彼女に教えてやる、すると彼女はどんな顔をして俺を見るかしら、自分の夫が色んなことを知っているということは女を頼もしい気持にするに違いない――。

それからまだ色々のことを考え耽《ふけ》っていると、

「お流ししましょうか。」

何時《いつ》の間《ま》にか彼女が風呂場の入口に立って小さな声で言った。ひどく羞《はずか》しそうにおずおずした声である。下を向いている。私はちょっとまごつきながら、

「うん、いや今あがろうと思っているから。」

と、とっさに答えたが、実はそう言われた瞬間、私は自分の体を彼女に見せるのが羞しくてならなかったのだ。

彼女が行ってしまうとほっと安心し、立ちのぼる湯気の中で、どうして俺の体はこんなに貧弱なんだろう、小さな上に痩《やせ》こけて、まるで骨と皮ばかりである、この骨ばった胸や背に触ったら彼女はきっと失望してしまうに違いない。——そんなことを考えているとなんとなく情《なさけ》なくなってしようがなかった。が、それでも私はやっぱり楽しかったので、またさっきの空想の続きを考えるのであった。

私は今も折にふれてその時のことを思い出すのであるが、その度《たび》になんとなく涙ぐましい気持になる。神ならぬ身の——という言葉があるが、その時既に数億の病菌が私の体内に着々と準備工作を進め、鋭い牙を砥《と》いでいようとは、丸切《まるき》り気もつかないでいたのである。私はその時まだ十九であった。十八の花嫁と十九の花婿、まことにままごと、

のような生活であったが、しかしそれが私に与えられた最後の喜びであったのだ。そして彼女を東京見物に連れて行くべきその春になって、私は、私の生を根こそぎくつがえした癩の宣告を受けたのである。それは花瓶にさされた花が、根を切られているのも知らないで、懸命に花を拡げているのに似ていた。

間《ま》もなく年が明けて、二月も半ば過ぎる頃から、私の体には少しずつ異状が現われ始めた。先《ま》ず鼻がつまり、ひどいのぼせが始まって顔は何時でも酒を飲んでいるように赤く腫《は》れぼったくなった。そして全身の骨が抜け去ってしまったようにだるく、極端に気が短くなって何にでも腹が立ってならなかった。神経衰弱にかかったように、根気がなくなり、何か物を書いたりしても、秩序を保って書き進めるということは丸切り出来なかった。頭はぼんやりと曇って、鉛のように重く鈍くなった。

（未完）

眼帯記

ある朝、眼をさましてみると、何か重たいものが眼玉の上に載せられているような感じがして、球を左右に動かせると、瞼《まぶた》の中でひどい鈍痛がする。私は思いあたることがあったので、はっとして眼を開いてみたが、ものの十秒と開いていることが出来なかった。曇った朝、まだ早くだったので、光線は柔かみをもっている筈《はず》だったのに、私の眼は鋭い刃物を突きさされたような痛みを覚えるのだ。眼をつぶったまま、充血だな、と思いながら床《とこ》の中で二十分ほどもじっとしていた。部屋の者はみな起き上っていたが、私は不安が一ぱい拡がって来るので起きる気がしなかったのである。

昨夜の読書がたたったのに違いない、と私は考えた。昨夜、私は十二時が過ぎるまでも読み続けたのである。もっとも、これが健康な時だったら、十二時が一時になっても別段なんでもないのだが、私らの眼はそういう訳にはゆかない。病気が出てから三年くらいたつと、誰でもかなり視力は弱るし、それに無理に眼を使うと悪い結果はてきめんに表われるのである。癩者が何か書いたり、本を読んだりするのは、それだけでもかなりもう無理なことであるのに、私は昨夜はローソクの火で読んだりしたのである。それは消灯が十時と定められているためで、何もそんなにまでして読まねばならないということはなかったのであるが、それが小説で、面白かったものだからつい夜更《よふか》ししてしまったのだ。

起き上ると、私は先《ま》ず急いで鏡を取り出して調べてみた。痛むのを我慢して、眼球を左右にぐりぐりと動かせてみたり、瞼をひっくり返してみたりして真赤になっているのを確めると、今押し込んだばかりの蒲団《ふとん》をまた押入れから引き出して横になった。左はそれほどでもなかったが、右眼は兎のようになっていたのだ。私はまだ子供の頃には随《ずい》分《ぶん》眼を患《わずら》って祖父母を悩ませたものであるが、大きくなってからは一度も医者にかかったことがなかった。洗眼一つしたことがなかったので、不安はよけい激しかった。

それに私を不安にするのは、こうした充血が確実に病気の進行を意味しており、一度充血した眼はもう絶対に恢復《かいふく》することがないからである。勿論《もちろん》充血はすぐ除《と》れるが、しかし一度充血するとそれだけ視力が衰えているのである。そして、こういうことが重なり重なって、一段一段と悪くなり、やがて神経痛が始まったり、眼の前に払っても払っても除れない黒いぶつぶつが飛び始める。塵埃のようなそのぶつぶつは次第に数を増し、大きくなり、細胞が成長するように密着し合って遂に盲目が来るのである。これは結節癩患者が、最も順調に病勢の進行した場合であるが、その他にも強烈な神経痛で一夜のうちに見えなくなったり、見えなくなってはまた見え、また見えなくなっては見えしているうちに遂に失明してしまったり、それは色々の場合がある。兎《と》に角《かく》充血は盲目に至る最初の段階なのである。

癩でもまだ軽症なうちは、自分が盲目になるなどなかなか信ぜられるものではない。盲人を眼の前に見ている時は、ああ自分もそうなるのかなあ、と歎息するが、盲人がいない所ではたいていい忘れているし、心《しん》から俺は盲目になると実感をもって思うことなど出来ないのである。

私もやっぱりそうで、たとえ盲目になることに間違いはないとしても、そう易々《やすやす》とはならないに違いない、恐らくは何年か先のことであろう、それまでに死ねるかも知れない、などと思って、身近なこととして感ずることが出来なかった。ところがこの充血である。私は否応《いやおう》なく、自分が盲目に向って一歩足を進めたことを思わねばならなかった。床の中で、私はもうこのまま見えなくなってしまうのではあるまいかと思ったりした。するとと五分と眼を閉じたままでいることが出来なかった。幾度も、そっとあけてみてはまたつぶった。

九時になると、私は右の眼を押えて、不用意に開くようなことがあっても光線の這入《はい》らぬようにして医局へ出かけた。

眼科の待合室に這入ってみると、既にもう二十人余りもの人が待っている。私は片方の眼で、それらのひとりびとりを注意深く眺めた。誰も彼もみな盲目の一歩手前を彷徨《ほうこう》している人々ばかりである。みんなうつむき込んで腰をかけ、眼を閉じ、光線を恐れるように見えた。誰かに話しかけられて貌《かお》をあげる時でも、決して十分眼を開くということはなかった。

その中、特に目立つのは、まだ年若い女が二人、並んで腰掛けている姿だった。一人は熱心なクリスチャンで、健康だった時分は小学校の教師であったという。幾らか面長な貌で鼻その他の恰好《かっこう》もよく全体と調和がとれ、その輪郭から推して以前はかなり美しい女であったに違いない。しかしいかんせん、既に病勢は進み、眉毛《まゆげ》はなく、貌色が病的に白い。皮膚の裏に膿汁がたまっているような白さである。

もう一人の女は、まだ二十二、三であろうと思われる若さで、全体の線が太く、ちょっと楽天的なものを感じさせる。貌の色は前の女とほとんど同じであったが、こちらはその白さの中になんとなく肉体的な魅力を潜めている。よく肥えていて、厚味のある胸や腰は、ある種の男性を惹きつけねばおかないものがあるが、それは、いま腐敗しようとするくだもののの強烈な甘さ、そういったものを思わせる。二人とも、もうほとんど失明していた。

私は暗澹《あんたん》たるものを覚えながらも、ちょっとした充血くらいでこんなに不安を覚えている自分が羞《はずか》しく思われた。みんな明日にも判《わか》らぬ盲目を前にして黙々と生きているじゃないか、死ねなかったから生きているだけじゃないかと軽蔑するのは易《やす》い、しかし生きているということの事実は絶対のものであり、それ自身貴いのだ、とそんなことを考えるのだった。

もう大分前のことだったが、私はこういう文字を読んだことがある。「癩者の復活など信じられないし――(むしろ死が美しく希《のぞ》ましい場合もある)――不健康な現実への無責任な拝跪《はいき》等、末期以外には感じられない。生というものは大体不健康な部分に対して仮借《かしゃく》なく、審判し排除する物である。」

これを読んだあと、数日は夜も睡《ねむ》ることが出来なかった。この無慈悲な言葉が、私にはどうにも真実と思われたからである。しかし今はこんな言葉は信用しない。死が美しく希ましい場合など一つだってありはしないのである。私はまた理窟が言いたくなったようだが、それはやめにしよう。しかしただひとつだけ言いたいのは、癩者の世界は少しも不健康ではないということである。これだけの肉体的苦痛、それを背負って、しかも狂いもせず生きているということは、それだけでも健康、何ものにも勝って健康である証拠ではないか！　肉体的不健康など問題ではない。また右の言葉を吐いた人も、肉体上の不健康などを問題にするほど頭の下等な人ではないことを信じている。ドストエフスキーは癲癇《てんかん》と痔と肺病をもっていたのである。

そのうち呼ばれたので私は暗室の中へ這入った。学校を出たばかりと思われる若い医者は、

「どうしたですか。」

と、まだ私が椅子にもつかないうちに言った。

「いや、ちょっと充血したものですから。」

「そう。どれどれ。ふうむ。大分使い過ぎましたね。」瞼をひっくり返し、レンズをかざして覗《のぞ》き込みながら言った。「少し休むんですね。疲れていますよ。」

私は洗眼をして貰《もら》い、眼薬をさして貰って外へ出た。出がけに医者は白いガーゼと眼帯を呉《く》れた。私はその足ですぐ受附により、硼酸水《ほうさんすい》と罨法鍋《あんぽうなべ》とを交付してもらって帰った。

私は生れて初めての眼帯を掛けると、友だちを巡って訪ねた。

誰でもこの病院へ来たばかりの頃は、周囲の者がみなどこか一ケ所は繃帯《ほうたい》を巻いているので、自分に繃帯のないことがなんとなく肩身の狭いような感じがして、たいして神経痛もしないのにぐるぐると腕に巻いてみたり足に巻いてみたりして得意になる。奇妙なところで肩身が狭くなるものだ。まるきり院外にいた頃とは反対である。私が友達のところを巡ったのも幾分そんな気持に似たところがあった。眼帯など掛けたことのない俺が掛けているのを見ると、みんなびっくりしたり、珍しがったりして色々のことを訊《き》くに違いない——と。たわいもないことであるが、我ながら眼帯を掛けた自分の姿が珍しかったのだ。

友人達は案の定珍しがって色々のことを訊いた。

「おい、どうしたい。眼帯なんか掛けて。ははあ、また雨を降らせるつもりだな。」

「うん？　充血した。そいつあいけない。大事にしろよ。盲目《めくら》になるから。」

「ははは、いい修業さ。」

「そろそろいかれ始めたな。もうそうなりゃしめたもんだ。確実に盲目になるからな。今の内に杖の用意をしとくんだなあ。俺、不自由舎に知合いがあるから一本貰って来てやってもいいよ。」

みんなそんな風なことを言って、私をおどかしたり笑ったりした。私はわざと大げさに悲観している風を見せたり、盲目、そんなもの平気だ、と大きなことを言ったりした。しかし内心やはり憂鬱《ゆううつ》で不安でならなかった。そして片眼を覆うということが如何《いか》に不快極るものであるかを思い知らされたのであった。もっとも、慣れてしまえばなんでもないのだろうけれども、しかしそう容易に慣れられるものではなかったし、私の場合になってみると、今までそんなに悪いとも思わなかった眼が不意に充血し、今や盲目の世界に向って一歩足を踏み入れたのだというこの感じ、その感じがあるものだから余計暗い気持にならされたのである。

私は終日苛々《いらいら》した気持で暮した。何か眼のさきに払っても払っても無くならない黒い幕のようなものが垂れ下って、絶えず眼界を邪魔しているような感じがしてならないのだ。すると暑くもないのに体中にじりじり汗が出て頭に血が上り、腹が立って来て一日に十度も十一度も眼帯をむしり取る。むしり取る度《たび》に強い光線が這入り、瞼の下が痛むので、いけない、と自分を叱ってまた掛けるのだった。あたりがなんとなく暗がっているように感じられて、明るい真昼間でありながら、なんとなく夜のような気がする。今はたしかに明るい昼だ、しかし、果してほんとにこれが昼だろうか、これが光りのある昼だろうか、これは夜ではないのだろうか、これがほんとに昼だとしたら、夜というものは何処《どこ》にあるのだろう、昼と夜とを区別して考える人間の習慣は果して真実のものだろうか、夜というものは、この明るい何でも見える昼の底に沈んで同時にあるのではあるまいか……そんなことを考えたりするのだった。

が、何よりも困ったのは見当のはずれることだった。例えば湯呑にお茶をついだりする場合、きっと畳にこぼした。自分ではちゃんと見当をつけてついでいる気でいながら、実ははずれていて湯呑の外へ流しているのである。家の中にいると憂鬱でたまらないので、私は一日中、方々を歩きまわったが、どうにも足の調子がうまくとれないのである。低いと思った所が意外に高かったり、向うの方にある筈でいるのがすぐ側にあったりして、ともすればつまずいてよろけるのだ。

文字を書いてもやはりそうだった。その時ちょうどこの病院を退院して働いている友達から手紙が来たので、その返事を書こうとかかったが、どうしても行を真直《まっす》ぐ書くことが出来なかった。私はつくづく情《なさけ》なくなった。ただ片眼を失うだけでもこんなに生活が狂って来るものなのかと。もしこれが両眼とも見えなくなったらどんなであろう。そのうえ指が落ち、あるいは曲り、感覚を失ったりしたら、それでもやっぱり生きて行けるだろうか。私はこの広い武蔵野の中に住んでいながら、丸切《まるき》り抜穴のない、暗い、小さな、井戸の底にでもいるような気がした。生きているということ、そのことすらも憎みたくなった。憎み切りたいとさえ思った。

だが、と私は自省する。憎み切りたいと思うことは今日だけか、今度が初めてかと。病気になって以来幾度となく考えたことではなかったか、いや。発病以来三ケ年の間、一日として死を考えなかったことがあるか。絶えまなく考え、考える度にお前は生への愛情だけを見て来たのではなかったか。そして生命そのものの絶対のありがたさを、お前は知ったのではなかったか。お前は知っている筈だ、死ねば生きてはいないということを！　このことを心底から理解している筈だ。死ねばもはや人間ではないのだ。この意味がお前には判らんのか。人間とは、即ち生きているということなのだ。お前は人間に対して愛情を感じているではないか。自分自身が人間であるということ、このことをお前は何よりも尊敬し、愛し、喜びとすることが出来るではないか——夜になって、床に這入る度に私はこういうことを自問自答するのであった。

私は心臓が弱いのでちょっと興奮するとすぐ脈搏《みゃくはく》が速くなりそれが頭に上って眠れない。こういう自問自答をしている時は定《きま》ってどきどきと動悸《どうき》がうつ。睡眠不足は悪影響を及ぼして、翌日になると余計充血が激しかったりするのだった。

私は一日に三回、二十分乃至《ないし》三十分くらいずつの長さで眼を罨法した。医局から貰って来た硼酸水を小さな罨法鍋に移し、火にかけてぬるま湯にすると、それをガーゼに浸して眼球の上に載せておくのである。仰向《あおむ》けに寝転んで、私はじっとしている。ほのかなぬくもりが瞼の上からしみ入って来て、溜った悪血が徐々に流れ去って行くような心地良さである。その心地良さの中には言いようのない侘《わび》しさが潜んでいる。癩になって、こうした病院へ這入り、この若さのまま一切を投げ捨てて生きて行かねばならない、そうした自分の運命感が、その心地良さの底深く流れているためである。

私はふとこういうことを思い出した。それは私が入院してからまだ二、三ケ月にしかならない頃だった。もう夕方近く、私は同室の者に連れられて初めて女舎へ遊びに行ったのである。それは女の不自由舎であったが、その舎はかなり古い家だったので、部屋の中はひどい薄暗さで、天井は黒ずみ、畳は赤茶けた色で湿気《しけ》ていた。私はまだこの病院に慣れていなかったので、部屋の中へ這入るのがなんとなく恐怖されるのだった。暗い穴蔵の中へでも這入って行くような感じがしてならないのである。が、慣れ切った友人がどんどん這入ってしまったので、私も後について這入った。私達は若い附添婦にお茶をすすめられて飲んだ。

そのうち、附添婦の一人が――この部屋には二人いた。たいてい一部屋一人であるが――廊下から蓙《ござ》を一枚抱えて来て畳の上に拡げた。どうするのかと、好奇心を働かせながら眺めていると、私が今使っているのと同じ罨法鍋がその莚の上に六箇、片側に三つずつ二列に並べられるのであった。すると、もう盲目の近づいた六人の少女が向い合って鍋を前にして坐り、じっと俯向《うつむ》いたまま罨法を始めた。揃って鍋の中のガーゼをつみ上げてはしぼり、しぼったガーゼを静かに両眼にあてて手で押えている。じょじょじょじょと硼酸水がガーゼから滴《した》たり、鍋の中に落ちた。

私はその時、人生そのものの侘しさを覚えた。真黒い運命の手に摑《つか》まれた少女が、しかし泣きも喚《わめ》きもしないで、いや泣きも喚きもした後に声も涸《か》れ果てて放心にも似た虚《うつ》ろな心になってじっと耐え、黙々と眼を温めている。温めても、結局見えなくなってしまうことを知りながらも、しかし空《むな》しい努力を続けずにはいられない。もう暗くなりかかった眼をもう一度あの明るい光りの中に開きたい、もう一度あの光りを見たい。彼女等は、全身をもってそう叫んでいるようであった。これを徒労と笑う奴は笑え。もしこれが徒労であるなら、過去幾千年の人類の努力はすべて徒労ではなかったか！　私は貴いと思うのだ。

充血はなかなかとれなかった。気の短い私も、ことが眼のことになるとそう短気を起していられなかったので、毎日根気よく罨法を続けた。初めに馬鹿にした友人達も、余り充血の散るのが遅いので、心配して見舞いに来るようになった。眼科の治療日にはかかさず出かけて洗眼し、薬をさして貰った。

ところが、そうしたある日、私は久振りで十号病室の附添夫をやっているTのところへ遊びに行き、意外なところで良くなる方法を発見した。発見といっても、私だけのことで、知っている人は既にみなやっているのであるが、私はうれしかったのでまるで自分が発見したことのように思った。それは吸入器を眼にかけて洗眼と罨法を同時に行うのである。

Tは私よりずっと眼は悪く、片方はほとんど見えないし、良く見えるという方も、もう黒いぶつぶつが飛び廻って見え、盲目になるのも決して遠いことではないと自覚し、覚悟しているほどである。だから眼のことになると私なんかより十倍もくわしい。だからこの男の前では、私は羞しくて自分の眼のことなどいわれた義理でないのであるが、しかし、私の最も親しい友人であるし、彼もまた私を心配して、

「俺、毎日、夕方吸入かけてるんだが、君もかけてみないか。」

と、すすめてくれた。

タンクの水がくらくらと煮立ち、やがてしゅっと噴き出した霧の前に坐ると、私はひどく気味が悪くなって来た。

「おい、煮湯が霧にならないで、かたまったまま飛び出して来るようなことはないか

い。気味が悪いなあ。」

「そりゃ、無いとは言えんよ。そうなったら盲目《めくら》になりゃいいさ。」

「おいおい、ほんとか。」

笑っているので、私は安心して霧の中に貌を突っこんだ。

「はははは。鼻にばかり霧は吹きつけてるじゃないか。そうそう、もうちょっと下だ、よし。眼をあけてなきゃ駄目だ。そう、かっとあけてるんだ、目玉を少々動かして――。」

私は彼の言う通りにし、思い切って眼を開き、目玉を動かせた。貌一面に吹きつけて来る噴霧は、冷え冷えとした感触で皮膚を柔げ、鼻の先からはぽつんぽつんと雫《しずく》がしたたり、顎《あご》の下へ流れ込んだ。良い気持だった。すると彼は急に腹をかかえて笑い出した。なんだい、と訊《き》くと、

「うははは。なんだいそのだらしない恰好は。水《みず》っ洟《ぱな》を垂らして、涎《よだれ》をだらだら垂らして、うははは、まるで泣きべそかいた子供よりみっともないぞ。」

「ちぇ。俺は良い気持さ。」

やがて適量の硼酸水を終ると、私は手拭で貌を拭いた。さっぱりとした気持だ。
四、五日こうしたことを続けているうち、私の充血はすっかり消えた。

「しかし吸入なんかかけても、やがて効かなくなるよ。だがまあ君の眼なら、ここ五年や六年で盲目になるようなことはないよ。」

「五年や六年ですか。」

私は余りに短いと思われたのだ。

「今のうちに書きたいことは書いとけよ。」

彼は静かな真面目な調子で言った。私は黙ったまま頷《うなず》いた。

書けない原稿

今日は二月の二十七日だ。夕方から雨が降り出して、夜になるとますます激しくなって、机の前に坐っていると、びしょびしょと雨だれが聴えて来る。時々風が吹いて、どこか遠くの方で潮鳴りでもしているような工合でひどく憂鬱《ゆううつ》だ。雨の音というものは妙に淋しくなるもので、しかし考えをまとめるのにはなかなかいいものだ。それに僕は雨の多い国に生れたせいか、どうも雨というやつが好きでならない。夏の雨、冬の雨、春の雨、何時《いつ》の雨でもその季節季節の味《あじわ》いで頭を、まるで何か気持の良い温か味《み》のある綿のようなもので包んでくれる。だから雨の降る日には何時もの二倍くらい、ものが書ける。いや書けねばならない筈《はず》なのだ。

ところで、今夜はどうだろう、丸《まる》で書けないのだ。子供というものは僕は元来好きだし、はね廻ったり、悪戯《いたずら》をしたり、小さな、(二字空白)のような唇で生意気な大人のような口を利いたりするのを見ると、もう堪《たま》らなくなるくらいだ。それだのに、何ということだ、子供のこととなると全く何も書けないのだ。光岡君から何か書けと言われてからもうかなりの日が経つし、それに締切も近いので（おまけに都合よくも雨さえ降り出したので）今夜こそは書かねばなるまいと思って机に向った。そこまではよかったのだが、さてなんにも書けない。僕は独言《ひとりごと》を言う癖がいくらかあるので、実は、さっきから雨の音を聴きながら「弱ったなあ」「弱りましたなあ」「なあんて困ったこったか」などと呟《つぶや》くばかりであるという始末だ。

実際、子供のことは書けない。とりわけ癩院の子供たちを眼の前に浮べながら書くとなると、全くのところ弱ってしまうより他にどうしようもないのだ。病み重って行く、あの子供たちを前に置くと、あるいはまた、土地から直《じ》かに生え出して来たような子供達を、空から突然降って来た天使のような女の子を前に置くと、どうにも大人というものの間抜《まぬ》けたしゃっ面《つら》ばかりが明瞭になって来るといったところで、僕にはいささかの皮肉もないのだ。というのは、嘘のないところ、僕自身の阿呆面が見えるのだ。そういう僕自身を見る時の、なんと空々《そらぞら》しいことか。

そりゃ、子供たちに「眼のつけどころ」を教えたり、「太陽」のお話をしてやったりするのは、誠に立派なことであり、またこれが子供たちへの愛情であり誠意であろう。

それは僕みたようなひねくれ者にも、もう一言もない。一言もないどころか、ひそかに敬意を払っているのだ。しかしながら、そんならお前もそういうものを書いたらどうだ、と言われると、どうも弱る。強《し》いて書け、と言われたら、まあさしずめ、「旅心」といった風なものを書いて、雨の音でも聴いているより致方《いたしかた》もない。といって、僕はこんな風な自分が好きな訳では決してない。というよりも、こんな自分が僕は大嫌いだ。大嫌いであったところで、勿論《もちろん》どうなるものでもない。

そこで僕も何か書こう、と息ばって、先《ま》ず本誌の古いのを引っぱり出してみたり、童話を二つ三つ眺めてみたり、しまいには『作家の日記』まで引き出してみるという始末だ。ドストエフスキーは馬鹿に子供が好きであったとみえて、日記にも小説にも至るところに子供を描いている。ところで、そんなものを読み出すと、もう何か書くよりも読んでいた方がよっぽど気持が良いというのを発見して、ペンを持つ気も起って来ないのだ。特に子供たちの作品を見ていると、ふうむふうむと感心し出して、こりゃ俺なんかの出る幕じゃない、と思わねばならない破目《はめ》に陥ってしまう、そして結局独言を言いながら、ぼんやり雨の音を聴いていることになってしまうのだ。

もう止してくれ、弁解ばかりするな、と誰かが言いそうな気がする。実際これは書けない原稿の弁解に過ぎぬ。それは私も知っている。しかし弁解でない言葉を最後に一つだけ書きつけておこう。無論《むろん》僕なぞの言葉じゃない。ドストエフスキー『カラマゾフの兄弟』の中にある言葉だ。

——「怒り！」「全く怒りでございますな！　ちっぽけな子供の中にも偉大なる怒りがありますて。いえ、あなた方のじゃなくて、わたし共の子供でございますよ。つまり人から蔑《さげす》まれていても、潔白な子供の心は、もう九つくらいの年から地上の真理を知りますよ。」——

（註　この一文は、全生病院内児童学園の機関誌『呼子鳥』に寄稿しようとして書いたもの。何かの都合で発表されずに終った。）

独　語——癩文学ということ

昨日ＭＴＬ(6)で「療養所文芸の発展策その他」について書いた諸氏のものも拝見し、また原田嘉悦氏(7)の雑記をも読んでみた。

原田氏は僕の言葉を引用してあるのだが、まあそのようなことはどうでもよいことであるのかも知れない。しかしあれは「自殺志願者」に贈るために書かれたもので、おまけに僕も引っぱり出されたのであってみれば、僕もまたあの文章を頂戴すべき一人なのであるかも知れない。もっとも、僕は頂戴はするけれども、ただ頂戴するだけだ。というのは、ああいう言葉というものはなかなか立派すぎて、僕みたような毛の生えた虱《しらみ》にはなんだか服膺《ふくよう》出来そうにもないような気がするのだ。僕なぞが服膺したら、多分、腹下しをするに違いない。で、まあ僕は、おつき合いに一つだけ微笑をしてから、そのまま原田氏にお返ししておいた方がよさそうだ。

皮肉を言うな、と誰かが言いそうな気がするが、僕は本当のところ正直に言っているのだ。正直というものが、なんとなく皮肉に聴えるとは、なんと困った時代にわれわれは生れ合せたものではないか。

単純、ということが尊ばれるのは、ひょっとしたらそれが滑稽《こっけい》なためかも知れない。だって単純澄明な主張というものは、なんとなくユーモラスな美しさを持っているではないか。複雑な滑稽さというものは毛の生えた虱のようにいやらしい。

ドストエフスキーは作中人物に自殺をさせるのが実に名人だ。われわれは文豪達が作中人物に自殺させる光栄を数多く見せられた。有名なところではフロオベルの『マダム・ボバリイ』、トルストイの『アンナ・カレニナ』、ドストエフスキーでは特に「キリーロフ」をあげることが出来る。また『カラマゾフ』のスメルジャコーフもいい。しかし何といっても素晴しいのは「キリーロフ」の自殺で、これはとうていその作を読まぬ人には伝え難い。（三笠版ド全集第十一巻383–410頁）訳者は原久一郎氏だ。自殺について何か語る人は先《ま》ずこれを一読してからにして貰《もら》いたい。いや、それよりも私は『作家の日記』のうちのある章を読んで貰いたいと思う。ドストエフスキーはある少女の自殺を考察した後「知識階級の中に次第に増大して行く疾病的自己絶滅は、不屈不撓の観察と研究に価する余りに真剣な事柄である。」と述べて、決して結論めいた言葉を挟まなかった。即ち作品の人物達の自殺でそれを結論したのか？　キリーロフを初め、スタヴローギン、スメルジャコーフ、クラフト、スビドリガイロフ、等々の自殺で――。

遺書というものはたいていきまって下らないものだ。というよりも、遺書というものはそれを書こうとするとどうしても下らなくならざるを得ないのだ。何故かというと、人間というものは死を覚悟するともうそれからは自分の心理について思い違いばかりしたがる奇妙な傾向を持っているからだ。もっとも、われわれは偽りなく自己を眺めた芥川龍之介氏の遺書を持っているけれども、しかしあれは芥川が作家であったからで、近代の作家ほど自分の心理を眺める練習を積んでいるものはないのだ。とはいえ、芥川氏においてさえも、自分の死の理由については、果して正当に批判し語り得たかどうか？つまり自己を思い違えるだけではなく、もっと大きな何かがあるのではないか。人間は自分の今の心理についてはかなりよく判《わか》るものだが、過去をも含めた今の自己というものはなかなか判り難いものだ。そして更に判り難いのは自分の位置だ。「ああ俺は今一体どこにいるのだろう？」というなげきは、楽しげな失恋者の感想だけではないのだ。

これはもう時間という武器を持った孫たちにゆずるべきものらしい。

『作家の日記』の中でドストエフスキーはまたもう一つ、十二歳の少年の縊死《いし》について書いている(一八七七、一月)。その少年は教師の命令に服さなかったので、その罰に午後五時まで学校に残らされたのだ。ところがその日少年は楽しい命名日に当っていて、家では家族がもう用意をしていたのだ。少年は命名日を祝い楽しむことも出来ず学校に一人残されたという訳だ。そこで悲しみの余り首を縊《くく》ってしまったらしいのだが、ドストエフスキーはこのことを語るうちある個所で特に括弧をして「現代の子供等の中、誰一人これを(自殺を)知らないものがあろうか。」と言っている。横光利一氏は括弧というものは作家の心理の一番よく出るところだと言っているが、この場合においても、ドストエフスキーの言いたかったことは第一番にこの短い括弧の中の言葉と思われる。

右のことは勿論《もちろん》帝制時代のロシヤでの話であるが、しかし一九三〇年代の現代の日本にこれと同様な事件はないか？　僕は十三、四の少年少女の自殺をもう幾つも新聞で見た。それから何の理由もなく(これは外見上のことだ)ビルジングの上から飛び下りたり、単に会社を馘首《かくしゅ》されたという簡単な理由で鉄道に飛び込んだりした二十前の少女のことをも知っている。重要なことは自殺の直接の動機ではないのだ。直接の動機などたいてい遺書と同じように愚劣でばかばかしい。即ちそのような愚劣でばかばかしいことが、何故に自己を滅すというような、少くとも彼個人にとっては大事件であるところの自殺に至らしめたか、この点が大切なのだ。自殺者達の直接の動機を指摘して、その下らなさを笑って満足していられる者には、先ず自殺を語る資格がないと言ってよい。

次に療養所新文芸の発展策だが、実を言うと、僕もこの質問を受けた一人なのだ。しかし、本当のところを言って、僕はこの質問に答える用意がてんでないのだ。というのは、僕は今まで一度も療養所文芸というものを書きたいと思ったことがないし、また書いたこともない有様《ありさま》なのだ。今後も、僕は自分が小説を書いて行けるかどうか疑問だが、兎《と》に角《かく》書けるものとしても、それが療養所文芸というものでは多分ないだろうと思っているし、やっぱりそれに書きたくもないのだ。

こう書くと、思い上っているとか、生意気だとか、まあそれに類した非難があるのは僕も承知しているが、しかし、よしどのような非難があるにしても、僕はこの場合も出来る限り正直に述べるより他に手を知らぬ。

といって、僕は決して療養所内に同人雑誌が生れることに反対するのではない。それどころか、僕は大いに賛成であるし、またこうした同人雑誌によって新しく強力な作家が出現することにも大いに期待するものだ。ただ僕の言いたいことは、こうして生れた雑誌から、療養所文芸とか癩文芸とかいう文字を一切抜きにして、よろしく単なる文芸雑誌にして欲しいのだ。つまり、癩院から出る雑誌だから、癩者の書いたものだから、何か特別に光っているかも知れない、という風な色気を全然抜きにするのだ。癩というものは、性病とか、胃病とか、睾丸炎とか、まあそんなものと同じように、単に一つの病気の種類なのだ。そりゃ癩はたしかに他の病気と較べれば物凄《ものすご》いところがあるが、しかしそれは比較した上の五十歩と百歩との相違に過ぎない。もし癩者の書いたものが癩文学なら、結核者の書いたものは肺文学、胃病者の書いたものは胃文学ということになってしまうではないか。もしそうだとすると、ドストエフスキーはてんかん文学、夏目漱石は胃文学、ストリンドベリーは発狂文学——。やれやれ。

兎に角癩患者も、もういいかげんで自分の病苦を自惚《うぬぼ》れるのをやめたいものだ。「現実は苛酷なものだよ。」と言って苦々《にがにが》しげに横を向いた小林秀雄氏の言葉を、僕は時々思い出す。自分のことを言うのは少々てれ臭いが、これは阿部知二氏が僕の病気のことを言った時、小林氏の阿部氏への答えだ。あの男が癩であろうが、盲目になって小説が書けなくなるようになろうが、俺の知ったことか、要するに現実は苛酷なものなのさ――という風な意味なのだ。これに対して僕は何と答えたらいいか、からからと笑って相槌《あいづち》でも打ってみるより仕方はないではないか。

新しい文学というものは新しい人間像の発見からはじまる。フロオベル、ドストエフスキー等のあの文章苦も、彼等の発見した新しい人間像を定着させるための苦心だと、中村光夫氏が『文芸』六月号で言った。新しい人間像を自己のうちに有《も》たぬ限り、現代の作家は筆を折るべきではないか。単に癩患者を見ただけで、新しい人間を発見したような早合点は、これはつまり滑稽というものだ。無論《むろん》これは他人に向って言っているのではない。つまらない、ちっぽけな、僕の覚悟のようなものだ。

この間新聞を見ていると、富沢有為男氏が自作に加えられた批評に不満を訴えていられた。それを読みながら私は何か重苦しいやり場のない気持にとらわれてならなかった。氏の言われることがみな一つ一つ胸に応《こた》えるのだ。自分の作を理解して貰えぬ時の作家の苛立《いらだ》たしい気持、まだ羞《はにか》みながら、しかし懸命に自己存在を主張しようとしている自分の作が、無理解な土足に踏みつけられて傷ついて行くのを眺める気持、それは我が子を眺める親の気持にも似ていよう。

しかしながら子供の喧嘩に親が出るのはやはり愚劣で浅ましい。作家は黙って次の作を考えていればよろしい。一《ひと》たび自己の胎内から投げ出された限り、それは引金を引かれた弾丸だ。あたるかあたらぬかは神様だけが御承知だ。神様の気心を知っているのは時間だけだ。時間という巨大な批評家、しかも作家の生きているうちは一語も発せぬ批評家を前にして、それにすら黙って堪《た》えて行くより仕方がないのだ。

「所謂《いわゆる》療養所文芸の発展策」これが本誌より私に与えられた課題である。所謂療養所文芸とは一体何か。この題名の曖昧《あいまい》さは何故か。療養所文芸とは、その発展とは、何を意味し、どの方向に発展するものなのか。一般ジャアナリズムの線上に乗ることなのか、それとも癩運動に結びついてか。あるいは癩文学と療養所文芸とは同一のものか。

右の題目に答えるためには先ずこのような問題を解決しなければならぬ。その後に初めて発展策も考えられるであろう。しかし、今さらこのようなことを真面目そうに書いてみるほど私も白《しら》ばくれてはいられないのだ。もし強《し》いて書けと言うなら、療養所文芸などいうものを考えるな、と書くよりどうにも致方《いたしかた》はないのである。もしそのようなことを書いたなら、誤解されるくらいが落ちだろう。独語を記す所以《ゆえん》である。

フロオベルの書簡を読むのが、近頃の私の第一の楽しみだ。アンドレ・ジイドは五ケ年の間この書を枕頭の書としたという。もしこれがフロオベルへの侮辱《ぶじょく》であるならば、それなら何故彼はこのような手紙を書いたのか。

「君は嫌悪にへたばり抜き、怒りに胸も張り裂け、悲哀に絶え入り息の根もとまりそう……。」とある。辛抱することだ、砂漠の獅子!

「人間などということにくよくよせず、ミュウズなんかうっちゃっておくさ。知能が驚くばかりの勢いで成長するのを君は感得するだろう。不幸を逃れる唯一の道は、芸術に立て籠り他は之一切無と観ずるにある。大盤石の上に安坐する時は誇りが一切に代るのだ。常に不幸であることを肯《がえん》じて以来、僕は誠に幸福だ。僕には欠けているものが多い、巨万の富の豁達《かったつ》さも、世の恋人達の愛情も、放蕩者の快楽慾も僕にはなかったと、そう君は思わないか。しかし僕は、富貴も恋も慾情も何等《なんら》未練がない。僕の精進ぶりには人の驚くほどだ。僕は実際生活に決定的の別れを告げてしまったのだ。これからはもう当分、自分の部屋に五、六時間の安静と、冬は燃えさかる火、夜は自分を照す二本の蠟燭《ろうそく》のほか何も望まぬ。」

日づけは一八四五年五月十三日、東方旅行の途次、ミラノから友人に宛《あ》てたフロオベル二十四歳の書簡である。

（未完）

柊の垣のうちから

序

心の中に色々な苦しいことや悩《なやま》しいことが生じた場合、人は誰でもその苦しみや懊悩《おうのう》を他人に打明け、理解されたいという激しい慾望を覚えるのではないだろうか？　そして内心の苦しみが激しければ激しいほど、深ければ深いほど、その慾望はひとしお熾烈《しれつ》なものとなり、時としてはもはや自分の気持は絶対に他人に伝えることは不可能だと思われ、そのために苛立《いらだ》ち焦燥《しょうそう》し、遂には眼に見える樹木や草花やその他一切のものに向ってどなり泣き喚《わめ》いてみたくすらなるのではあるまいか？　少くとも私の経験ではそうであった。

あるいはまた、こうした苦悩の場合のみではなく、反対に心の中が満ち溢《あふ》れ、幸福と平和とに浮き立つ時も、やはりその喜悦を人に語り共感されたい慾望を覚えるであろう。

そしてその喜悦を語り得る相手を自己の周囲に有《も》たぬ場合、それは往々かえって悲しみと変じ、孤独の意識となって自らを虐《しいた》げさえもするのではあるまいか。多分あなたにもその経験はおありのことであろう、もしあなたが真実の苦しみに出合った方であるならば……。そして私がこのようなものを書かねばいられぬ気持を解《と》いて下さるであろう。

とは言いながら、私は自分の私生活を語るに際して、多くの努力と勇気とを必要とする。先《ま》ず第一にかような手紙を書くことの嫌悪、それから自己侮蔑《ぶべつ》の感情、即ちこのようなつまらぬ私生活を社会に投げ出してそれが何になる、お前個人のくだらぬ苦悩や喜悦が社会にとって問題たり得るのか、お前は単に一匹の二十日鼠《はつかねずみ》、あるいは毛の生えた虱《しらみ》にすぎないではないか、社会が個人にとって問題であるならば個人は社会にとって問題だと信じるのか？　しかしさような信念は十八世紀の夢に過ぎないのだ——等々と戦わねばならないのである。この場合私の武器とするただ一つのものは愛情、もし愛情という言葉がてれ臭いならば共感でもよい、私は私の中にある、誰かに共感されたい、という慾求を信じる。

一例をあげれば、われわれはフロオベルがジョルジュ・サンドに与えた書簡を持っている。われわれにとって重要なことは、自己の生活を亡《ほろ》ぼし、人間とは何ものでもない、作品がすべてなのだと信じたフロオベルが、かかる書簡を書かねばいられなかったというその点にある。

（未完？）

柊の垣にかこまれて

駅を出ると、私は荷物が二つばかりあったので、どうしても車に乗らねばならなかった。父と二人で、一つずつ持てば持てないこともなかったけれども、小一里《こり》も歩かねばならないと言われると、私はもうそれを聴くだけでもひどい疲れを覚えた。

駅前に三十四年型のシボレーが二、三台並んでいるので、

「お前ここにいなさい。」

と父は私に言って、交渉に行った。私は立ったまま、遠くの雑木林や、近くの家並や、その家の裏にくっついている鶏舎などを眺めていた。淋しいような悲しいような、それかと思うと案外平然としているような、自分でもよく判《わか》らぬ気持であった。

間《ま》もなく帰って来た父は、顔を曇らせながら、

「荷物だけなら運んでもよいそうだ。」

とそれだけを言った。私は激しく自分の病気が頭をかき廻すのを覚えた。私は病気だったが、まだ軽症だったし、他人《ひと》の嫌う癩病と、私の癩病とは、なんとなく別のものの

ように思えてならなかった時だったので、この自動車運転手の態度は、不意に頭上に墜《お》ちてきた棒のような感じであった。が、考えてみるとそれは当然のことと思われるので、

「では荷物だけでも頼みましょう。」

と父に言った。

自動車が走って行ってしまうと、私と父とは、汗を流しながら、白い街道を歩き出した。父は前に一度、私の入院のことについて病院を訪ねていたので、

「道は知っている。」

と言って平然と歩いているが、私は初めての道だったので、ひどく遠く思えて仕方がなかった。

「お父さん、道は大丈夫でしょう?」

と聴くと、

「うん間違いない。」

それで私も安心していたのだが、やがて父が首をひねり出した。

「しかし道は一本しかないからなあ。」

と父は言って、二人はどこまでもずんずん歩いた。

「お前、年、いくつだった?」

と父が聴いたので、「知ってるでしょう。」と言うと、

「二十一か、二十一だったなあ。ええと、まあ二年は辛抱するのだよ。二十三には家へかえられる。」

そして一つ二つと指を折ったりしているのだった。

一九三四年五月十八日の午《ひる》さがりである。空は晴れわたって、太陽はさんさんと降り注いでいた。防風林の欅《けやき》の林を幾つも抜け、桑畑や麦畑の中を一文字に走っている道を歩いている私等の姿を、私は今も時々思い描くが、なにか空《むな》しく切ない思いである。

やがて父が、

「困ったよ。困った。」

と言い出したので、

「道を間違えたのでしょう。」

と訊《き》くと、

「いや、この辺は野雪隠というのは無いんだなあ。田舎にはあるもんだが――。」

父は便を催したのである。私は苦笑したが、急に父がなつかしまれて来た。父はばさばさと麦の中へ隠れた。街道に立っていると、青い穂と穂の間に、白髪混りの頭が覗《のぞ》いていた。私は急に悲しくなった。

出て来ると、父は、しきりに考え込んでいたが、

「道を迷ったらしい。」

と言った。

腰をおろすところもないので、二人はぽつんと杭《くい》のように立ったまま、途方に暮れて、汗を拭った。人影もなかった。遠くの雑木林の上を、真白な雲が湧いていた。

そのうち、電気工夫らしいのが自転車で駈《か》けて来たので、それを呼びとめて訊いた。父は病院の名を出すのが、嫌らしかったが、なんとも仕方がなかった。

私達は引返し始めた。

それからまた十五、六分も歩いたであろうか、私達の着いたところは病院のちょうど横腹にあたるところだった。真先に柊《ひいらぎ》の垣が眼に這入《はい》った。私は異常な好奇心と不安を感じながら、正門までぐるりと垣を巡る間、院内を覗き続けた。

以来二年、私はこの病院に暮した。柊の垣にかこまれて、吐口のない、息苦しい日々ではあったが、しかし二十三になった。私はこの中で何年生き続けて行くことだろう。今日私は、この生垣に沿って造られた散歩道を、ぐるりと院内一周を試みた。そしてふと『死の家の記録』の冒頭の一節を思い出した。

「――これがつまり監獄の外囲いだ。この外囲いの一方のところに、がっしりした門

がとりつけてある。その門はいつも閉めきってあって夜昼ぶっとおしで番兵がまもっている。ただ仕事にでかけるときだけ、上官の命令によってひらかれるのであった。この門の外には、明るい、自由な世界があって、みんなと同じ人々が住んでいた。けれど墻《しょう》壁《へき》のこちらがわでは、その世界のことを、なにか夢のようなお話みたいにかんがえている。ここには、まったく何にたとえようのない、特別の世界があった。これは生きながらの死の家であった。」

だが、この世界といえども、私等の世界と較べれば、まだ軽い。そこには上官という敵がある。だが私の世界には敵がいない。みな同情してくれるのである。そして真の敵は、実に自分自身の体内にいるのである。自分の外部にいる敵ならば、戦うことそれ自体が一つの救いともなろう。だが、自己の体内にいる敵と、一体、どう戦ったらよいのだろう。

柊の垣に囲まれて、だが、私は二年を生きた。私はもっと生きねばならないのだ。

花

花というものを、しみじみ、美しいなあ、と感じたのは、この病院へ入院した次の日であった。今は収容病室というのが新しく建ったので、入院者がすぐ重病室へ入れられるということはないけれども、私が来た当時はまだそれが出来ていなかったので、私は入院するなり直《ただ》ちに重病室へ入れられた。

私がそこでどんなものを見、どんなことを感じたか、言語に絶していてとうてい表現など出来るものではない。日光を見ぬうちは結構と言うな、ということがあるが、ここではちょうどその反対のことが言える。たとえばあなたが、あなたのあらん限りの想像力を使って醜悪《しゅうあく》なもの、不快なもの、恐るべきものを思い描かれても、一歩この中へ足を入れられるや、たちまち、如何《いか》に自分の想像力が貧しいものであるか、ということを知られるであろうと思う。私もそれを感じた。ここへ来るまで色々とここのことを想像したり描いたりしたのだったが、来てみて予想以上なのに吃驚《びっくり》してしまった。膿臭を浴びたことのなかった私の神経は、昏乱《こんらん》し、悲鳴を発し、文字通りささらのようになってしまったのである。私は、泣いていいのか、笑っていいのか、また、無気味だと感じていいのか、滑稽《こっけい》だと感じていいのか、さっぱり判《わか》らなかった。

そこは、色彩において全くゼロであり、音響においてはコンマ以下であり、香りにおいては更にその以下であった。私の感覚はただ脅《おび》えて、石のように竦《すく》んでしまうばかりだった。持って来た書物が消毒室から帰って来るまでの間、私は全く死人のようになっていた。私はせめて活字を、文字を、思想の通った、人間の雰囲気の感ぜられる言葉を、見たかったのだった。今でも忘れないのは、その時私の隣りのベッドにいた婦人患者が、キングだったか、表紙の切れた雑誌を貸してくれた時のうれしさである。私は実際、噛《か》みつくようにして今まで見向きもしなかったこの娯楽雑誌の頁《ページ》をくったものである。

しかしなんといっても、自分の書物が、自分の体臭や手垢《てあか》のしみついた本が帰って来た時のよろこびは、それ以上だった。私は涙を流さんばかりにして、その本を一冊一冊抱きかかえてみたり撫《な》でまわしたりした後、ベッドに取りついているけんどんの上に積んでおいた。それを眺めている間、私はなんとなくほっとした思いになっていた。

私がそういう思いをしている所へ、誰だったか忘れたが、花を持って来てくれたのである。なんという花か、迂闊《うかつ》な私は名前を知らないが、小さな花弁を持った、真紅な花であったのを覚えている。はなびらの裏側は幾分白みがかっていて、薄桃色だった。華《はなや》かではなかったが、どことなく品の良いととのった感じのする花で、私はもう夢中になって眺めたものである。

それまで、私は花など眺めたことは丸切《まるき》りなかったのであるが、それからというものはすっかり花が好きになってしまった。

この間、ある事情で四国の故郷までまことに苦しい旅をしたが、帰って来ると私はまだ花の咲かないコスモスを鉢に活けた。舎の前に生えていたもので、私は指先に力を入れながら注意深く掘り返した。そこへ看護婦の一人が来て言うことには、

「北條さんが花をいじるなんて、ちょっとおかしいみたいね。」

なるほど、そう言われてみると私は野蛮人に違いない。しかし、私は言ったのである。

「平和に暮したいんだよ。何時《いつ》でも死神が僕につきまとうからね。」

彼女は可哀想なという風な表情で私を見ていた。

表情

表情を失って行くことは真実淋しいものである。

眼は心の窓であるというが、表情は個性の象徴であろう。どんなまずい面であっても、またどんなに人好きのしない表情をもっていても、しかし自分の表情、自己の個性的な表情をもっていることはよろこばしいことであり、誇ってよいことであると思う。

「自分らしい表情やジェスチュアを毀《こわ》されて行くのは、ほんとに寂しいね。」

と、先日も友人の一人は私に言った。彼はまだ軽症な患者で、わずかに眉毛《まゆげ》が幾分うすくなっている程度であるが、そう言った彼の眼には無限の悲しみが宿っていた。彼は

X大の哲学に席を置いているうち発病したのであるが、しかしむしろ女性的と思われるほどこまかい神経と、美しい貌《かお》を持っていて、詩を書くのが上手である。そういう彼が、病魔に蝕《むしば》まれ尽した多くの病友達を眺め、やがては自分もそうなって行くべき運命にあるのを知ったとすれば、彼はその語調以上に寂寥《せきりょう》を覚えていたであろうことは、私にも察せられた。

「しかし僕はね、どんなに崩れかかったひどい人にも、なお個性的な表情は残っていると思う。あるいは、病気のために貌が変化して行くのにつれて、その変化に伴って今までなかった個性的なものが浮き上って来るようにも思う。これを発見するのは大切だし、発見したいと思う。」

その時私はそんなことを答えたのであったが、これは私のやせ我慢に過ぎなかった。

どす黒く皮膚の色が変色し、また赤黒い斑紋が盛り上ってやがて結節がぶつぶつと生えて、それが崩れ腐り、鼻梁が落ち、その昔美しかった頭髪はまばらに抜け、眼は死んだ魚のそれのように白く爛《ただ》れてしまう。ごく控え目に、ちょっと書いてすらこれである。ここにどんな表情が発見出来るだろうか。どんな美しい精神に生きていたとて、外面はけものにも劣るのである。況《いわん》や神経型にやられたならば、口は歪んで、笑うことも怒ることも、また感動することも出来ないのである。時々、マスクを除《と》った看護婦たちが嬉々として戯《たわむ》れるさまを、私はじっと見惚れることがある。そこには生き生きとした「人間」の表情があるからだ。若々しい表情があるからだ。

怒ることも笑うことも出来ない。勿論《もちろん》心中では怒り、あるいは笑っているのである。しかしその表情は白《しら》ばくれているように歪んだままよだれを垂らしているのだ。考えるほど、妙な、おそろしいような思いがする。

四、五日前のことだった。

子供達が秋の運動会の練習をやっているのを見に行った。子供達は子供らしく、元気に無邪気に飛びまわっていた。これは私にすくなからぬ明るいものを見せてくれた。飛び廻ることも出来るほどの子供であるから、みな病気の軽い、一見しただけでは病者とは思われない児ばかりであった。

私は幅跳《はばとび》の線を引いてやったり、踏切を見てやったりした。

その時、裸にズボン一つで私の横に来た子供があった。彼は腕を組み、肩を怒らせて、

「しっかり跳べ！」

と叫んだ。

背の高さは四尺《しゃく》五、六寸《すん》しかなく、うしろから見るとまだほんの子供であったが、そ

の声はもう大人であった。それもそのはずで、この少年は、少年とは言えぬ、二十一歳であったのだ。が、前へ廻ってその貌を見ると更に驚いたことには、そこには二十一という青年らしさは全然なく、さながら七十歳に近い老人を思わせたのである。貌全体が皺《しわ》だらけで、皮膚はたるみ、眼はしょぼしょぼと小さく、見るからに虐《しいた》げられた老人であった。けれども、自分では二十一歳という年齢を意識しているばかりでなく、よし蝕まれ腐ったものにせよ、若い血も流れているのであろう、頭には薄くなった毛をモダン気取りでオカッパに伸ばし、度《ど》も這入《はい》っていない眼鏡をちょこんとかけているのである。

「ちぇっ、だらしがねえ、三メーターじゃないか。」

小さな体で、だが兄貴らしく呶鳴《どな》るのであった。

彼は幼年期から既に病気であった。そのために肉体的にも精神的にも完全な発育が出来なかったのである。そして少年期からずっと療養所で育ち、大きくなり、文字通り蝕まれた青春を迎えたのである。

私はかつてこの男の作文を読んだことがある。『呼子鳥』というこの病院から出ている子供の雑誌に載せられていたのであるが、それは誠に老人染みた稚拙《ちせつ》さに満たされていた。子供の作文には子供らしい、素朴な稚拙さがあり、それが大人の心を打つのであるが、ここにはにがにがしい老人の稚拙さだけしかなかったのを覚えている。

笑うと、老人とも子供ともつかない表情が浮ぶが、その文もやはりそういう表情であったのである。

私はこびとのような彼の笑顔を見、嗄《しゃが》れた吸鳴り声を聴いているうち、限りないあわれさを覚えて見るに堪《た》えなくなり急いで帰った。その虐げられたような笑顔が何時《いつ》までも頭に残っていて憂鬱《ゆううつ》であった。

表情のない世界、そしてある表情はこのように奇妙なものばかりである。友人のなげきも決して無理ではない。

けれどこういうことを言えば、重症者たちは一笑にふしてしまうであろう。

「甘たれるな。」

と。

それは私も知っている。こうしたことに悲しんだり嘆いたりしていられるうちは、まだまだめでたい軽症者であること！　時々じっと鏡を眺めながら、

「軽症者、甘たれやがって！」

と侮蔑《ぶべつ》の念をもって私は自分に向って言う。けれどやっぱり侘《わび》しいのだ。美しい顔になりたいとは思いはせぬ。ただ自分らしい表情を、自分以外には誰も持っていない私の表情を失うのが堪《たま》らないのだ。

何時も眺める自分の顔であってみれば、さほどに変化も感ぜられず、怪しい癩病面になりつつあることをなかなかすぐには感じられないが、しかしふと往年の、まだ健康だった頃を思い出したり、その当時交わっていた友達などにばったり会ったら彼はどんな気持で自分を見るであろう、などと考えると、私はその場で息をするのもやめてしまいたくなる。

だがそれはまだよい。真に恐るべきは、こうした外面と共に徐々に萎《な》えしぼんで行く心の表情である。よし十万坪という限られた世界に侏儒のような生活を営むとはいえ、せめて精神だけは大空をあまかける鵬《とり》でありたいのだ。だが、それも、あたりの鈍重な空気と、希望のない生活、緊張と刺激を失った倦怠《けんたい》な日々の中に埋められてしまう。毎日見る風景は貧弱な雑木林と死にかかった病人の群である。膿汁を浴びて感覚は鉛のように艶《つや》を失い、やがて精神はたがのゆるんだ桶《おけ》のようにしまりを失うのである。

この病院へ来てから私はもう二年と三ケ月になるが、この「精神のゆるみ」とどんなに戦ったことだろう。しかしどんなに戦っても結局敗北して行くように思われてならぬ。勿論、最後まで戦ってみる覚悟は有《も》っているが、しかし、戦うというこの意志それ自体、その意志を築き上げている肉体的要素からして力を失って行くのだ。これに対して一体どんな武器があるだろうか。

宗教！

この時私の心に無限の力を与えてくれそうに思えるのは、宗教だけである。更にクリストの精神である。しかし、それも結局そう思うだけである。宗教！と思うせっぱつまった自分の心の表情が見えなければ、私は夢中になって信仰生活に飛び込んで行けるであろう。信ずるためには夢中になる必要があると思う。夢にも自分の表情を見てはならぬのである。

歪んだ表情。

生硬な表情。

苦しげな表情。

浅ましい表情。

餓えた猿が結飯《むすび》に飛びつくような表情。

これが宗教に頼ろうとする時の自分の表情である。

苦しくなった。書いてはならぬことを書いてしまったような気がする。

絶望

十日に一度は、定《きま》って激しい絶望感に襲われるようになった。頭は濁った水の底へでも沈んで行くようで、どうにももがかずにはいられない。たいていは一日乃至《ないし》二日でまた以前の気持に復することが出来るが、ひどい時には五日も六日も続くことがある。食欲は半減し、脈搏《みゃくはく》が上り、呼吸をするさえが苦しくなる。四、五日も続いた後では、病人のように力が失せてしまう。しかし、私は一体何に絶望しているのであろうか。自分の才能にか、それとも病気が不治であるということにか、社会から追い出されたということにか、あるいはまた蝕《むしば》まれ行く青春にか。いやいや、私は——。

ぼんやりそんないいかげんなことを考えているともう夕食になってしまった。

またか、ということ

近頃人に会うと、もうそろそろ癩を切り上げて健康な小説を書いてはどうかとすすめてくれることが多い。そのたびに私は、ああそのうちに書きますよ、と答えておくのであるが、しかし本当のところを言うと、まだなかなか癩から抜け出ることなど出来そうにもない。いや、抜け出ることが出来ないというよりも、反対に、もっともっと癩小説を書くぞ、とひそかに肩をいからせるのだ。それは私自身が癩であり、毎日癩のみを眺め、癩者のみと生活を共にしているため、では決してない。私の眼には二千年の癩者の苦痛が映っているのだ。この長い間の歴史的存在を、わずか三つや四つのヘッポコ小説でけりにしてしまって、それでいいのか、と私の頭は考えねばいられないのだ。そう考えたが最後、またか、と言われようが、ジャアナリズムからロックアウトされようが、読者が一人も無くなろうが、歯を喰いしばってもここからそう簡単に逃げ出してはならぬと新しい覚悟が湧き出して来るのだ。

×

無論《むろん》私も健康な小説が書きたい。こんな腐った、醜悪《しゅうあく》な、絶えず膿の悪臭が漂っている世界など描きたくはない。また、こんな世界を描いて健康な人々に示すことが、果してどれだけ有益なのか。少くとも社会は忙しいんだ、いわゆる内外多事、ヨーロッパでは文化の危機が叫ばれ、戦争は最《も》早《はや》臨月に近い。そういう社会へこんな小説を持ち出して、それがなんだというのだ――こういう疑問は絶え間なく私の思考につきまとって来る。

実際私にとって、最も苛立《いらだ》たしいことは、われわれの苦痛が病気から始まっているということである。それは何等《なんら》の社会性をも有《も》たず、それ自体個人的であり、社会的にはわれわれが苦しむということが全然無意味だということだ。猛烈な神経痛に襲われ、あるいは生死の境で悶《もだ》える病者の姿を描きながら、私は幾度筆を折ろうとし、紙を引き裂いたことであろう。自分の書いた二、三の記録や小説も、嫌悪を覚えることなく書いたものは一つとしてないのである。

×

そしてこれはものを書く場合のみではない。自分の生の態度に直接ぶつかって来るところのものである。

生きること自体意味ない、自分の姿を眺めながら、真実そう思わねばならない時の気持というものは、決してそう楽しいものではないのである。

私は時々重病室の廊下をぐるぐる巡りながら散歩する。そして硝子《ガラス》越《ご》しに眼に映って来る重病人の群を眺めては、こうなってまでなお生きる人々に対して、一体私は頭を下げることが正しいのか、それとも軽蔑することが正しいのかと自問するのだ。成程《なるほど》、これらの人々は苦しんでいる。人生のどん底でうめいている。しかしそれが何だというのだ。これらの人々が苦しもうが苦しむまいが、少くも社会にとっては無関係であり、ばかばかしいことなのだ。

私は今、これらの人々、という言葉を使用した。しかし勿論《もちろん》この言葉の中には私自身をも含めているのである。私もやがてはそうなって行く。小説など勿論書けなくなるだろう。幾年か後には、自分もまた呻《うめ》きながら苦しみもだえることであろう。私にはちゃんとそれが判《わか》っているのだ。しかも私は、そうなった時の自分の姿を頭の中に描き、視《み》つめながら、なんと笑っていなければならないのだ。そういう姿を自分の中に描いた時の自分のとるべき心の態度は、ただ一つその苦痛する自分の未来の姿に向って冷笑を浴せながら、じっと苦痛に身を任せているより他にないのである。

「兄弟よ、汝は軽蔑ということを知っているか。汝を軽蔑する者に対しても公正であれという、公正さの苦痛を知っているか。」

ニイチェはかつてこんなことを言ったそうであるが、私には公正さの苦痛というものがよく判る。

×

成程、生きるということは愚劣だ。人生はどう考えても醜悪であさましい。この愚劣さ、醜《みにく》さ、あさましさにあいそをつかして首を縊《くく》ったり海に飛び込んだりした者は決して少くない。しかし、私はここで呟《つぶや》かずにはいられない。愚劣な人生にあいそをつかして自殺した人々の死にざまのなんと愚劣なことか！　と。

全くそれは愚劣なものだ。私はもう何度も縊死体《いしたい》というものを見たことがあるが、実際見られたものじゃない。主要なことは人生の愚劣さを知ることではなく、自殺の愚劣さを知ることである。

例えば、私が首を縊ったとしても、癩者はやっぱし生きているのだ。もし私が死ぬと同時に、彼等もまた死んでしまうなら、私の自殺は立派である。が実は、私が死んでも人々は知らん顔して生きているのだ。この故に私の死は愚劣になる。デカルトは「我思う故に我在り」と言ったが、実は「他人思う故に我在り」の方が本当なのだ。

それならもうどうしても死んではならぬ。生きることがどんなに愚劣でも、自殺よりはいくらかましなのだ。じっと耐えているより致方《いたしかた》はない。生き抜くなどと偉そうなことは言ってはならない。ただ、じっと我慢することだ。そこには愛情という意外な御馳走があるかも知れぬ。

×

だから私はもう少し癩を書きたい。社会にとって無意味であっても、人間にとっては必要であるかも知れぬ。

二つの死

秋になったせいだろう、この頃どうも死んで行った友人を思い出していけない。それも彼が生前元気にやっていた頃の思出ならまだ救われるところもあるのだが、浮んで来るのは彼の死状《しにざま》ばかりで、まるで取り憑《つ》かれてでもいるかのような工合である。夜など、床《とこ》について眼をつぶっていると、幻影のように、呼吸のきれかかった彼の顔が浮き上る。眉毛《まゆげ》のない顔がどす黒く、というよりもむしろどす蒼く変色して、おまけに骨と皮ばかりに瘦《や》せこけて、さながら骸骨、生ける屍《しかばね》とはこれだ、と思わせられるようなのが、眼の前でもがくようにうごめき始めるのだ。それから湯灌《ゆかん》してやった時に触れた、まだなまぬくい屍体の手触り、呼吸の切れるちょっと前に二、三度ギロリとひんむいた巨大な目玉、呻《うめ》き、そんなのばかりがごちゃごちゃと思い出されて来るのだから全く堪《たま》らない。昨夜の如きは遂に一睡もしないでその幻想に悩まされて明かしてしまった。そのため今日は頭がふらふらし、雑文でも綴るより仕方がない。が、おかげで詩のような文句を考え出した。

粗い壁。

壁に鼻ぶちつけて

深夜——

虻《あぶ》が羽ばたいてゐる。

友人に見せたら、ふうむ、詩みたいだ、と言った。題は、「虻」とするよりも私はむしろ「壁」にしたい。まあこれが詩になってるかどうかはこの場合どうでもよいとして、昨夜一晩私は壁を突き抜ける方法を考えたのだ。しかし突き抜けることが不可能としても、虻は死ぬまで羽ばたくより他、なんともしようはないのである。

（未完）

井の中の正月の感想

諸君は井戸の中の蛙だと、癩者に向って断定した男が近頃現れた。勿論《もちろん》このような言葉は取り上げるに足るまい。かような言葉を吐き得る頭脳というものがあまり上等なものでないということはも早や説明の要もない。しかしながら、かかる言葉を聞く度《たび》に私は、かつていったニイチェのなげき(8)が身にしみる。

「兄弟よ、汝は軽蔑ということを知っているか、汝を軽蔑する者に対しても公正であれという、公正の苦悩を知っているか。」

全療養所の兄弟諸君、御身等にこのニイチェのなげきが判《わか》るか。

しかし、私は二十三度目の正月を迎えた。この病院で迎える三度目の正月である。かつて大海の魚であった私も、今はなんと井戸の中をごそごそと這《は》いまわるあわれ一匹の蛙とは成り果てた。とはいえ井の中に住むが故に、深夜冲天《ちゅうてん》にかかる星座の美しさを見た。

大海に住むが故に大海を知ったと自信する魚にこの星座の美しさが判るか、深海の魚類は自己を取り巻く海水をすら意識せぬであろう。況《いわん》や——。

だが思えばここ数年来、私の迎えた正月はなんという新年であったことか。年あらまる毎《ごと》に私の苦痛は増すばかりであった。

「俺はお前に頭を下げるのじゃない。全人類の苦痛の前に頭を下げるのだ。」

とロジオン・ラスコリニコフは売春婦ソニヤの前にひざまずいて泣いた。しかも、人生は愚劣なのだ。現実はあくまでも醜悪《しゅうあく》なのだ。この愚劣な、醜悪な人生に生きねばならぬ人間の苦痛が、私には堪《たま》らない。生きることは虚偽であるかも知れないのだ、だが、たとえそれが虚偽であるにしろ、生きねばならぬのが人間の宿命だ。いのちの姿を真に感得し得た者のみがこの言葉の意義を知ってくれよう。自殺の無意義さを真底から知っている者はいないか。

今年もまた、私の苦痛は一段と深まることであろう。

だが、苦痛とは何か、われわれの精神を虐《しいた》げ、われわれの観念に皹《ひび》を入れるこの苦痛とはそもそも何か。苦痛とは単なる神経刺戟だというのか、そうではあるまい。

苦痛は私に夢を与えた。苦痛によって私はただひとつの夢を得た。

一九三六年は私にとって生涯記念すべき年であった。ある意味においては、この年は私の持っていたもののすべてを失うためにのみ費されたといえる。実際私は、私の持っていたものをみな失ったのだ。それはみな、この新しい夢を得るための代償であった。ああしかし、その夢が悪夢でないと誰がいおう。一九三七年の私の苦痛はここから始まるのだ。

夢を有《も》ったが故に夢に虐げられるとは、

――それなら苦痛が救いだとでもいうのか！

何も云わぬ、私は作家だ。


小説に対して、人々は明るいとか暗いとかいう。だが新しい小説においては、明るいとか暗いとかいう言葉は意味をなさぬ。

夜の更《ふ》けわたる頃、私は机を前にしてじっと坐っていた。私をつつんだ空間は液状になって、私の肉体は徐々にばいい爛《らん》して行くように思われるのであった。それは恐るべき瞬間である。その時私は明瞭《はっき》りと聴いた。私を蝕《むしば》む病菌の呼吸の音を。新年早々、ろくでもない言葉を吐いた。もうこのような言葉は一切吐かぬことに定《き》めた。さて私は仕事をしよう。それ以外に何がある。なんにもありはしないのだ。

——柊の垣のうちから——

断　想

自殺を覚悟するとみな一種の狂人か、放心状態に陥る。これが僕には不快なんだ。ただただ不快なんだ。そういう状態になって自殺するのは決して自殺とは言えないんだ。それは殺されたのだ。病気に、運命に、殺されたのだ。僕は自殺は希《のぞ》んでいるけれど、殺されるのは断じて嫌だ。僕は自殺したいんだ。死の瞬間まで、自己をじっと見つめて、理性で一切を統禦《とうぎょ》する時、初めて「自殺」は可能なのだ。それは理性によって運命を、病気を、征服したことなんだ。勝つにはこれ以外にない。

どんな、どん底の人間だって希望は残っている。そう、それは正しい。どんなどん底の人間も希望を失うことが出来ないのだ。それが生命の、いのちある証拠なのだ。判《わか》るか、俺の言うことが――。人間は生きている限りこの希望という生物《いきもの》を背負うべき宿命をもっているのだ。だが、そう言ったからって、どうして人生が明るいと言えるんだ。どうして幸福だと言えるんだ。
　俺は希望を憎悪する。俺は希望に、希望あるが故に、苦しみ悶《もだ》えているのだ。ああ俺が、全き絶望に陥ち込むことが出来たらなあ、その時こそ、俺は自殺が出来るのだ。

　俺はなんだって小説なんか書く気になったのだろう。小説を書いて、それが何になる。生きるために書く、そんなことはみな嘘だ。小説を書いたとてこの俺の苦痛はやわらぎはしない。

　朝から晩まで一室に閉じこもっていると、夕方には激しい孤独を覚えて、居ても立ってもいられなくなる。神経は妙に鋭くなって、ちょっとした物音にも、空気の動きにもぴりぴりと顫《ふる》える。そして無精《むしょう》に人間が恋しくなる。窓下でことりと下駄の音がすると、俺のところへ来るのではあるまいかと緊張し、非常に、それが来訪してくれることを希みながら、しかし来ることが、腹立たしく不快になる。そしてこの孤独な気持を乱されるのが恐しく思われる。そのくせ下駄音が窓下を素通りしてしまうと、たまらなく失望した気持になる。その音の消えるまで耳をすませながら、なんとなくうらめしいような気持さえ味わわずにはいられない。もうじっと坐っているのに堪《た》えられなくなり、立ちあがって部屋の中を歩き廻る。しかしどこへも行きたくはない。行ったとて愚劣だと思ってしまう。

やがて日は暮れてしまい、電燈の光りだけになると、少しずつ気分が落着き、静かな、平和な気分になる。そしてしばらくじっと目を閉じていると、なんとも言いようのない満ち足りた法悦境に這入《はい》って行く。その時には自分のまわりのものがすべてなつかしい。すべて好きになる。一つ一つ手にとって接吻してみたくなる。インクスタンドも、灰皿も、ペンも原稿紙も、すべてがたまらないほどなつかしく、あたかも命あるもののように見え、つい話しかけてみたくすらなって来る。花瓶にさした草花など特にそうだ。一切のものが自分の兄弟か何かのように見え、自分と血を分け合ったもののように見えるのだ。すべてが良い。宇宙に向って感謝し、神の御心を感じる。とはいえ、それだけではない。もっと恐しいことも感じる。そしてあるものは自分だけとなる。激しい、強い、力を感じる。何もかもが可能と思われる。お望みとあれば即座に自分の心臓にメスをぶち込むことも出来そうになる。また即座に人を刺し殺すことも出来そうに思える。

美しい、まだ十五、六の少女が現われる。この少女を直《ただ》ちに殺すことも、また限りない愛情をもって抱きしめることも、可能となる。しかもすべては美しく、なつかしい。

聖書は何にも増して我々に源泉の感情(9)を示してくれる。我々が現代において欲するものは何よりもこの感情、源泉の感情だ。

俺は俺の苦痛(10)を信ずる。如何《いか》なる論理も思想も信ずるに足らぬ。ただこの苦痛のみが人間を再建するのだ。

（作品の構想の覚書などと共に、彼の書簡箋に、細字で書きつけられてあったもの。折に触れての断想(11)で、昭和十二年の春から夏にかけての頃のものと思われる。　——整理者）

日記（抄）

一九三四(昭和九)年

七月十三日。

盆が遂に来た。何の親しみも光りもない盆が。数日前から踊りの練習をやっているが、自分は足の傷が癒《なお》らないので、それも出来ない。出来るならば、自分も精一ぱい唄を唄って踊りたい。一切を忘れることが出来るならば、それ以上の嬉しいことが他にあろうか。足の傷は野球をやっていて、踏まれたもの。もう十三日になるのに穴の深さが浅くならぬ。傷の所が麻痺している故、痛みとてはないのだが、癒りの悪いことは二倍である。これが健康時ならば二週間も経てば良くなってしまうのだが。

痛みとてはないのだが、疵《きず》があるということは自分にとっては苦しみの導火線だ。弱り切った自分の神経は、どんな些細《ささい》なことにもそれを利用して狂い始めるのだ。疵をしてからの自分の不安と焦燥《しょうそう》は筆紙に尽せぬ。原稿は書けぬ。日記すらようやく今日になって思いついて書き始めたくらいだ。

昨日から雨が降る。長い間待っていたものである。雨は流石《さすが》に自分の心を落ちつかせてくれる。これだけの日記文を書くことが出来るのも、言うまでもなく雨のお蔭だ。この雨の為《ため》に石川県辺りでは水害で弱っているとのこと。今日の新聞では六十人の溺死人を出したという。けれど自分は雨を愛す。例え一万人の溺死人が出る程《ほど》の洪水になったとて、自分は雨が好きなのだから仕方がない。

日記を書きながらじっと外を見る。霧のような細い雨が前の筑波舎の屋根に注いでいる。庭に咲き始めたグラジオラスが何の故にか胸を伏せて仆《たお》れている。

今朝起きたのは六時であった。雨は小降りであったが、降りそうに空は曇って険悪である。

七時頃、桜井、小川、花岡、上村、佐藤、松川、自分の七人でアミダをやる。自分は弱籤で八銭とられた。が、菓子は甘かった。腹工合が悪くなった。

九時頃外科に行く。足の疵は相変らず深い。だが痛みのないことが幾分でも自分を救う。痛みのないことは癩の特長であると同時に、治ることの長びくことを意味するけれど、自分は、痛いのは何より閉口だ。

盆の記。

一向盆らしくない盆だ。それは気分が第一そうであるが、天候の工合も盆らしくない。降るというのでもないが、どんよりと曇って寒く、夜など蒲団《ふとん》をすっぽり被《かぶ》って寝ないと寒気がするくらいである。団扇《うちわ》や扇の要らない盆なんて丸切《まるき》り感じが出ない。盆はやはり苦しくとも暑い方がよい。

十四日、十五日、十六日、と村の人達は踊り狂った。就中《なかんずく》十六日の夜は徹夜で踊った者もあったくらいだ。自分も拙いながら踊った。笠踊り、八木節、東京音頭の三つを自分は踊れるようになった。生れて初めてであったが、踊りも亦《また》面白いものだ。けれど自分には踊りながらも浮かれるという風な気持にはなれなかった。これは仕方がない。菖蒲舎の彼女達も総出で、盛装を凝らして踊っていた。凡《およ》そグロテスクな面や足を持っている彼女達であり、平常は男女の識別も怪しい彼女達ではあるが、何気《なにげ》なく踊っている一つ一つの動作の内部にも外部にも、やはり女らしい線の弱さと、柔かい弾力に溢《あふ》れていて、自分はその美に打たれた。百合舎の女の子達の踊りには自分は真実泣かされた。この小宇宙に生れ、そしてそれに満足して、いや慣れ切って、一切の苦しみすらも感ずることを失って、ただ無心に踊っている。その可憐な容子は実際涙を誘わずにはいない。

八月二十八日。

毎月二十八日は遥拝式《ようはいしき》で早起きをせねばならぬ。自分も今日は早く起きて式に参列しようと思っていたのだが、昨夜カルモを飲まなかったので、遂に早く起きることが出来ず、起きた時は七時を過ぎていて、式に行ったものも帰って来ていた。

空は曇っている。が、自分が注射を済ませて帰って来た頃から雲がだんだん消えて行って、やがて晴れ渡った秋らしい青空になって来た。売店の連中と大工さんとの野球があるというが、一時を過ぎた頃から又《また》曇って来た。野球などどうでもよい。雨が降るといいのだが。

「一週間」は三十五枚、第一日の分だけ書いたが、第二日になって詰ってしまい、一行も進まない。それというのも腹工合が悪い上に、毎日野球に引き出され、ゆっくり考えてみる暇がないからだ。野球なんぞあっさり止めてしまって、――と思わぬでもないけれど、やっぱり好きだし、それに今の間に遊んで置かねばと思う、はかない病者の気持もある。

この頃になって又亀戸時代に感じたような疲れを覚えるようになった。暗黒な前途の重さがひしひしと自分の心理を圧迫して、自分はどうにも耐えられず、早く気狂いになってしまうか、死んでしまうかしなければ――このような全身に抵抗力というものが皆目なくなってしまったような日が何時《いつ》まで続くのか。からりと晴れ渡った空のような、澄明な心に何時なれるのか。何を見ても興味を覚えず、坐っていても、臥《ふせ》っていても、これが自分の最も適当な態度とは思えず、何かもっとこれ以外のことに自分の態度を決めて行かねばならぬような気がしてならぬ。坐れば坐ってならぬと思い、歩けばその目的が漠とし出すし、弱った――弱った。

ここまで書くと十二時過ぎであったので、グラウンドに野球を見に行く。どちらも余り下手糞なので、かったるしく見ていられない。それで帰りかけると、分室で手紙が来ているというので貰《もら》う。

久しぶりの老いた祖父からの便りである。古風に筆で書かれた文に、目前に祖父を見たような嬉しさを覚える。読んでいるうちに、以前の妻であるY子が肺病で死んだという。思わず自分は立ち止って考え込んだ。あんなに得態の知れぬ、そして自分を裏切った妻ではあったが、死と聞くと同時に言い知れぬ寂しさを覚えた。自分は彼女を愛してはいなかった。けれど死んだと思うと急に不愍《ふびん》さが突き上げて来て、もう一度彼女の首を抱擁したい気持になる。出来るならばすぐにも彼女の墓前に何かを供えてやりたくも思う。死の刹那《せつな》に彼女はどんなことを思ったろうか。それにしてもなんというはかり識《し》れぬ人生であろうか。死を希《ねが》い願って死に得なかった自分。だのに彼女は二十のうら若さで死んでしまった。

××のKも病気とのこと。老いた祖父が頼りとする自分を、この遠くの療養所に送って、そして自分の周囲のものが次々に死んで行く状《さま》はなんという悲しいことだろう。最《も》早《はや》祖父母の上にも死の影は遠くあるまい。

明日は松舎と野球の試合があるので、夕方になって練習をする。練習中はY子のことも何も忘れ果てていたけれど、終って風呂に入り机の前に坐ると、すぐ又彼女のことを思い出した。あんなに元気で、田舎娘らしい発育の良い女だったのに――死ぬとはむしろ不思議な感じがする。

十一月十八日。

この日記は五号病室で書いたものである。熱瘤《ねつこぶ》のために今月六日に這入《はい》ったのである。それ以後今日まで十三日目になるが、熱は三十八度乃至《ないし》九度を上下していて、気分すぐれず大変弱った。今度出る詩集(この院内の患者達の組織する詩話会の第一詩集である)

にも一篇も書けなかった。勿論《もちろん》まだまだ自分に詩など書けないことは判《わか》り切っている。目下《もっか》のところでは、もう院内のものには何も発表したくない。自分には詩にしろ散文にしろ発表するようなものは何一つとして書けないのだ。もうそれは自明の事だ。

いくら書いたって下らぬものを、自分の気にも入らぬものを発表する気になど丸切《まるき》りなれない。それよか今のうちにこつこつ勉強して次の日の勝利に具《そな》えるに限る。昨日もM君が来て呉《く》れて、是非作品を出して呉れと言われたが、自分には書けぬと言った。気の毒でもあるが仕様もないことだ。というような訳で何一つ書かなかった。

ところが今日になって熱が下った。三十六度三分。平熱だ。これなら久しぶりで日記文の一行くらいは書けようと思われたので、舎へこのノートを取りに出かけて行った。

この病室から一歩外部へ踏み出した刹那《せつな》、自分はもう何もかも変ってしまった風景に吃驚《びっくり》した。たった十五日、外部と切断された病室にいる間に、自然は素晴しい変化を遂げているのだ。まだ青かった木々の葉は、枯れ果てて危《あや》うく細い枝に縋《すが》りついて、すっとでも吹こうものなら散ってしまうだろう。舎の近くのプラタナスなどは、すべての葉を散らせてしまって、あらわなる骨格と自分が呼んだ幹ですら、もはやそういう形容では面恥《おもはずか》しいだろう。それに狭い病室に居た故か、あたりは野放図もなく広く、なんだか真空の内部へ這入り込んだ思いさえした。舎の中へ這入っても丸《まる》で以前とは異ったように思われて、兎《と》に角《かく》何もかも、一度も自分の眼に映じたことのない新しい世界のように思われた。いや久しい間帰らぬ間に、色移り香失せた故里に帰って、ああれは見覚えがある九号病室だ、ふうむこれもよく浸った労働風呂だが、なんてまあ激しい変りようだ、とでもいった風な、なんだかおかしな気分にならされた。

たった十五日病室にいて、それもこの狭い院内に於《お》いてすらこのような変化を見せるとすると、院外の一般社会の変化はどうだろう。この内部で文学だ社会不安だと言っていたとて、もうとっくに社会は全然違った貌《かお》つきになってしまっているかも知れぬ。これならもう自分の言葉はどれ一つとして社会性を失ってしまっているかも知れぬ。弱ったことだ。

十二月八日。

夜になって久振りに故里の父に手紙を書く。書きながら父の姿をあれこれと想い出す。自分が田舎に居た頃一緒に働いた父、東京で会い日比谷公園で語り合った時の父、亀戸のあの汚ない宿屋で語った時の父、この病院へ見舞いに来て呉《く》れた父、自分の憶い出す父の姿は何時《いつ》も自分に対して一種の威厳と、深い愛情を示していた。自分は深く父を尊敬するように近頃になって、なって来た。父の偉さが今になって初めて自分には判《わか》って来た。父は決して僕の行動に対してあれこれと言わなかった。今まで幾度となく自分は無分別と無鉄砲を行って父を困らせて来た。けれど父は決して叱らなかった。そしてこんなつまらぬ僕を一個の人間として或《ある》種の尊敬を持って常に自分に向って呉れた。心の底には常に深い愛情をたたえていた。それは時に、ごくたまに眼に表われることがあった。言葉に表われることは滅多にない。唯《ただ》一度兄が死んだ時、僕と父とで骨あげに行った時、その骨を小さなつぼに入れながら、

「昨日まで生きて居ったのに……のう。」

と言った。僕はこの言葉を忘れない。この言葉の最後が、どんなに深い父の感情に接続していたことか。父自身でなければ判らない。

十二月二十日。

『呼子鳥』に載せる童話の締切日だ。昨夜どうやらまとめたので、今日は書き改めようと三枚ばかり改めると、嫌になったので止めた。

十二、三日頃の荒《すさ》んだ気持も、どうやら落ちついた。静かに、しずかに母のことなど随筆してみたい気持が一ぱいである。

この二、三日、何かにつけて亀戸時代を思い出す。自分に深い印象を残している去年の暮のことなど特に思い出す。今の生活に暮も正月も変りがあるものかと自分も言い人も言うのだが、やっぱり暮は暮なのだろう。樹々の梢を吹く凩《こがらし》の音にもあの時代を連想する。今思い浮べてみても洞穴の中のような思いがするが、実際あの時の自分の生活は、陰惨だった。思い出すと激しい不安に襲われる。社会不安だ、生活不安だと、文士達が安易に言ってのけるけれど、あの自分の不安、恐怖にまで到達している者があろうか。そして自分は、その不安、恐怖を、身をもって行って来たのだ。自分の神経も徐々に癒えつつある。以前のような神経に復《かえ》った時、自分は傑《すぐ》れた不安の文学を創造するだろう。

一九三五(昭和十)年

五月二十九日。

本月十五日、川端先生より拙作「間木老人」に就《つ》いてお手紙を戴き、それ以来、どうやら自分の文学にも明るみがさして来た。自分としては丸切《まるき》り自信もなにもなかったのに、先生は立派なものだと賞めて下さった。そして発表のことまで考えて下さった。二十二の現在まで、暗く、陰気な、じめじめした世界以外になかった自分に、初めて太陽の光りがさし、温かい喜びの火が燃え始めた。自分は書こう。断じて書こう。「文学と斬死《きりじに》する」と何時《いつ》か光岡君に語ったことがある。その時彼は、皮肉な冷憫《あわれみ》の眼で僕を見ていた。だが、自分はその気持から絶対に離れることは出来ない。そのために印刷所はやめてしまった。だが野球の方はやめられそうにもない。渡辺君のあの顔を見ると、どうしても済まぬ気が先に立つ。

K・F(12)は明日実家へ帰る。新しい文学の道を求めて――。彼の眼は片方は義眼だ。病気は重い。それだのに、今まで自分のやって来た文学(大衆文学的なもの)の凡《すべ》てを清算して、新しい出発をするという。もう年も二十九にはなるのだろう。つい昨年まで療養所作家と自ら任じ、又人《また》も認めていた彼。けれど文学サークルが出来て以来、我々の本格的な歩みは彼を激しい苦悩に陥れ、彼自身の文学が真実のものでなかったことを悟らしめた。勿論《もちろん》彼をして生活から浮き上った、大衆小説的興味本意の小説を作らしめたのはこの病院の責任である。彼に正しい一人の指導者をも与えず、指導的な書籍の一冊も与えなかった病院の責任である。けれど彼は飜然《ほんぜん》と自らの道を発見し過去の一切を清算して突進しようとしている。彼の前途には苦悩と不安が待っているであろう。だが、それらのすべてが彼を生かしめる素材であるように、僕は祈る。

六月十日。

終日部屋に引き籠っていたが、『作家の日記』を少し読んだだけである。絶え間なく書きたい欲求に襲われながら、机に向うと、どう書いていいのか判《わか》らなくなってしまう。そして今まで書いた三枚も、この文章で、この方法で、こういう風に書き進めていいのか？と疑い始める。するともう一行も次が書けない。そうなると憂鬱《ゆううつ》でたまらない。それで夕食後S君がモルモット小屋へ食餌を持って行くので、それと一緒に出かけて行って気晴しをする。その帰りに風呂に這入《はい》って、つくづく考える。（自分は何も書けないんだ。その癖《くせ》自分の力以上のものを書こうと気張っている。それがいけないんだ。自分に書ける程度に、こつこつ書けばいいんだ。今は習作だ。何よりも、もっと量を多く書くべきだ。気張るな気張るな）この考えは自分を救った。帰って見ると光岡さんが来ていた。先日持って行っていた『獄』を返しに来ていたのだ。それから『獄』に就《つ》いて九時頃まで語る。そこへ東條君が来たので三人で散歩に出かける。話は自然『獄』のことからマルキシズムの問題となり、更に現在この療養所内に於《お》いて我々は如何《いか》に生きなければならぬかということとなり、我々の敵は、ブルジョワだけではなく、もっともっと別な、更に深い敵があるのだ。ということや、個人と階級ということなど語る。その間自分の心を打った光岡さんの言葉に、こういうのがある。どんなに苦しくなって、どんな大きな、現在とは全然別なようになっても、そこにはきっと抜路《ぬけみち》があると思う、そして自分が変って行くたびにきっとそこには新しい世界があるのだ、という風なことであった。（ここまで書くと、U君が眠れぬのだろう枕の向きを更《か》えた。自分はローソクの光りが洩《も》れては済まぬと思い、わざわざ本を高く積んで光りをふせいでいるのに、ことさらに向きを更えるとは！　なんて共同生活は嫌なものなんだろう。どうしてあの野郎はあんなに意地悪なんだろう。貴様なんか一日も早く、くたばっちまえ!!）

六月十一日。

朝『作品』六月号の「田園通信」（上林暁）を読む。移り変って行く農村の姿を描いているのだが、手紙の形になっているためか、時代的な動きというような客観的な真実さよりも、そこにいる作中の「僕」の「君」に対する告白記のようである。

九時頃東條の家へ行く。あの舎では畳の表替えをやっていた。孟宗竹の藪《やぶ》を後にして、二人は話す。前の庭でN君が懸命に針を動かせて、畳を縫っている。大きな桜の木がその向うにあり、水々しい緑葉が垂れて涼しそうである。はるか彼方《かなた》に煙突が見え、黒煙がもくもくと湧き出していた。空が湿気を含んで青白く見える。

東條は彼の日記を読んで聞かせた。絶望にまで及ぶ深い苦悶《くもん》と、その苦悶を理解し得ない周囲に対する反抗が彼らしい情熱で語られていた。彼の孤独が痛々しく思われる。その中で、この気持の判《わか》って呉《く》れるのは北條であり、北條の中に多くの共通点を見出すと書かれてあった。が、一体自分はどれだけ彼の気持が判るのだろうか？　自分に彼が判るのは、彼の中に自分を見るからであり、彼の中の北條らしき部分だけしか理解されないのではあるまいか。だがこれ以上は望むことに罪があるのだろう。が自分は思う。今までを振り返って見ても、ほんとに苦しんでいる人と交わる時にだけ自分は信頼された。例えばF子(従兄の妻)である。彼女等と同居している時、初めの間彼女は、ルーズな、手に負えないひねくれ者でそのくせ人一倍図々しい——と言って自分を猿のように嫌った。けれど日が経ち、語り合うことが多くなり、お互《たがい》の苦痛を話し合うようになるにつれて、彼女は自分を信じ始めた。彼女にとって、心の悲しみを語り得る者が、その夫にはなく、実に僕だったということが理解されて来た。(これは決して自惚《うぬぼれ》ではない。)彼女は、僕が自殺に出発した遺書を見ると、唯《ただ》、わけもなく泣き出してしまった。そして彼女は、僕が癩であることを識《し》らず、僕の病的な苦悩が理解出来なかったらしいが、唯《ただ》真に苦しんでいる者として、僕の中に共通点を見出したのだろう。

このことは幸か不幸か判らぬけれども、自分はうれしい。苦しむ人の友となることが出来る自分は、それは一つの幸福であろう。それから、先日僕が分析した看護婦の夢に就《つ》いても書かれていた。それによると、僕の分析は完全な図星だ。

七月十四日。

お盆が来た。降るのかと思われる程《ほど》空は曇っている。昨年の盆と同じように、やはり今年も涼しい。

学園前のグラウンドには、大きなやぐらが建てられ、夜が来ると、みなめいめいに仮装などして踊りだ。

八時頃出かけて行く。けれど踊りたいという心は湧いては来ない。望郷台に上ると、ほの暗い中に東條が佇《たたず》んでいる。大きな花の輪を鳥瞰《ちょうかん》するように、踊りはすぐ真下に見える。初めて自分がこの踊りを見た時は、土人の部落の踊りでも見るような感じがしたが、今年もやはりそのような気がする。

東條と二人で降り、ぶらぶらと散歩をする。月は満月で碧い硝子玉《ガラスだま》のように中空に浮んでいる。東條は突然僕に、自殺の決意を告白する。遂にここまで来てしまったのか。僕は心の中に突き上って来る激しいあるものと戦いながら、それでも言うべき言葉がない。彼が死を思うことは既に久しい。そしてここに至ることは最早《もはや》以前から予想されていることではないか。この彼に向って自分は何と言ったらいいのだ。自殺をやめろと言うか。ああ、だが今の僕にどうして彼の死を思いとどまらせることが出来るのだ。それどころか、真に彼の苦しみを思うなら、むしろ死を奨めるべきではあるまいか。人は何と言うか僕は知らぬ。けれど僕にはそうより以外言う言葉がない。けれど、ああ、東條に向って、この親友というべきたった一人の友に向って、どうして死ねと言えるのだ。

どうしても、どうしても僕には言えない。

「僕には何とも言うべき言葉がない。」僕はただそれだけを言って置いた。これ程無慈悲な言葉はあるまい。死ね、と言うよりも尚《なお》数倍冷たい言葉であろう。けれど、この冷たさが、この無慈悲さが、どんなに彼を思う僕の心か、誰か察して呉《く》れ。

僕自身何かの折に幾度も言ったではないか。盲目になったら、いや、盲目になる前にきっと自殺する、と。この僕だ。この僕の考えを彼は今行おうとしている。それは誰の姿でもない、僕自身の姿なのだ。

彼は又《また》言う。或《あ》る女性に結婚の申込みをしたと。その女は幾分かは文学に対して理解を持っているらしい。言う迄《まで》もなく盲になってから代筆して貰《もら》う為《ため》だ。その返事が今日は恐らくあるだろうと思う。その女の返事によって死ななくてもよいかも知れぬと彼は言う。けれど90％駄目だろうと言う。つまり彼の生死はその女の返事一筋にかかっているのだ。僕は言った。もしその返事がNoであった場合はどうかその女と僕と会わせてくれと。僕は下手な口でその女を必死になって口説《くど》いてみよう。しかし僕が女を口説くなんてなんだか変な感じがする。僕は生れて初めてだ。

七月十五日。

今日一日心が浮かない。何かもの悲しく、憂愁につつまれた日であった。東條のことを考えると、原稿紙に向う気もしない。今度の「晩秋」だけは力を入れて書きたい。以前「間木老人」を先生は賞めて下さったけれど、自分には丸切《まるき》り自信がない。あの作のことを考えていると、思わず顔が赧《あか》くなるような拙劣《せつれつ》な所が目立って思い浮んで来る。これではいけない。「晩秋」だけは自信のある作にしたい。が、東條の件が解決してしまわない限りとうてい筆をおろせない。この作は実を言うと、もう二十四枚(題はついていない)書き進めて来て急に想が変り、破き捨て、更に三度書き始めてみたが思うように行かず、困っているのだ。けれど書けるだろう。きっと書く。昼頃先生よりお手紙があった。あせらずに体に気をつけなさい、と。何時《いつ》ものように優しくいたわって下さるお手紙に頭が下る。夕方東條の所へ行く。彼は部屋の中に長々と伸びたまま、何かもの思いに耽《ふけ》っている。自分も寝転び考え込む。時々咳が出る。東條が、

「又咳《またせ》いているな。」

と言う。

「うん。」

と答えると、

「その咳は怪しい。」

と言う。僕は黙った。咽《のど》に痰が詰り、咳くまいとしても、咳くまいとしても咳いてしまう。喀血《かっけつ》でもして死んでしまえばどんなに幸福か知れぬと思う。

二人で風呂に這入《はい》る。帰る時に東條に言う。

「僕は今夜踊るぞ。」

「踊れ。……僕も踊ろう。」

そうだ今夜は気が狂うまで踊り抜きたい。踊りによって凡《すべ》てを忘れることが出来るなら、よろこばしい。

夜。笠を持って踊りに出かける。K君とM君と、三人で踊り出したが、やっぱり気が浮かぬ。二度ばかり廻り、M君が引き止めたが、疲れたと言って外に出る。松舎の横で蹲《うずくま》っていると、向うから東條が来る。薄暗の中で顔を見合せ、お互《たがい》に淋しい微笑をする。踊らないか、とすすめてみたが、もう彼は踊る気をなくしている。無理もない。けれど僕は踊ろう。

「東條、今夜は踊らせて呉《く》れ。」

と言うと、踊って呉れと彼は言った。自分は再び明るい輪の中に流れ込む。やっぱり心が曇っている。東條の事が気にかかり、どんなにしても満足に踊れない。調子が外れたり間違えたりする。心は益々《ますます》沈んで行く一方だ。再度輪を離れ松舎の横の暗い所で蹲っていたが、つまらなくなってきてぶらぶら歩く。見物人の間に混り込んでいるうちに、ぐんぐん作品のことが頭に浮んで来る。

「踊りの夜」というような通俗趣味の題名が頭に浮んで離れない。するとばったり五十嵐先生に会う。

「まあ珍しい。」

と驚いたような声で僕をまじまじと見る。先生は数人の若い女と、二、三人の若い男と共に来ていたが「白十字サナトリウム」の人々ではないかと思う。白十字の人々はもう僕の名前を知っているらしい。先日東條が散歩していると、垣根の所でその人々に会い、北條さんはこの病院にいるのですか、などと訊《たず》ねたという。もっとも僕は白十字に療養中(肺)の森良三という未知の人から手紙を貰《もら》い、二、三度文通したことがあり、その人達は森君の所へ行く僕の手紙をみんなして読むのだそうだ。このことを東條が垣越しに聞き、僕にそう言った時、僕は何か不快な感情が起って来た。今夜もその人々に違いないと思われたが、僕には話したい慾望もない。会いたくもない。いや今の僕の気持は、彼等に会ったり話したりする余裕も落着きもない。早々僕は又《また》ぞろ踊りの中にまぎれ込んだ。あれが北條ですと五十嵐先生が教えているらしく、僕の方を指し、みんな一斉に僕の方を見ていた。面白くもない。僕はだんだん不機嫌になる。踊りを止めて東條を捜す。けれどいない。何か淋しくなってきてならない。ことりことりと下駄を曳《ひ》きずって東條の所へ行く。十時を過ぎている。入口のドアはもうしめられて這入れまいと思ったので、高い窓に縋《すが》りつき、伸び上って東條と呼ぶ。彼は日記を書いていた。十一時頃まで沈黙に近い時を過し、帰る。女からは、もう二、三日考えさせて呉れという返事があったそうだ。

七月十八日。

夕刻まで部屋に引き籠っていて、随筆五枚書く。『山櫻』にでも発表しようと思って書き始めたのだが、書き終ると嫌になった。

五時頃東條の所へ風呂を貰《もら》いに出かける。女からはまだ返事がないと言う。けれど今夜は間違いなくある筈《はず》だと言う。勿論《もちろん》Yes か No か判《わか》らぬが、僕はなんだか Yes のように思えてならない。Yes であって呉《く》れればいいが――。

家に帰ってY君とM君との棋を見ていると、東條がのっそり来る。もう八時過ぎであった。彼の姿を見た刹那《せつな》、返事があったなと思う。二人で散歩。

返事は、僕の予想が的中して Yes であった。ほっと安心する。彼はしみじみ君に心配かけて済まなかったと言う。そんなことより僕には、無事に解決したことが嬉しいのだ。けれどこのままうまく彼が起き上って呉れればいいが、又《また》再び新しい苦難が彼の前に立ちはだかって来るのではあるまいか、そういう不安が僕の心を離れない。

「今後もどんな苦しみが君の前にやって来るか判らない。けれどこうなった以上は、もし君が絶望すれば、君だけでなく、新しくその人も苦しまねばならないのだ。もはや苦しみは君個人のものでは決してなく、君の苦しみは彼女の苦しみであると思う。だから戦って呉れ。『盲目』はどうしても書き上げろ。」

と彼に自分は言った。彼は力強くうんと言った。僕はこの時程《ほど》彼を頼母《たのも》しく思ったことは嘗《かつ》てなかった。九時頃彼の所へよると、T・N君とT・K君が来ていた。T・N君やT・K君が帰った後で二人でお茶を飲み、心から彼の婚約を祝った。淋しいしかし力の満ち寄せるよろこびが心にある。そこで泊る。

一九三六(昭和十一)年

六月二十六日。　快晴、夕方に驟雨《にわかあめ》があった。

二週間の放浪から帰って今日はもう四日目である。どんなに死のうとあせってみても、まだ自分には死の影がささない。あの苦しい経験で判《わか》ったものは、実に、生きたい自分の意志だけであった。轟音《ごうおん》と共に迫って来る列車に恐怖する時、紺碧の海の色に鋭い牙を感ずる時、はっきり自分は自分の意識を見た。死にたいと思う心も、実は生きたい念願に他ならなかった。そして自分は、あの時、「人間は、なんにも出来ない状態に置かれてさえも、ただ生きているという事実だけで貴いものだ。」と激しく感じた。何故貴いか、ただ生きているだけで、生の本能に引きずられているだけで、どうして貴いのか？　それは自分には判らない。が、実に貴いことだと感じた。どういう風に貴いか。まだ言葉として表現することが出来ない。しかし真実貴いと思えたのだ。とにかく生きねばならぬと思う。

二週間の無茶苦茶な生活がたたって、心身共に疲れ切っている。休養しなければならない。

朝、光岡君が遊びに来る。彼は来月に這入《はい》ると休暇を貰《もら》って東京へ行くとのこと。その節草津へも行ってよくあちらの様子を見て来るという。

花岡君の部屋で光岡君の手紙を読んだ時の気持が蘇《よみがえ》って来る。自分を救って呉《く》れたものは、実際彼の温かい友情と川端先生の愛とであった。あの部屋で先生の手紙を読み、続いて彼の手紙を読んだ時の嬉しさは、とうてい言葉には表わせない。光岡君よ、兄《けい》に深く感謝する。

和辻博士の『続日本精神史研究』を少し読む。これから日本精神を大いに研究しなければならない。

昼食後光岡君の部屋へ遊びに行く。彼はこの病院へ這入る前の日記を読んで聴かせた。学生時代の彼の若々しい息吹《いぶ》きがそこにはあった。

帰ってから、トルストイの『幼年時代』を読み始める。頭が疲れているので非常な努力をして読むのだが、頭にぴったりと這入って来ない。夕食後また少し読む。

十月三十日。

九時に起きた。

中村光夫氏から手紙。この前出した僕の手紙の返事である。友人になろうと書いてある。実にいい。新進批評家で最も尊敬しているのは氏だけだから。しかし氏はなんという下手くそな字を書くんだろう。俺も下手だが、まだ下手だ。まるで字になっていないのがある。しかしこの下手なところがまたなんとなく面白い。氏はまだ大学を出たばかりで、あまり世俗的な苦労をしたことのない人に違いない。なんとなく良家に育った学生を思わせるものが手紙の中に流れている。世俗の垢《あか》がついていない。俺は世俗の垢だらけ。

しかし良い友人が出来て全くうれしい。早速また手紙を書きたくてしようがないが、また次にしよう。

中村氏の手紙と一緒に小包が一つ来た。誰からだろうと思って見ると、創元社の小林茂氏からのお見舞品だ。

東條を呼んで来て二人で頂戴する。その時東條の言うには、彼の妹が俺のことを想っているんだそうだ。返事のしようがない。俺は結婚したいが、精系手術のことを考えたらいやになっちまう。

今日はばかに良いことばかりのある日だ。

今十一時が鳴った。ローソクの火の下で書く。

一九三七(昭和十二)年

柊の垣にかこまれて

一月一日(13)

昨夜から神経痛ト急性結節ニテ元日から床《とこ》の中にいる。

東條耿一ハ酒を呑んでヤッテ来た。

光岡良二、於泉信雄が見舞ニ来た。

式場氏(文学界編輯部)ヨリ賀状。

佐藤定四郎君ヨリパンを送って来た。

夜は神経痛激しく加うるに両肩が痛み、横向キに寝ても仰向《あおむ》いても、ドウシテモ痛くてたまらぬ。その上に例の神経症的な全身ケイレンが連続して、文字通り七転八倒であった。実にみじめな正月ナリ。

於泉が二度アンマをやってくれた。これは寝《ね》乍《なが》ら書いている。

一月三日

今日は大分調子が良かったが、それでも一日床《とこ》の中にいた。嫌になった。

昼頃原田樫子、光岡良二来る。書初をして帰った。

病眼閉して万人を憐れむ　樫子

勁剛の神経、駿鋭の感覚、不逞の心魂　良二

原田氏のはさすがに立派な字であるが、光岡のは高等小学二年生の習字という恰好《かっこう》である。二人のを見ていると急に自分も書きたくなったので、手袋をはめたまま書いて見る。指の自由を失っているし、元来下手くそと来ているので怪し気《げ》な字である。

実に静かな新年であったこれで良い　民雄

夜は誰も来ず、なんとなく淋しくてならぬ。

一月十五日

文学界二月号を読ム

座談会は今までのうち第一の出来ナリ

小林秀雄氏の身振りに同感ス
亀井勝一郎氏の時評立派ナリ
小説は読マズ
夜ベラミを読ミ始メシモスグ嫌ニナッタ。
八時頃治田看護婦来り注射
明方ニ痛ミ激シ。

一月十七日

一日床《とこ》の中で例の如シ。
午後式場隆三郎氏突然来訪サレル。試験室マデ出カケル。
四十四、五才に見える、良く肥エタ人ナリ、サスガニ第一流ノ人ナレバ語気温和ニシテ、自分如キ者に対シテモ、恰《あたか》モ友人ノ如シ。心ヨリ敬愛ノ念湧ケリ。
本病院ノ医師日東氏の師トカ。

一月二十八日

民衆から天皇を奪ったら後に何が残るか。何《なん》にも残りはしないのだ。彼等はこの言葉の中に自己の心の在り場所を求めようとしている。それは何千年かの間に築かれた偶像であるにしろ、しかし彼等はこの偶像によって心の安定を得ているのだ。それは国家そのものに対する態度である。現在の彼等にとってはこれのみが残された唯一の偶像なのだ。重要なのはこの点だ。

二月一日

朝レコードを斉藤ミツ君に返す。

彼女は某看護手と二人でいた。このことに自分は奇妙な不快を覚え、更に、そういうことに不快を感じている自分が不快であった。

自分は女を愛してはならぬのである！　恋をしてはならぬのである。青春の血を空《むな》しく時間の中に埋めねばならぬのである。

×　　×

夜、光岡良二来る。十時近くまで語る。十七才の時　マルキシズムの洗礼を受けた自分は一切の「権威」というものを失ってしまい、そのために心の置き所なく揺ぎ続けているのだ。彼は形而上のもの、即ち神を有《も》っている。しかし自分には神もない。人間すらも信じ切れぬ。

三月六日

久々で病院を出た。

だがもうあの病院へ入ってから帰省するのはこれで三度目である故、何の刺戟も受けない。

東京は例の如く平凡にて退屈するより他はなんとも致方《いたしかた》なき所なり。

一日の出来事など記しても詮《せん》なし。

夜、神田の旅館で宿る。原稿紙を出して見たが、何も書きたくない。

なんという平凡な、陳腐な、そして憂鬱《ゆううつ》な人生であろう。生きていることの味気《あじけ》なさ、つまらなさ、一晩中死ぬることを考える。(神田の宿で)

三月七日

何《なん》のために出て来たのか、さっぱり判《わか》らぬ。

田舎へなんぞ行きたくもなし、それかといって東京にいる気もせぬ。我身の消えて無くなることだけが今は救《すくい》であるのかも知れぬ。トランクの中にマクス・スチルナアを入れて来たが、これは良かった。俺は何者にも無関心だ。孤独孤独。だがなんとなく草津の山へ行くのも嫌でならぬ。今夜は淫売でも買って見ましょうか。

九時頃上村君のところへ出かけ彼の妻君を加え三人で活動を見た。石川達三氏原作の「蒼氓」力作なり。実に立派な出来と感心する。取り分け子供の描写の素晴らしさは今もなお生々しい力をもって心の中に焼けついている。夜、汽車に乗る。

三月八日

一晩中揺られ続けて一睡も出来ず、神戸についた時には文字通りヘトヘトなり。波止場から海を眺めたが、何の感じもない。なんだか頭が白痴のようになっている。これは決して汽車の疲れのみではない。

ここまで来たが、やっぱり田舎へ行く気が起って来ない。なんとなく空《むな》しく不安で、心が落付かぬ。いっそこのまま東京へ引っかえしてしまおうと思い、東京行きの切符を買う。が東京へ行くのには余りに疲れている。で宿を求め、昼間からぐっすり眠った。今日はここで一泊し、明日は東京へ引きあげる。何《なん》のためにこんな神戸くんだりまで来たのか判《わか》らぬ。今の自分の気持は一体なんだろう。自分でも判らぬ。ただ淋しいのだ。切ないのだ。人生が嫌なのだ。

三月二十四日

考えて見ると、俺は今まで、自分の中にある死にたいという慾望と、生きたいという慾望とに挟まれて、もだえてばかりいたのだ。

小説を書くのを止してしまいたい。

しかし小説を止せば、一体どうして毎日が過せるか。気が狂うだけではないか。厭《いや》でも応でも小説を書く宿命を負わされているのであろうか。

三月二十七日

文学界四月号、待てども遂に来ず。

勿論《もちろん》文芸春秋社からは発送されているに定《きま》っている。しかし俺の手許までは届かないのだ。事務所にストップしているのだ。これで文学界の来ないこと二度。前には「柊の垣のうちから」を載せた十一月号だ。あの雑誌では式場氏に電報をうったりして迷惑をかけた。癩院受胎の乗った中央公論は一日遅れて手に入った。その他手紙などの遅れること枚挙に遑《いとま》あらず。

なんという屈辱であろう。あの事務員の上田の顔が浮んで来る。いっそ叩き殺して俺も死んでしまおうか？　四月号は東條耿一の名前で買って貰《もら》った。こんなことを考えるともう仕事も何も手につかぬ。事務所も何も焼き払ってしまいたくなる。況《いわん》や原稿は検閲を受けねばならないのだ。

三月二十八日〔内容から執筆は二十七日であろう。〕

しかし事務員共よ、汝等は余にこれだけの侮辱《ぶじょく》を与えてそれで楽しいのか？　しかしこんなことを云ったとて解《わか》る奴等ではない。

彼等の頭は不死身なのだ。低俗なる頭には全く手のつけようもない。

内田守人には文章を読むと、林院長は癩文学を保護しているそうだ。

内田守人には二度会ったことがあるが愚劣極る男だ。私も十二年癩文学のために努力して来ましたよ、と何度もくり返して平然としていられる男だ。誠にもって癩療養所の医者にはろくな人間がおらぬ。

四月二日

原稿を書けば検閲を考えて苦しまねばならず、手紙を書けば向うへ着いているかどうか心配せねばならず、雑誌に作品が載れば雑誌を買うのに気をもまねばならぬ。

なんということだ。なんということだ。

のびのびとした、平和な、自由な、なんのさしさわりのない気持で作品を書きたい。

日々を送りたい。

その上に病気の苦痛は否応《いやおう》なく迫って来る。

九月二十五日(土曜)

良いお天気。涼しい風が吹いている。

朝東條、光岡見舞に来る。

東條の妻君に虫ぼしをやって貰《もら》う。

今年の春ナフタリンを入れなかったので、セル、シャツなどかなり食われた。柳行の蓋《ふた》を開けると、虫の奴がうようよしている。気味も悪いが、しかしなんとなく好奇心も湧いて、眺める。茶色っぽい虫だ。ここにも生物の世界がある!

東條の妻君には随分《ずいぶん》世話になる。感謝感謝。けれど人の妻君の世話になってばかりいるのはちょっと惨《みじ》めな気もする。

しかし多分自分はこんな風で生涯を終るだろう。これでよろし、などと展《ひろ》げた着物の下で思う。

夕食後入室。

舎の連中が例のように布団《ふとん》などかついで送って来てくれた。

七号へ入室した時ほどの激動《ショック》は受けない。

ベッドの上に仰向《あおむ》いていると、南天にすばらしい光度の星が一つだけ見え、日が暮れるにつれて益々《ますます》鮮明に輝く。木星であろう。瞬き一つせず、悠々と天空にかかっている。

この病室は色々と思い出のある病室だ。

先《ま》ず第一に思い出すのは死んだAのことだ。自分のベッドの隣で彼は死んだのである。彼が新隔離病室からこちらへ転室して来た時、自分は丁度《ちょうど》この病室の附添をやっていた。

次にさきの首相林銑十郎。彼のゴマシオの髯《ひげ》を近々と眺めたのもこの病室で附添をしている時。

その時自分は丁度当直であったので、白い予防服を着て室の中央に立って彼を迎えた。

彼は顔をしかめながら、かなり深刻な顔つきで、院長その他に附添われながらやって来ると、途中で余にちょっと頭を下げて通り抜けて行った。

九月二十七日(月)

朝から曇っていたと思ったら、夕方になって遂に降り出した。今は夜の七時四十分。雨のため見舞客も少く、室内はもう夜中のように静まっている。外は雨だれの音。

今日も昨日と同じように朝は気分が良かったが、昼頃から体温が昇り、頭が痛んでならなかった。熱といっても八度三分で、大したことはないのだが、体衰弱しているので、よけいこたえるのだ。

朝床《とこ》の中でぼんやりしていると、花瓶にさした百日草を持って来てくれてあった。ダリヤが一輪混っている。百日草は赤、ダリヤは黄、今もけんどんの上で咲きほこっている。これが余の眼界の唯一の喜びである。

今日は病院へ呉服屋が来たので、文ちゃんに頼んで一枚買って貰《もら》った。冬のふだん着にするつもりであるが、裏地ともに三円六十四銭也とはめっ法《ぽう》安い着物である。彼女はわざわざ持って来て見せてくれたが、なかなか柄が良いので気に入った。ここへは一反《たん》二円以上のものは来ないのだそうである。もっとも、こんなところでは立派な着物を着てもはじまらないばかりでなく、かえて不調和で滑稽《こっけい》である。

夜、宮田君の妻君が見舞品を持って来てくれた。卵七ケ也。

成文堂より原稿紙来る。今度は赤罫のものを取寄せた。それに病室用のつもりで二百字詰のものである。

雨益々《ますます》激しくなり、遂に停電。

十月十七日

しみじみと思う。怖ろしい病気に憑《つ》かれしものかな、と。

慟哭《どうこく》したし。

泣き叫びたし。

この心如何《いかん》せん。

十一月二日

前六時。林檎汁一パイ

七時二十分　朝食〔粥半碗　ミソ汁〕

九時　散薬服用〔白頭土ナレバ片栗ニテ服ス〕

十時半　昼食〔リンゴ一ケ〕

十二時　散薬　牛乳一合

後三時半　粥一碗

　　馬鈴薯少量

　　梅干　半ケ

　　大根オロシ少量

四時　散薬服用（下痢どめ）

六時　散薬服用〔白頭土ナレバ片栗にて服用〕

体温　午前　三七・六

　　午後　三七・八

十一月五日。〔全集版〕

本日はいささか悪食せり。注意すべし。

朝食、粥一椀、味噌汁一椀、椎茸光タク煮二キレ。散薬。白頭土。

昼食、粥一椀、味噌汁一椀、卵一ケ、椎茸一キレ、リンゴ一ケ。散薬。牛乳一合。

（十二時）

白頭土。（二時半）

夜、粥一椀、梅干一ケ、大根煮四、五キレ。散薬、白頭土。

自殺は考えるな。

川端先生の愛情だけでも生きる義務がある。治ったら潔よく独りで草津へ行くべし。なんとかなる。自意識のどうどう廻りは何の役にも立たぬ。行動すべし。実行すべし。

十一月九日。〔全集版〕
小林氏より書簡あり。かん詰発送の通知なり。変らぬ氏の厚情に深く感謝す。
小林氏、川端先生等の親切な心を思う度《たび》に、自分は父を思い出す。そして氏等の半分の親切心を自分に持ってくれたらと、しみじみさせられる。所詮《しょせん》自分は肉身に捨てらるべく運命づけられているのであろう。死んだ兄が懐しい。

書簡（抄）

川端康成への書簡

1　昭和九年八月十三日

東京市外北多摩郡東村山全生病院内より東京市下谷区谷中坂町宛（封書―表に河《(ママ)》端康成様親展と書かれている）

突然こうしたものを差上誠に失礼と存じますが、僕は七條晃司と申すものです。先生の御作はずっと拝見致して居りました。そして自分もそのようなものを書き度《た》いと希《ねが》い出来得る限りの努力を重ねて参りました。まだ東京に住んでいました頃是非一度お訪ねしたいと思い度々《たびたび》先生の家の方へ参りましたが、自分がこのような病気を持っているためどうしてもお訪ねすることが出来ませんでした。もし自分が癩でなかったら、もうずっと以前に先生にお眼にかかれていられるのでしたけれど。

この病院へ入ったのは五月でした。それから三ケ月の間闘病を続けつつも、ずっと前からやっていました文学を励んで来ました。けれど病院に慣れるに随《したが》って頭は散慢(ママ)になり、苦しみが余り深いためか一種虚無な心の状態になって凡《すべ》ての感激性は麻痺し始めました。創作への情熱は消えそうになり、意力は弱まり、このままで進んで行くなら生存の方針すらもつかなくなりそうです。自分達にとってこれ程《ほど》苦しいことが外《ほか》にありましょうか？　現在こそこうしてペンも持たれ、文章を書くことも出来、殆《ほとん》ど健康者と変るところはありませんが、やがて十年乃至《ないし》十五年過す間には腕も足も眼も、その他一切の感覚は麻痺するばかりでなく、腐り落ちて了《しま》うに定《きま》っているのです。こう考える時自分には死以外にないことは分り切っています。けれど僕は死ねなかったのです。実際死ねなかったのです。こうなると僕にとって生くるという以外になにがありましょう。そして働くことの出来ない自分のすることは文学以外にありません。院内にも勿論《もちろん》文芸に親しんでいる人も随分《ずいぶん》いますが、病者という弱さの故にか、真に癩を見つめようとする人は一人もいなく、唯《ただ》俳句、詩、短歌の世界にディレッタントとして逃避して了い、文学を生きようとする熱と望みも有《も》っていません。これは僕にとって非常に残念なことです。そしてこうした周囲は僕の反撥性を踏みにじって僕を彼等と同じいボックスの内部に押しこめようとします。僕は最早《もはや》自分の片方の足がそのボックスの中に入り込もうとしているのを意識しては苦しみました。

もう先生はとっくに僕がこの文章を書き綴ってお送りしようとしている僕の気持をお察しになられたと思います。僕は先生に何かを求めているのです。今の僕は丸《まる》で弱くなっています。きっと僕は先生のお手紙を戴くだけという理由から文学に精を出すことが出来ると思います。

僕は今百五十枚くらいの見当でこの病院の内部のことを書き始めています。出来上ったら先生に見て戴き度いのですが見て戴けるでしょうか？

きっと返事を下さい。こうしたどん底にたたき込まれて、死に得なかった僕が、文学に一条の光りを見出し、今、起き上ろうとしているのです。

きっと御返事を下さい。先生の御返事を得ると云《い》う丈《だけ》のことで僕は起き上ることが出来そうに思われるのです。

尚《なお》、この手紙その他凡てこの病院から出るものは完全な消毒がしてありますから決して御心配しないで下さい。

八月十一日

東京府北多摩郡東村山

全生病院内

七條晃司

河端《（ママ）》先生　机下

市外北多摩郡東村山南秋津秋津倶楽部気付より谷中坂町七九宛(封書―親展)

2 昭和九年十月十八日

御返書、ほんとうにありがとう御座いました。もうきっとお手紙は戴けないものと、半ば断念致して居りました。それは此《こ》の上もなく寂しいものでした。けれど、今日から、又《また》以前のように病気を忘れて、文学にだけ生きて行こうと云《い》う気持になりました。

前に先生にさし上げた手紙で、先生の性《(ママ)》の文字を書き違えていることに、なんと云うことでしょう、今日になって始めて気が付き、御立腹ではないかと、この文章を綴りながら、気になって仕方がありません。どうかお許し下さい。

御返事を下さった上、書いたものを見て下さるとのこと、このように嬉しいことが現在の私に又とありましょうか。なんだかもう先生に会って了《しま》ったような気がしてなりません。御存知のように社会から切り離されたこの病院のこと故、書いたとてそれが良いか悪いか判断し批評して呉《く》れる人もなく、誠に張り合いのないものでした。

もう既に御承知かも知れませんが、病院とは云えここは一つの大きな村落で、「新しき村」にでもありそうな平和な世界でお互《たがい》に弱い病者同志が助け合って、実に美しい理想郷――とそのような趣が、表面上には見られ、先日も林陸相がお見えになって感心していられましたけれど、この病院の底に沈んでいるものは、平和とか美とか、或《あるい》は悪とか醜とか、そうした一般社会の常識語では決して説明し切れない、不安と悲しみ、恐怖と焦燥《しょうそう》が充ちて、それは筆舌に尽きない雰囲気の世界なのです。私自身も危《あやう》く気が狂う所でした。けれどこうした中にも、ほんとうに美しい恋愛も在れば、又何ものにも優った夫婦愛の世界もあります。実際この中の恋人同志は、荒野の中に咲いた一輪の花のように、麗《うるわ》しく、そして侘《わび》しく、だが触るれば火のように強いものです。そしてこうしたことが、癩、それから連想される凡《すべ》てを含んだ概念の内部で行われているということを、思って見て下さい。

こうした内で、私は静かに眺め、聞き、思って、私自身の役割を果して行きたいと思っています。役割とは勿論《もちろん》、表現すること。血みどろになっても精進すること、啻《ただ》それだけです。どうかよろしく御指導下さい。

尚《なお》村山貯水池へでもお遊びになった節は、当院へお寄り下さい。決して不愉快な所ではありません。先生のために何かと御参考になることも在ろうかと思います。院内十万坪隈《くま》なく御案内致します。

九年十月十六日　　　　七條晃司

川端康成様

3　昭和十年五月十六日

府下東村山村全生病院内より谷中坂町七九宛（封書）

お手紙ほんとうにありがとう御座いました。今まで絶望だけしかなかった自分の世界が、急に広々と展《ひら》け、全身をよろこびが取り巻いているようで、もううれしさで一ぱいです。発表のことに就《つ》いては、今まで丸切《まるき》り考えても見なかったことなので、なんだか恐ろしいような気が致します。自分としてはあの作に丸切り自信がありません。それで、もう一度書き改めて、それから発表して戴けたらと、考えて居ります。発表したため自分が村にいられなくなるというような心配は、絶対にありません。その点はどうか御安心下さい。稿料のない雑誌でも結構ですが、自分としてはそう取り急いで発表致したいという気はありません。お言葉に甘えるようですけれど、一切を先生にお委《まか》せしたいと思っています。どうにでも良いようにお計《はから》い下さい。

あの作の中にモルモットの眼の色の変化を描いた所がありますが、あそこも文章がひどくぎこちなくもつれているように思えて気にかかってなりません。甚《はなは》だお手数をかけて相済みませんが、どうかもう一度書き改めさせて下さい。

もうこの後は決して絶望しないで懸命に書きます。どうか今後も見て下さるようお願い致します。もっともっと自信のある立派なものを書き度《た》いと思っています。自分に残された、たった一つの道ですから――。

それからこの病院の中にも、つい最近文学の小さなサークルが出来ました。人数はたった五名ですけれど、誰も懸命に勉強して居ります。良いものが出来た節は、どうか見てやって下さい。まだほんとうに未熟ですけれど、熱と希望を持ってやっているということによって、愛してやって下さい。先生に作を見て戴けるというだけで、どんなに力強いか識《し》れません。くれぐれもよろしくお願い致します。

五月十六日　　七條晃司

川端先生

4　昭和十年十二月八日

東京市外東村山村南秋津より鎌倉町浄明寺宅間谷宛

（封書）

先生、一体何とお礼を申上げましたら良いのやらすっかり混乱して了《しま》いました。事務所で先生のお手紙を戴いてから療舎へ帰えるまでの間にすっかり読み、胸が今でもどきどきしてなりません。幼い時から人に愛されたり、親切にされたりしたことないものですから、先生のお手紙を拝見致しますと、何か心が途迷《とまど》うて了ってなりません。でも今日はなんという愉快な一日だったでしょう。午前中に以前から書き続けていましたものがようやく五十六枚でまとまり、作の良し悪しはどうでも、天下を取ったような気持でいました所へ先生のお手紙だったものですから、――どうか僕の痛快そうな貌《かお》を想像して戴き度《と》う存じます。この作一週間以内に清書して先生に見て戴こうと存じて居ります。この作、自分でも良く出来ているような気がしますけれど、又《また》大変悪るいんではあるまいかと不安も御座います。結局自分では良く判断が出来ません。けれど、書かねばならないものでした。この病院へ入院しました、最初の一日を取扱ったのです。僕には、生涯忘れることとの出来ない恐ろしい気憶《(ママ)》です。でも一度は入院当時の気持に戻って見なければ、再び立ち上る道が摑《つか》めなかったのです。先生の前で申しにくいように思いますけれど、僕には、何よりも、生きるか死ぬか、この問題が大切だったのです。文学するよりも根本問題だったのです。生きる態度はその次からだったのです。それでこの作発表のこと全然と云《い》って良いくらい考えませんでした。先生にだけ見て批評して戴いたらそれで充分、という気持で書きました。今後の作もそういう気持でしか書けないと思って居ります。ほんとに僕には、文学は第二の仕事なのです。こんなこと先生に申しにくいのですけれどほんとにそうなのです。でも、もう根本問題は解決致しました。これからは、生きることを書くこと、そうなろうと思って居ります。ああ、僕、自分が大変なんだか偉くなったような気がして来ました。これで良いのかしら。

ここまで一息に書いて読み返して見て吃驚《びっくり》しました。自分のことばかり書いて、必要なこと何も書いていませんので。原稿紙の見本お送り下さいましたとのこと、まだ届いて居りません。どうした理《わけ》かと怪しんで居りますが判《わか》りません。お金はたしかに戴きましたのですけれど。でも、こんなにして戴いて良いのでしょうか。もう何と云ったら良いのか皆目判りません。ただ、書きたいものが頭の中にぐんぐん突き上って来ました。書こう、立派なものを、それだけが先生に喜こんで戴けるような気がして居ります。体は充分気をつけます。来年の春までには、きっと病気を落付かせて、一週間ばかりの休暇を取ろうと思っています。伝染の心配がなくなれば、帰省を許下《（ママ）》されるのですから。勿論《もちろん》癩の伝染は十五歳以下の小児だけらしいのですが。大人には伝染しない、とこの病院の医者も断言したことがありますので、もし帰省出来ましたら、その時先生にお逢い出来ましょうかしら。今年の春病気の調子が良かったので二日ばかり東京へ参りましたのですけれど、遂にお目にかかれませんでした。上野公園を幾度もぐるぐる巡ったのですけれど、遂々《ついつい》御迷惑なように思われてお立寄も出来ませんでした。ほんとに残念でした。体の調子はそのうち癩の方はかなり良好で昨年出来た急性結節(発熱するもの)も今は出なくなり体の目方《めかた》もこの秋から十一貫《かん》二百匁《もんめ》くらいまでなりました。でも心臓病の方は相変らず脈搏《みゃくはく》が乱れて居りますけれど、これは心配する程《ほど》のこともないと思って居ります。ああそれからなんて僕うかつだったのでしょう。先生のお体お伺いするのをすっかり忘れて了って！　でも鎌倉のような所へお越しになればきっと以前よりも御丈夫になられることと存じて居ります。どうかお体御大切になさって下さい。先生からお送り下さいましたお金は三笠書房のドスト全集を買おうと思って居ります。

原稿は書き上るし先生からはこんな良いお手紙を戴けるしそれに頭の中には次の計画がぐんぐん上って来ますし、なんだか急に万才！　と叫びたくなって来ましたので舎の周囲をぐるぐる巡って来ました。乱筆のまま。

十二月七日　　　　七條晃司

川端康成先生

5　昭和十一年六月十一日

東村山より鎌倉町浄明寺宅間谷宛(封書)

先生。

ようやく「監房の手記」というのが書き上りましたので早速御送り致します。中央公論へはこの作を載せて戴きとう存じております。この作、或《あるい》は先生によろこんで戴けるのではあるまいかと思っております。前の「ただひとつのものを」よりは良く出来ているような気が致します。

この作には、ほんとに生命を堵《(ママ)》けました。書き初める時、それまで手許にあった長篇の書きかけも短篇の書きかけも全部破り捨てました。これは遺書のつもりだったのです。これが書き上ったら死のう、と決心して筆を執りました。けれど書き進むうち、死んではならないことだけが判《わか》りました。死ぬつもりで書き初めながら、書き終った時には生きることだけになりました。進歩か転落か自分でも判りません。ただ先生の御評を戴きとう存じます。

いのちの初夜を書いた折、生か死かの問題は解決がついたようにお手紙しましたけれど、あの場合はほんとに解決した積《つも》りでいましたのですけれど、次々に襲って来る苦しみはあの解決をぶち毀《こわ》してしまいました。横光先生は、最悪の場合の心理は畳み込んで置けと御注意下さいましたけれど、僕には最悪の場合の心理だけが死ぬまでつきまとって来るような気がしてなりません。それではもう最悪の場合に向ってそれをひとつびとつ蹴飛ばして行くよりないような気が致します。力萎《な》えて仆《たお》るればそれも致方《いたしかた》ないような気がします。

この作をお読みになりながら、また自殺のことか、いつまで一所でまごまごしているんだ、とお叱りを受けるのではあるまいかと不安でなりません。けれど今の自分にはこの問題を追求する外《ほか》なんにもございません。この地上、僕を愛して下さるただひとりの先生には――こんな言葉を吐いて先生のお気を悪くしはしないかと不安ですけれど――きっと理解して戴けると信じて居ります。

この作を書く時は、リアリズムもロマン主義も考えませんでした。ただ裸になって白《しら》洲《す》に坐る気持でございました。

それからこの作は検閲を受けずにお送り致します。検閲受ければ発表禁止にされてしまうのです。それで検閲なしで発表して、僕はこの病院を出る覚悟に決めました。富士山麓の復生病院の院長岩下氏が僕の「いのちの初夜」に感激したと申されて先日フランスのカトリック司祭コッサール氏が参りましたので、その人の紹介で右病院へ這入《はい》る予定です。自分にとっては小説を書く以外になんにもないのに、その小説すら思う様に書いてはならないとすれば、何よりも苦痛です。検閲証の紙を一しょに同封して置きますけれど、実に激しい屈辱感を覚えます。一つの作に対してこれだけ多くの事務員共の印を必要とするのです。

それですから誠に無理なお願いと恐縮ですけれど、この作もし発表の価値がございますなら、出来るだけ早くお金にして戴けませんでしょうか。前の賞金もまだ半分くらいしか貰《もら》っておりませんし、出て行った時すぐ都合つけてくれるかどうかも判りません。それと申しますのもこの機会に一度郷里（徳島）へも参りたい考えでおりますので、どうかお願い致します。出て行けばすぐ文學界社の伊藤さんと一緒にもう一度前の家で先生にお会い致したく存じております。

今後自分はどうなって行くのか丸切《まるき》り分りません。前途を考えると真暗な気がしますけれど、もうどうなっても戦って行くより他ありません。

御返事は戴けないと存じます。いずれお会いの節この作の評を承りたく存じております。

六月十日　　　　七條晃司

川端康成先生

6　昭和十一年六月二十三日　　東京市品川区東大崎より鎌倉町浄明寺宅間谷宛(封書)

先生のお手紙昨夜戴きました。昨夜、あわただしく田舎から帰って来て見ると花岡君が先生からのお手紙だといって渡して呉《く》れたのでした。どんなに嬉しかったでしょう。愛情のこもったお手紙に胸が熱つくなりました。そして自分の軽率さを深く恥じました。田舎から帰って来ればすぐ死ぬつもりでいたのでしたが、こんなに自分のような者でも認めて下さる人があるのに、と思うと、やっぱり村山へ帰った方が良いように思いました。伊藤さんのことなど今はもうなんとも思っておりません。あれは東京へ出て来たばかりの時でしたため、自分の神経が異常な状態に置かれていたためです。

小さな頃から愛情に飢えていました僕が、病気になった上に、ああいう療養所で二ケ年もの日を送って突然社会の風に当ったものですから、ちょっとでも思わくを裏切られたり、冷たい眼をされたりすると、殆《ほとん》ど致命的なまでの疵《きず》を受けるのです。それと同時に、人より二倍も強い自尊心とエゴイズムを性格的に有《も》っているものですから、ちょっとしたことにも激しい屈辱を覚えてしまうのです。このことは自分でも充分意識していながら、どうしようもないのです。このため今までにも幾度失敗したことでしょう。けれど、もうこれからはきっと気を付けます。そして今後は、どんなことにも決して悲鳴をあげないこと、と決意しました。

村山へ帰ることに定《き》めますと、もうこの次書くものの計画や、これから読む本のことなどが頭を占領してしまいました。先生のお手紙を読むまでは(先生のお手紙と一緒に村山の友人達からの愛情のこもった手紙をも受け取りました。これらの手紙は、僕の心を非常に豊かなものにして呉れました。)本屋の前を通って覗《のぞ》いて見る気も起らず、原稿紙を見れば腹が立つばかりでしたのに、読んだ後では今まで死のうと思っていたことなど我ながらうそのような気がして来ました。そして田舎の家から貰《もら》って来た金百円ばかりを(血の出るような金なのに! 大阪のバアでヤケに五十円程《ほど》を呑んでしまい、)残ったので今日は早速トルストイ全集岩波版二十二巻を買って来ました。(大阪で呑んだのが残念でなりません。)村山でみっちりトルストイとドストエフスキーを研究するつもりです。他にプラトン全集とヴィンデルバントの一般哲学史四巻をどんなに欲しかったでしょう。けれどもう金がありませんでしたので、この次のことにしようと思いました。

ここ数日の気持は、真暗な穴の底で蠢《うご》めいていたようなものでしたが、しかし今となれば、凡《すべ》てみな今後の作品を光らせて呉れるだけだと思います。先生に御心配をお掛けしたり友人共に迷惑を掛けたりしましたことを、恥じています。どうかお許し下さい。

力一ぱいの仕事をします。

それから、また前の原稿紙屋で原稿紙を戴いて良いでしょうか。まだ二、三百枚ありますけれど。村山の宛名《あてな》でお手紙を戴きとう存じます。きっと力作致します。

七條晃司

六月二十三日

川端康成先生

（村山へは今夜帰るつもりでいます）。

7　昭和十一年九月七日

（封書）

東京市外東村山村全生病院より信州軽井沢藤屋旅館宛

ただいま先生からのお手紙を戴き、狂喜致しております。

稿料のことまで心配して戴きもうなんと申上げて良いのか判《わか》りません。ただ懸命になって書くこと、それより他にはないと自分に言いきかせております。

改造の原稿は三日の夜書き上り、ただいま検閲に出しております。七日でなければ発送出来ませんので、〆切日を考えるとどちらへお送りして良いのか判らなく困っております。けれど、どんなことあっても先生に見て戴いてからでないといけないと思いますので、お手許へお送りしようと思っております。

あの原稿にはほんとに困らされました。自分の書きたいと思うことは全部書いてはいけないことばかりですから。でも、あれを書くことによって今まで自分にかけていたものを発見することが出来、それは大きな収穫でした。今まで自分はあまりに、自分一個の世界ばかりにとじこもっていたように思います。あれを書くことによって、癩全体、患者全般ということに眼が向くようになりました。自分と社会との関係、自分と患者全般の関係、社会と患者全般の関係等々、自分のなさねばならぬ仕事は豊富だと思い、一層力の出し甲斐があると勇んでおります。

題名をつけるのが下手で、ほんとに情《なさけ》なくなってしまいます。「癩院受胎」で出して戴きとう存じます。こんな素敵な題はどんなに頭をひねっても自分には浮んで参りません。

お言葉にお甘えして申訳ございませんが、稿料はどうか先生のお手許に置いて戴きたく存じます。でも今一文も持っておりませんので、改造の分だけでも欲しいと思っております。文藝春秋にはきっと力の入ったものを書きたいと考えております。文學界のは、式場さんからお手紙がありましたので、早速二十枚ばかりのもの書いて鎌倉へお送りして置いたのですけれど。（九月六日）

七條晃司

川端康成先生

なお、略歴は次のように書いて見ました。

大正三年九月徳島に生る。昭和四年上京種々の職業を転々、その間二、三の学校に学びしも学歴と称すに足らず。昭和七年結婚せしも、翌年癩の発病により破婚。昭和九年五月全生病院に入院。川端康成先生に師事して現在に及ぶ。小説「いのちの初夜」東京市外東村山全生病院。北條民雄。

8 昭和十一年十月二十三日

東京府下東村山村南秋津一六一〇より鎌倉町浄明寺宅
間谷宛(封書)

原稿お送り致しました。

「発病」は大分以前に書いたもので、書いた時はなんとなく発表するのが嫌悪されましたのでそのままにして置いたものです。「柊のうちから」は、自分としては本に入れたくないのですが、でも原稿の枚数があまりありませんので、本屋の都合によってどちらでも結構です。自分の考えでは、あれは本の中に発表しないで置いて、今後あれと同一の題「柊の垣のうちから」で幾つも書きたいのです。そしてこの題で随筆集を造ったら面白いと思っているものですが――。もし文学界に載せて戴けるのでしたら、毎月書きたいのですけれど。この点御返事いただけないものでしょうか。

「改造」は十二月に載せてくれますかしら？　載せてくれなくても良いのですが、書いております。今度はこの病院の子供たちのことを書いています。これはほんとは改造ではなく、婦人公論のような雑誌に出したいのです。その方が効果的ですし、子供たちのことを書くのですから婦人雑誌が良いと思われるのです。

文学界の短評は滑稽《こっけい》です。苦笑しました。医者でも癩のことになると丸《まる》で駄目です。僕らのような素人の方が余程《よほど》よく知っています。「癩院記録」は最後のところ、「鬼と生命との格闘に散る火花が、視覚をかすめるかも知れない」までで、そのあとは切り捨て戴きたく存じます。武田麟太郎氏が批評して下さったそうですが、読んでおりません。あの人の批評だと是非聴きたいのですけれど。

本の総題は何としたら良いでしょうか。自分としては「いのちの初夜」が良いと思っております。これは先生におつけして戴いた題ですから、記念にもと思っております。

扉のところに――川端先生に捧ぐ――としようかと考えたりしましたが、先生に献ずるにはこの本はあまりに粗末です。勿論《もちろん》内容が。そのうち今度の長篇が出来たら――まだ何時《いつ》のことやら判《わか》らぬのが残念です。著者には本屋から何部ぐらい呉《く》れるのでしょうか？

小林　秀雄様　　横光　利一様
林　房雄様　　阿部　知二様
青野　季吉様　　武田麟太郎様
中村　光夫様　　島木　健作様

その他まだ贈呈したい人があるように存じますが、思い出せません。自分としては十五部だけ欲しいのです。中村光夫氏が文芸春秋で何か僕のこと書いてくれてるそうですけれど、雑誌が手に入りませんので、まだ読んでおりません。でもこの人、なんとなく好きでなりません。きっとすばらしい批評家になると睨《にら》んでいます。敬服しております。

文藝春秋の小説はまだなかなか書けそうもございません。けれどももう焦って書くのは一切やめにしました。焦って来ると批評家の顔が気になり出して駄目です。これからは落付いて、悠々と、自分の好きなことをやります。雑誌に発表のことはもう全然考えるのをやめたいと思います。ただ、僕は書いて先生に読んで戴くだけです。半年に百枚ものを一つ、それでも結構と思います。焦って来ると、頭が混か《（ママ）》ってへとへとになるだけで、ろくなもの書けません。自分の好きなものを、好きな風に料理し、好きな器に入れる、こんな楽しいことはありません。ドストエフスキーどうかお願い致します。

七條晃司

十月二十三日

川端康成先生

臨終記

東條耿一

彼が昭和十二年九月の末、胃腸を壊して今年二度目の重病室入りをして以来、ずっと危険な状態が続いて来たが、こんなに早く死ぬとは思わなかった。受持の医師が、私に、北條さんはもう二度と立てないかも知れません。と云《い》われたのは彼が死ぬ二十日ばかり前の事であった。私はその時はじめてそんなに重態なのか、とびっくりするほど迂闊《うかつ》に彼に接していたのである。来る春まではまあむずかしいにしても、正月ぐらいは持越すものと信じていた。それほど彼は元気で日々を送り迎えていたのである。彼にしても、こんなに早く死が訪れようとは思わなかったに違いない。もっとも死期の迫りつつあることは意識していたらしく、その頃の日記にも、

「こう体を悪くしたのも、元を質《ただ》せば自ら招けるものなり。あきらめよわが心。けれど、こう体が痩《や》せてはなんだか無気味だ。ふと、このまま病室で死んでしまう

ような気がする。」

また重態の日々が続いた後であろう、苦悶《くもん》の様が書かれている。

「しみじみと思う。怖ろしい病気に憑《つ》かれしものかな、と。

慟哭《どうこく》したし。

泣き叫びたし。

この心如何《いか》にせん。」

その頃が最も苦しかったらしく、また、死との闘争も激しかったように見受けられた。私にも、おれはまだ死にたくない、どうしても書かなければならないものがあるんだ。もう一度恢復《かいふく》したい。と悲痛な面持で云った事もあった。彼は腸結核で死んだのである。

彼は最後の一瞬まで、哀れなほど実に意識がはっきりしていた。文字通り骨と皮ばかりに痩せてはいたが、なかなか元気で、便所へなども、死の直前まで歩いて行ったほどである。その辛棒強さ、意志の強靭さは驚くばかりであった。それでも死ぬ三、四日前には、起上るにも寝返りするにも、流石《さすが》に苦痛を覚えたらしく、私が抱起してやるとほっとしたように、そうしてくれると助かるなあ、と嬉しげであった。寝台が粗末で狭いので、痩せこけている背中のあたりが悪く、剰《あまつ》さえ蒲団《ふとん》が両脇に垂れ下がり、病み疲れた体にはその重量がいたく感じるらしく、よく蒲団が重いなあ……と苦しげに呟《つぶや》いた。

私が蒲団を吊《つ》ってやろう、と云うと、彼は俄《にわ》かに不機嫌になって、ほっといてくれ、君、ここは施療院だぜ。施療院の、おれは施療患者だからな。出来るだけ忍ばにゃならんよ。それに蒲団を吊ると重病人臭くていかん。と怒ったように云うのであった。平素の彼が、全く我儘《わがまま》無軌道ときているので、こんな時、思いがけなく彼の真の姿に触れ、たじたじとさせられる事がよくあった。

来る日も来る日も重湯《おもゆ》と牛乳を少量、それも飲んだり飲まなかったりなので、体は日増に衰弱する一方であった。食べる物とては他に何も無いのであった。流動物以外の物をちょっとでも食べようものなら、直《ただ》ちに激しい痛みを覚え、下痢をするらしかった。彼はよく、おれは今何もいらん。ただ麦飯が二杯ずつ食いたい、そのようになりたい、と云った。創元社の小林さんからの見舞品も、ほとんど手をつけなかった。もっとも、これはおれの全快祝いに使うんだ、と云って、わざわざ私に蔵《しま》わせておいたのである。

それらの品々は悲しくも、お通夜の日、舎の人達や私達友人の淋しい茶菓となった。彼はまた口癖《くちぐせ》のように、こん度元気になったら附添夫を少しやろう。あれはなかなか体にいい、やっぱり運動しなけゃ駄目だ。まず健康、小説を書くのは然《しか》る後だ、と云って、よくなってからの色々のプランを立てていた。そんな時の彼は恢復する日を只管《ひたすら》待ち侘《わ》びていたらしく、また必ず恢復するものと信じていたようであった。小説はかなり書きたいようだった。君、代筆してくれ。と云ったり、ああ小説が書きたいなあ……と悲しげに呟く事などもあった。じっと寝たなりで居るので色々な想念が雲のように湧いて来るのであろう、おれは今素晴しい事を考えていた。世界文学史上未だかつて誰も考えた事もなく、書いた者もない小説のテーマなんだと確信ありげに云う事もあった。

病気によいという事はたいていやってみていたらしいが、たいして効果は無かったようだった。時には変った療法を教えたりする人があると、真向《まっこう》から、そんなものは糞にもならん、あれがいいこれがいいと云うものはすべてやってみたが、却《かえ》っておれは悪くした。結局、病人は医者にいのちを委《まか》せるより他ないんだ、と喰って掛る事もあった。

死ぬ二、三日前には、心もずっと平静になり私などの測り知れない高遠な世界に遊んでいるように思われた。おれは死など恐れはしない。もう準備は出来た。ただおれが書かなければならないものを残す事で心残りだ。だがそれも愚痴かも知れん、と云ったのもその頃である。底光りのする眼をじっと何者かに集中させ、げっそり落ちこんだ頬に小暗い影を宿して静かに仰臥《ぎょうが》している彼の姿は、何かいたいたしいものと、ある不思議な澄んだ力を私に感じさせた。私は時折り彼の顔を覗《のぞ》き込むようにして、いま何を考えている？ と訊《たず》ねると何も考えていない、と答える。何か読んでやろうかと訊《き》くと、いや何も聞きたくない、と云う。静かな気持を壊されたくないのであろう。

彼の死ぬ前の日。私は医師に頼んで、彼の隣寝台を開けて貰《もら》った。夜もずっと宿って何かと用事を足してやるためであった。私が、こん晩から此処《ここ》へ寝るからな、と云うと、そうか、済まんなあ、とただ一言。後はまた静かに仰向《あおむ》いていた。補助寝台を開けると、たいていの病人が、急に力を落したり、極度に厭《いや》な顔を見せたりするのであるが、彼は既に、自分の死を予期していたのか、目の色一つ動かさなかった。その夜の二時頃（十二月五日の暁前）看護疲れに不覚にも眠ってしまった私は、不図《ふと》私を呼ぶ彼の声にびっくりして飛起きた。彼は痩せた両手に枕を高く差上げ、頻《しき》りに打返しては眺めていた。何だかひどく昂奮しているようであった。どうしたと覗き込むと体が痛いから、少し揉《も》んでくれないか。と云う。早速背中から腰の辺を揉んでやると、いつもはちょっと触っても痛いと云うのに、その晩に限って、もっと強く、もっと強くと云う。どうしたのかと不思議に思っていると、彼は血色のいい顔をして、眼はきらきらと輝いていた。こんな晩は素晴しく力が湧いて来る、何処《どこ》からこんな力が出るのか分らない。手足がぴんぴん跳《は》ね上る。君、原稿を書いてくれ。と云うのである。いつもの彼とは容子が違う。それが死の前の最後に燃え上った生命の力であるとは私は気がつかなかった。おれは恢復する、おれは恢復する、断じて恢復する。それが彼の最後の言葉であった。私は周章《あわ》てふためいて、友人達に急を告げる一方、医局への長い廊下を走りながら、何者とも知れぬものに対して激しい怒りを覚えバカ、バカ、死ぬんじゃない、死ぬんじゃない、と呟いていた。涙が無性《むしょう》に頬を伝っていた。

彼の息の絶える一瞬まで、哀れなほど、実に意識がはっきりしていた。一瞬の後死ぬとは思えないほどしっかりしていて、川端さんにはお世話になりっぱなしで誠に申訳ない、と云い、私には色々済まなかった、有難う、と何度も礼を云うので、私が何だそんな事、それより早く元気になれよ、というと、うん、元気になりたい、と答え、葛《くず》が喰いたい、というのであった。白頭土を入れて葛をかいてやるとそれをうまそうに喰べ、私にも喰え、と薦めるので、私も一緒になって喰べた。思えばそれが彼との最後の会食であった。珍らしく葛をきれいに喰ってしまうと、彼の意識は、急にまるで煙のように消え失せて行った。

こうして彼が何の苦しみもなく、安らかに息を引き取ったのは、夜もほのぼのと明けかかった午前五時三十五分であった。もはや動かない瞼《まぶた》を静かに閉じ、最後の訣別を済ますと、急に突刺すような寒気が身に沁みた。彼の死顔は実に美しかった。彼の冷たくなった死顔を凝視《みつ》めて、私は何か知らほっとしたものを感じた。その房々とした頭髪を撫《な》でながら、小さく北條北條と呟くと、清浄なものが胸元をぐっと突上げ、眼頭が次第に曇って来た。

彼が死んではや二週間、その間お通夜、骨上げ、追悼と、慌《あわただ》しい中に過ぎ、いま彼の遺稿の整理をしながら、幾多の長篇の腹案に触れ、もうあとせめて五、六年、私の生命と取替えてでも彼を生かしてやりたかった、としみじみとした思いがした。残り尠《すく》ない彼の日記を読んでいるうちに、ふと次の詩のような一章が眼についた。彼のぼうぼうとした寂寥《せきりょう》と孤独、その苦悩の様がほぼ窺《うかが》われるような気がするので、此処に引用する事を許して戴き、心から彼の冥福を祈りたい。

粗い壁
壁に鼻ぶちつけて
深夜、
虻《あぶ》が羽ばたいてゐる。

（昭和十二年十二月記）

注　解

田中　裕

いのちの初夜

(1)**金券**　全生病院では患者を収容する際に、持っている現金は全部取り上げ、台帳を作って「患者保管金」として預かり、そのかわりに院内だけで通用する金券(院券)を渡した。患者が脱走しても現金を持ち出せないようにするための措置。

(2)**重病室**　昭和九年当時は、新しく入院した患者を入れる専用の病室はなく、一般の重症病棟に新収容者をわりこませ、一週間ほど病状観察のためそこに置いた後で、普通の住宅ふうの畳敷の寮舎のどれかに舎籍をきめることになっていた。

(3)**モヒ**　アヘンから抽出された麻薬性鎮痛薬モルヒネは、耐えがたい神経痛の患者のあいだで流行したために、病院では禁止されたが、監視の目を潜って院内に持ち込まれ、禁断症状に苦しむ中毒者が絶えなかった。

間木老人

(4)**動物小屋**　病院の片隅にある試験用動物の飼育小屋にある二畳ほどの詰め所。北條民雄はそこを執筆場所として使った。そこから西北十間たらずの所に所内監房があり、さらに北数歩の所に死体解剖室と霊安所があった。

(5)**大楓子油**　アカリア科の植物の種子である大楓子の種皮を除き圧搾して得た脂肪油。一九四三年にアメリカで発見されたプロミンが、戦後の日本に登場するまで、広く使われていた癩治療薬であった。ただし、効果については疑問視するものも多く、一時的に結節による痛みを軽減することはあっても、再発は免れなかった。

独　語

(6)**MTL**　もともとハンセン病の救済を目指すキリスト教系の国際団体の名称であったが、その支部日本MTL(日本救癩協会)として機関誌を一九二六年から発行していた。

(7)**原田嘉悦**　一九〇〇―一九八六年。原田は、目黒慰廃園で米国宣教師オルトマンより受洗して、一九二一年に全生病院に移送された後は、院内の教会の指導者となるとともに、昭和六年から少年寮の寮父となった。北條民雄や光岡良二など療養所の文学青年が彼の周りに集まり、原田嘉悦の妻の妹が光岡良二の妻となったので、二人は義兄弟であった。彼から宗教・文学・哲学の手ほどきを受けた松本馨は、一九八七年の五月の伝道誌『小さき声』に追悼文を寄せているが、それによると戦後の患者自治会で保守革新の運動上の対立が激化したときに、対立を和解させる調停者として会長職を引き受け、自治会に出勤する前に必ず聖書を読み祈っていたという。無教会信徒の松本馨、カトリック愛徳会の渡辺清二郎とともに、戦後の療養所で人権回復運動に挺身したキリスト者の一人でもあった。

井の中の正月の感想

（8）**ニイチェのなげき**　ニーチェの『ツァラトゥストラはかく語りき』第一部「創造する者の道」からの引用。ハンセン病による失明に苦しみつつ逝去した生田長江訳の『ツァラトゥストラ』（ニイチェ全集七）が、日本評論社から一九三五年四月に刊行されている。「汝を軽蔑する者に対しても公正であれという、公正の苦悩」とは、日本ＭＴＬの理事、塚田喜太郎が救癩活動と言いつつも患者を侮蔑して「井戸の中の蛙」と言ったことを指している。慈善事業に携わる者の偽善を嘆く言葉である。

断　想

（9）**源泉の感情**　「聖書は何にもまして我々に源泉の感情を示してくれる」とは、聖書を感傷的な書物としてではなく強烈な精神の書として読んでいたことを示している。北條民雄はとくに旧約聖書「ヨブ記」を愛読していた。

（10）**苦痛のみが人間を再建する**　北條の遺稿を整理した於泉信夫によれば、これは、北條が死を予感しつつ病床で書簡箋に書き付けた言葉。「如何なる論理も思想も信」じないニヒリズムの苦悩と、肉体の苦痛を通しての「人間の再建」に言及する断想。

（11）**整理者**　北條民雄の遺稿は文芸サークルのメンバーであった友人の於泉信雄（信夫という表記

もある)が整理した。『山櫻』昭和十一年十二月号の「療養所文藝の暗さに就いて」で、於泉は「汝の立つところを深く掘れ。そこに必ず泉あり」というニーチェの言葉を引用している。

日記

(12) **K・F** 麓花令のこと。彼は北條民雄よりも入院歴が長く、全生病院の機関誌『山櫻』出版部に所属して小説などを投稿していた。新たに入院した北條民雄を中心とする「文芸サークル」に東條耿一、於泉信夫とともに参加したが、北條民雄が文壇に認められたことに大きな刺激を受けたことがこの日記の記述から窺える。ただし、彼は、北條民雄とその周辺の若い世代のメンバーと意見が合わず、すぐに袂を分かつことになった。麓花令は、『山櫻』の巻頭言や編集後記の担当者となり、光田健輔から林芳信に受け継がれた日本の「救癩」政策と合致する方向で全生病院の文芸活動を指導した。この点、「療養所文学」を否定し、「文学」そのものを目指していた北條民雄とは対照的であった。

(13) **一月一日** 昭和十二年度の自筆日記は、当用日記を使用し、日付が既に記入済みなので日付の後に「。」はない。北條民雄は最初のうちは当用日記の枠内に記入していたものの、日記の中断部分が多くなったために、後半になると、自由に自分で当用日記の日付を変更して書いている。このように自筆日記の後半の日付は錯綜しているので、全集版では東條耿一が書写するときに日付表記を整理したものと推測される。従って、全集版日記では日付の後に「。」をいれ、自筆日記では「。」なしとする。

解　説

田中　裕

ハンセン病療養所で書かれた文芸作品として、明石海人の歌集『白描』と共にもっとも よく知られているのは北條民雄の小説「いのちの初夜」であろう。まだ「北條民雄」というペンネームを使っていなかった作者（七條晃司《しちじょうてるじ》）によって「最初の一夜」と題されたこの小説の原稿を受け取った川端康成は、「実に態度も立派で、すごい小説です。この心を成長させて行けば、第一流の文学になります」と作者宛に返信した。さらに、小説の登場人物の佐柄木《さえき》が「いのち云々」というところから題名を「いのちの初夜」としてみてはどうかと示唆したのも川端康成であった。

「いのちの初夜」には、療養所に入所したばかりの患者であり、「最初の一夜」に重病室の患者と共に過ごした衝撃がさめやらぬ主人公（尾田）に、重病室の付添をしながら文芸の創作をしている佐柄木という年長の青年が、病苦に苛《さいな》まれつつなすすべもなく死の床《とこ》にある重病室の患者達を前にして語る次のような一節がある。

僕の言うこと、解ってくれますか、尾田さん。あの人達の「人間」はもう死んで亡《ほろ》びてしまったんです。ただ、生命だけが、ぴくぴくと生きているのです。なんという根強さでしょう。誰でも癩になった刹那《せつな》に、その人の人間は亡びるのです。死ぬのです。社会的人間として亡びるだけではありません。そんな浅はかな亡び方では決してないのです。廃兵ではなく、廃人なんです。けれど、尾田さん、僕等は不死鳥です。新しい思想、新しい眼を持つ時、全然癩者の生活を獲得する時、再び人間として生き復《かえ》るのです。復活、そう復活です。ぴくぴくと生きている生命が肉体を獲得するのです。新しい人間生活はそれから始まるのです。尾田さん、あなたは今死んでいるのです。死んでいますとも、あなたは人間じゃあないんです。あなたの苦悩や絶望、それが何処から来るか、考えてみて下さい。一たび死んだ過去の人間を捜し求めているからではないでしょうか。

（本書五三—五四頁）

「一たび死んだ過去の人間」を捜し求めるのではなく、新しい肉体を獲得して復活する「いのち」を語るこのくだりは、文学と宗教の狭間、あるいは両者がまさにそこから生まれてくるような根源的にして純一な経験の衝撃のようなものを伝えるテキストである。

川端康成自身も、この作品に内在する宗教性を北條がさらに深めてくれることを願ったのであろうか、先に引用した北條宛書簡の追伸として、「今私はバイブルを読んでいますが実に面白い、お読みになるとよいと思います。感傷的な宗教書としてではなく、強烈な精神の書として。病院になければ送ります」と書いている。

北條民雄の「いのちの初夜」が当時どのように読まれたかについては、川津誠氏をはじめとして昭和文学史の研究者による多くの考証があるが、ここでは、北條民雄日記や東條耿一《とうじょうこういち》の晩年の手記にも登場する岩下壮一を挙げておこう。神山復生病院の院長に就任して、最初の主日に、ミサに参列できない重症の患者達のもとに聖体を奉じて行ったときの感想を次のように述べている。

ある作家が、「あれは人間ではない、肉の塊りだ」という恐ろしい程真に迫る言葉を以て形容したその人達が、私の手から潰れた眼に涙を浮べて主の御体を拝領したあの忘れられぬ光景を。あの時程彼等を慰むるに自分が無力であり、秘蹟が之に反して力強きを感じた事はない。余の如き下根の者が、どうにか、百何十人の現世的には最も悲惨な運命にあえぐ人々と起居していささか御奉仕のできるのは、全く秘蹟のお蔭である。自分より遥《はる》かに深刻な人生の体験者である彼等の前に、神の御言は別として、私の説教などは何物でもないのである。

（『信仰の遺産』岩波文庫、二〇一五年三月、二三二―二三三頁）

当時、癩療養施設の多くが院長と患者の居住空間を峻別していたのとは対照的に、岩下は病棟で患者と共に起居するようになるが、それは、過酷な現実から離れない哲学への希求でもあった。

『ハンセン病文学全集』（全十巻、皓星社、二〇〇二年九月―二〇一〇年七月）の小説の部（第一巻）を編集した加賀乙彦は、

「いのちの初夜」こそ、北條民雄の最初の優れた小説だということになる。この作品は、今回の『ハンセン病文学全集』の小説の中でも第一等の秀作である。作者自身も、多くのハンセン病小説家も、これを越える作品を書けなかったのは、不思議だが、事実がそうなのだから仕方がないというのが私のつぶやきである。（中略）かつて日本の近代文学にこれほどの深い絶望、これほどの極限にまで苦悩した文学

があったであろうか。この作品を今度の文学全集の冒頭に置くことには、十分な意味があると私は考えている。

と言っている。

この小説の中で、佐柄木という人物は非常に印象的に描かれているが、おそらく、それは北條民雄が療養所で文芸活動をしていた諸先輩達から受けた印象をもとに、みずからのあるべき姿として造形した人物といってよいであろう。一九三五(昭和十)年六月十日の北條民雄日記の中に、北條の年長の友であった光岡良二の次の言葉が記されている。

自分の心を打った光岡さんの言葉に、こういうのがある。どんなに苦しくなって、どんな大きな、現在とは全然別なようになっても、そこにはきっと抜路《ぬけみち》があると思う、そして自分が変って行くたびにきっとそこには新しい世界があるのだ、という風なことであった。　(本書二七三頁)

北條民雄の心を打ったこの言葉は、「いのちの初夜」の佐柄木の言葉――「盲目になるのは判り切っていても、尾田さん、やはり僕は書きますよ。(中略)あなたも新しい生活を始めて下さい。癩者に成り切って、更に進む道を発見して下さい。僕は書けなくなるまで努力します」を彷彿とさせる言葉である。同情を望まず、独立自尊の作家としての矜持と創作衝動に憑《つ》かれた心をもちつつも、失明の危機に直面して創作活動を断念しなければならない弱音を吐く両義的な不安な心は、失明の危機に直面していた東條耿一のものでもあったし、北條自身のものでもあった。癩院の中で心をゆるして語り合える数少ない友であった光岡良二と東條耿一の二人の僚友のうちに自己自身の受難を重ねつつ造形したのが佐柄木の人物像であったといってよいだろう。

光岡良二は、旧制姫路高校在学中に、当時の多くの青年達と同じく、マルクス主義の感化を受けて警察に検挙された経験の持ち主でもあった。大学在学中に癩病と診断されて中退を余儀なくされ、北條民雄よりも一年ほど前に全生病院に入院したのであるが、「今まで積み上げてきたものが、一瞬のうちに、まったく無意味なものと化し去り」「哲学も科学的な史観も、革命も帝国主義戦争も、不治の悪疾に堕ちてしまった自分に、一体どんな意味を持つのだろうか」と当時の心境を告白している(『いのちの火影』)。

昭和十一年二月に「文學界賞」を受賞した「いのちの初夜」は、一躍北條民雄の名前を文壇に知らしめることとなったが、北條自身は、その文学的成功を必ずしも喜ばなかったことが、彼の日記や随筆から窺《うかが》えるし、友人達の証言によっても確認できる。北條の作品は当時「癩文学」ないし「療養所文学」と呼ばれたが、彼自身はそのように外部から位置づけられることを嫌っていた。癩という特殊な病気をテーマにしたのではなく、それを通して人間自体を描くことこそが作家としての彼の課題だったからであろう。

中村光夫は、北條民雄と直接に交流のあった文芸批評家であるが、彼は、評論「癩者の復活――文芸時評」(『文藝春秋』昭和十一年十一月号)で「北條民雄の書き遺したすべてこそは、真に稀有な人生の書である。私は彼の文学を癩文学の名で呼ぶことに賛成しない。癩はこの天才の発現のための啓示の如きものであった。彼の文学が、人間と人生に広く相渉り得なかったのはもとよりとするも、それは人間と人生の核心にまで深く深く徹したのであった」という島木健作の言葉を引用しつつ、「北條民雄の文学は単に「人生」とだけでなく、当時の人々の想像したよりも遥かに深く「現代」とも相渉るのです」と書いている。それは、ロシア革命後の共産主義イデオロギーのインターナショナリズムと天皇制という日本固有のナショナリズムとのせめぎ合いの中で、転向せざるを得なかった文士たちの苦渋に満ちた時代であり、「文芸復興」の旗印を掲げて文学の独立性を守り、プロパガンダの道具に貶《おとし》めないという『文學界』の編集者達の立ち位置とも大いに関係するであろう。

川端康成は、北條民雄が浅薄なジャーナリズムの喧噪に晒されて、自己を見失うことを危惧して、古典に深く沈潜することを勧めていた。わずか三年半という短い期間であったとはいえ、北條は、川端のすすめにしたがってドストエフスキー、フローベルなどの作家だけでなく、哲学や宗教の古典などもふくめた集中的な読書をしていたことが彼の日記や随筆からうかがわれるのである。

北條民雄は、文學界賞受賞後の作品として、百枚を超える長編を二篇書いている。しかしながら、これらは、いずれも公表されず、彼の死後に刊行された『北條民雄全集』にも収録されていない幻の作である。しかし、川端康成の「いのちの初夜」跋から、我々は、その作品のあらましを推測することが出来る。

その一は「いのちの初夜」にひとたび得た生命観をさらに深く懐疑否定し、その彼方に光明を探ろうとするものであった。その二は、社会運動に携わっていた青年が、そういう世と切り離された癩院に入って、尚、プロレタリアの為に反省苦悩し腐れゆく身であくまでもその社会理想を信じて生きるものであった。

この二作とは北條の川端康成宛の書簡（昭和十一年六月十一日）によれば、「ただひとつのものを」と「監房の手記」である。どちらも、作者の生死を賭けた作品というべきものであり、北條は、「自分にとっては小説を書く以外になんにもないのに、その小説すら思う様に書いてはならないとすれば、何よりも苦痛です」と書き送っている。

「監房の手記」は検閲を無視して北條が密かに川端に送った作品で、このとき北條は自殺も考慮に入れた上で全生病院から脱出することを考えていたことが分かる。岩下壮一が自分の文学の理解者であると聴き、東條耿一が受洗した神山復生病院に転院する可能性も検討したようであるが、結局の所、どこにも居場所を見つけることが出来ず、自殺をせずに生きることを選択して、再び全生病院に戻ることになった。

病院に監房があることが官立の癩療養所の特徴であった。全生病院はもともと放浪する患者を強制的に収容する監獄として建設されたので、初代院長は警察官出身であった。明治四十三年の時点で、すでに「院長が患者を検束し懲戒することは違法である」とのべて抵抗した患者がいたことが報告されている(『倶会一処』三三頁)。病院の院長が療養所の所長を兼ねるようになっても、事態は改善されず、民族浄化のための強制隔離という全体主義のイデオロギーにもとづいて患者の脱走防止と院内の秩序維持のために、公立の療養所の所長に懲戒拘束権が与えられ、療養所の中には監房が設置されていた。この監房に拘束された患者の基本的人権侵害が問題視されるようになったのは戦後のことである。北條の生きていた時代の療養所と外部の世界との交流は決して自由なものではなく、厳しい検閲が行われていたことは言うまでもない。そういう監房の中に閉じこめられた社会運動家の苦悩を描いた「監房の手記」が検閲を通るはずがないし、そのようなものを書いたということが発覚すれば、当時の状況下にあっては北條自身が処罰されたであろう。したがって、北條は、自分の作家としての生命を賭けてこれを書き、東條耿一の妻文子の父親を経由して作品を川端に送っていたのである。川端康成は、検閲の厳しい当時の出版状況を考慮し、また北條の作品自体、まだ大いに推敲の余地有りと判断したので、結局、これらの作品は発表されず、原稿も残ってはいないが、北條自身が真に書きたかった作品がいかなる種類のものであったかを我々に教えるであろう。

北條は自分の作品が「癩文学」として読まれること、特異な環境にある特異な生を描いたものとして読まれることに反対であった。自分は文学そのものを書いているのであり、「癩文学」などというものが特別にあるわけではない――これが彼の信念であった。

昭和十二年一月、すでに腸結核を併発して病床にあった北條民雄は、「井の中の蛙の感想」と題する文を園誌『山櫻』に寄稿している。この文は、前年の昭和十一年八月の「長島騒擾事件」に言及して、ストライキをした患者達を「井の中の蛙」と批判した日本MTLという当時の「救癩」団体の理事の塚田喜太郎の文章に対する反論である。これは、当時国家的なキャンペーンとして行われていた「無癩県運動」のために国立療養所・愛生園が定員を大幅に超過し、患者の医療・生活条件が極度に悪化したために起きた患者の作業ボイコット事件であった。
塚田は次のように書いている(『山櫻』昭和十一年十月号)。

井の中の蛙大海を知らず、とか。実際、井の中の蛙の諸君には、世間の苦労や不幸は分からないのでありますす。(中略)蛙は蛙らしく井のなかで泳いでいればよいのであります。また、大海も蛙どもに騒がれては、迷惑千万であります。身の程をしらぬということほど、お互いに困ったことはないのであります。(中略)患者諸君が、今回のごとき言行をなすならば、それより以前に、国家にも納税し、癩病院の費用は全部患者において負担し、しかる後、一人前の言い分を述ぶるべきであると。国家の保護を受け、社会の同情のもとに、わずかに生を保ちながら、人並みの言い分を主張する等は、笑止千万であり、不都合そのものである。

塚田のこの見解に対して北條は、「かつて大海の魚であった私も、今はなんと井戸の中をごそごそと這《は》いまわるあわれ一匹の蛙とは成り果てた。とはいえ井の中に住むが故に、深夜冲天《ちゅうてん》にかかる星座の美しさを見た。大海に住むが故に大海を知ったと自信する魚にこの星座の美しさが判るか、深海の魚類は自己を取り巻く海水をすら意識せぬであろう。況《いわん》や——」と書いた。

東條耿一の妹の渡辺立子(津田せつ子)は、「北條さんの思出」というエッセイの中で、この北條民雄の文を引用し、

いまのように、職員や社会人に自由にものがいえる時代とは違い、すべてが検閲制度で束縛されていた時代であったから、私はずばりと言い得たその勇気に感動した。清涼剤に似た清々しさで思い起こされる。そして北條さんは若かったなといまにして思う。あのいきりたつ若さは古い患者にはもてない感覚である。

と回想している(『多磨』一九六三年五月号)。

北條民雄が昭和十二年に腸結核で亡くなった後で、川端康成は彼の遺稿や日記も蒐集して、創元社から『北條民雄全集』を刊行したが、そのことは必ずしも療養所の管理者にとって歓迎すべき事ではなかった。たとえば、北條民雄日記の中にもたびたび登場する療養所の医師・日戸修一は、次のような文を、全集刊行後に書いている。

しかし、検閲するものがどうであろうと、とにかく国家が養って国家が食わせて衣食住すべてを心配しそのかげに癩を早く撲滅しようという目的があるんだから、この目的に不利なものはどしどし取り締まってゆくのが当然の話で文句を言うほうが間違っている。（中略）文学なんか癩の撲滅事業のためにはおよそ屁の役にもたたない。まして北條のような変な反抗ばかりしているものには検閲制度は当然必要なんだと思う。（中略）ああいう全集（『北條民雄全集』）を余り思慮なしに出した川端康成氏等の軽率な罪はとにかく非難してもいい。あまりいい癩文学などは実際からいうと必要はない。黙って患者を収めて、じっとして消滅する日を待てばそれでよかろうというものである。予防協会あたりは一人でも多く患者を収容できるよう費用を出せばよいので変なパンフレットや文学の話などは絶対にしない方がいいというものである。必要なのは癩のなくなることだ。だって一向に癩がなくならないではないか。

（「人間北條民雄」『医事公論』特集、昭和十二年三月）

この日戸の文は、当時としても極端な意見とみなすべきものであろうが、官立の療養所で営まれていた文芸活動の困難さを我々に伝えるものである。北條民雄の日記には、彼が、療養所文学——当局の管理のもとで、慰安と教化の方針のもとに編集された文学

――を如何に嫌っていたか、また、自分の文学をそのような意味での「癩文学」として読まれることを拒絶していた。

創元社の『定本　北條民雄全集』所収の昭和十二年度の北條民雄日記（本書二八九―二九〇頁）には、次のような文がある。

一月二十八日。民衆から……（天皇）を奪ったら後に何が残るか。何《なん》にも残りはしないのだ。彼等はこの言葉の中に自己の心の在り場所を求めようとしている。それは何千年かの間に築かれた××（偶像）であるにしろ、しかし彼等はこの……（偶像）によって心の安定を得ているのだ。それは国家そのものに対する態度である。現在の彼等にとってはこれのみが残された唯一の……（偶像）なのだ。重要なのはこの点だ。二月一日。夜、光岡良二来る。十時近くまで語る。十七才の時、……（マルキシズム）の洗礼を受けた自分は一切の「権威」というものを失ってしまい、そのために心の置き所なく揺ぎ続けているのだ。彼は形而上のもの、即ち神を有《も》っている。しかし自分には神もない。人間すらも信じ切れぬ。

（伏せ字は、その後の括弧のなかに自筆原稿の該当する語を補った）

北條日記の自筆稿には、療養所の検閲制度への批判、マルクス主義への共感、天皇が民衆の偶像であることを記した記事等があるので、日記を預かった友人の東條耿一は、当局に没収されることをおそれ、複写清記したうえで川端のもとに送り、もとの日記を手元に置いていたのである。

「柊の垣にかこまれて」と題された自筆日記は、東條耿一の妹の渡辺立子が兄の帰天後にしばらく手元に置いていたが、紛失を怖れて、当時のカトリック愛徳会神父の古田泰人氏に預けたものであった。この北條民雄の自筆日記は、成田稔園長の尽力と依頼によって、一九九八年に高松宮記念ハンセン病資料館開設に際して、古田氏より資料館に寄贈されたので、現在では同館の資料展示室にて閲覧可能である。

北條民雄の自筆日記を『真筆版　北條民雄日記　昭和十二年』と題した活字本として最初に編集・刊行したのは障害者文学の研究者の荒井裕樹氏である。同氏は、ハンセン病図書館の山下道輔氏と共に二〇〇四年六月に私家本として最初に『真筆版　北條民雄日記』(国立療養所多磨全生園入所者自治会ハンセン病図書館)を刊行した。私は同年九月に全生園内のカトリック愛徳会の聖堂で開催した『東條耿一作品集』の朗読会で、当時、東京大学の大学院生であった荒井氏からこの私家本を頂き、相互に日記を交換し合って相互に批評を聴いていた二人の苦悩と友愛の深さに驚くと共に、それに触れることが東條耿一の詩と宗教、北條民雄の小説と随筆を理解する上で欠かせないことを認識したのである（荒井氏はその後、園誌『多磨』の連載として、二〇〇五年五月〈第八六巻第五号〉から二〇〇六年六月〈第八七巻第六号〉にかけて「真筆版 北條民雄日記」の改訂版「真筆版 北條民雄日記 柊の垣にかこまれて 昭和十二年」を発表されている、二〇〇五年六月は休載）。

岩波書店の鈴木康之氏より文庫本の『北條民雄集』の編集と解説を依頼されたとき、私がまず考えたのは荒井裕樹氏の「真筆版」を昭和十二年度の日記の底本とすることであった。現在入手の容易な文庫本での『北條民雄集』は、創元社の『定本 北條民雄全集』（一九八〇年）によるものであり、荒井氏の労作の成果が反映されているとは言い難い。

一般に作家の日記は、どれほど私的なものにみえても彼の創作のための準備ノートという性格を持っている。川端康成のすすめもあってドストエフスキーやフローベルの日記を耽読していた北條民雄の場合も例外ではない。北條民雄、東條耿一、光岡良二が互いの日記を読み合って、友人の批評を求めていたことからも、日記の中には自身の文学修行のためにつけられたものもあったことが窺えよう。創元社の全集（下巻）に寄せた僚友於泉信夫の「遺稿を整理して」に北條の日記についての次のような貴重な証言がある。

日記のうち「全生日記」と題する、昭和九年及び十年の分は、大判の大学ノートに記されている。彼が病院を出るとき、東條耿一君に記念として遺していったので、彼自らの手で破棄されることなく、保存されたのである。「柊の垣に囲まれて」と題する、昭和十二年分は、彼が病床に就いて原稿が書けなくなったため、つけ始められたものである。粗末な当用日記であったが、死ぬまで彼の枕元におかれていた。彼は原稿の書けぬ時、よく日記をつけた。彼の日記の途切れている日々は、彼が原稿を書いていた時である。この他二つ日記抄ともいうべきものがあったが、いずれも前記二冊の中間のものである。「重病室日誌」「続重病室日誌」は共に「柊の垣に囲まれて」と同じ月日の間に、発表するように書いたものである。

ここで、北條は「原稿の書けぬ時、よく日記をつけた」という箇所に注目すべきであろう。書けないときは書けないなりにその自己のあるがままの現実を記す――それもまた作家魂と言うべきものであろう。未完に終わった北條民雄の遺稿「頃日雑記」の末尾で於泉は、（北條民雄自ら最後の一章を破棄した）という注をつけている。「真筆版 北條民雄日記」の中にも頁を破棄した痕跡があるが、おそらく、北條民雄自身が内容に不満を持って破棄したものではないかと思われる。また、「続重病室日誌」の九月二十八日の中に、『中央公論』に掲載された林房雄の「上海戦線」を読んだ感想が記されているが、これは「東條版」の昭和十二年九月二十七日の日記の記事と内容的に深い関係がある。この日記の記事は、その長さからいって、一日に記載できる長さが限られている当用日記ではなく、おそらく「続重病室日誌」に発表することを念頭に置いて、東條耿一の助けを借りて別のノートに記したものであろう。

本書では、そういうわけで、真筆版の「柊の垣にかこまれて」を底本とするものの、東條版すなわち創元社の定本にあって真筆版にないものも、北條民雄の日記として収録することとした。そこには、北條が大きな影響をうけたドストエフスキーの「作家の日記」や、フローベルの書簡、同時代の日本の作家や評論家の文章への感想など、北條民雄の心の軌跡を記す貴重な記録が残されているからである。

入院して三ケ月後に北條民雄が、自分の作品を見てほしいという願いを込めて、はじめて川端康成に送った昭和九年八月十三日の書簡には、「院内にも勿論《もちろん》文芸に親しんでいる人も随分《ずいぶん》いますが、病者という弱さの故にか、真に癩を見つめようとする人は一人もいなく、唯《ただ》俳句、詩、短歌の世界にディレッタントとして逃避して了い、文学を生きようとする熱と望みも有《も》っていません」という言葉がある。そこには、すでに「一週間」(「いのちの初夜の原形」)という作品を書き始めていた頃の彼の文学への志が窺える。

そして、川端康成から好意的な返信を受け取った北條は「書いたものを見て下さるとのこと、このように嬉しいことが現在の私に又とありましょうか」と、十月十八日の川端康成宛書簡の中で、川端に師事できるようになった喜びを率直に語っている。

全生病院には監房だけでなく精神病棟（十号病棟）も設置されていた。この病棟の付添作業をしていたのが東條耿一であったので、北條民雄は彼を通じて全生病院に収容され精神を病んだ人々を観察することが出来た。小説「間木老人」は、終わりの方に不自然な作為的な筋立てが目立つとはいえ、精神病棟に収容された「桜井」という瘋癲老人の活き活きとした描写などには作者の非凡な筆力を感じさせる。川端康成は、昭和十年の『文學界』十一月号に最初に掲載されたこの作品について、「あれが立派な作であることは最初に申し上げたとおり、小生の言葉に絶対間違いありません」と北條宛書簡（昭和十年十一月十七日付）で激励した後で、「文壇のことなど気にしないで、月々の雑誌など読まないで、古今東西の名篇大作に親しみ、そこの生活とあなた自身から真実を見る一方にしなさい。才能は大丈夫小生が請け合います」とアドバイスを与えている。

小説「望郷歌」では、癩園に収容された太市とよばれた孤独な少年と、彼を見守る教師「鶏三」との心の交流が主題となっている。この作品は北條が亡くなる直前、昭和十二年十月号の『文學界』に掲載された。面会に来た祖父とけっして会おうとしない少年の複雑な心理が描かれた後に、不治の病に罹患した子どもを殺害しようとした祖父の地獄に堕ちるような苦しみもまた描かれている。全く救いのない状況ではあるが、語り手の「鶏三」が、この少年が亡くなった「ばばさん」から教わった子守歌を、児童達と共に歌うというところでこの作品を終えている。作中の太市少年が歌う「つくつく法師なぜなくか」で始まる望郷歌は、北條の郷里であった四国の徳島や隣県の高知に伝わる子守歌をもとに故郷を偲びつつ書いたものと思われる。四十年ほど後になって、シンガー・ソング・ライターの山崎ハコ氏がこの歌詞に曲をつけて彼女のライブ演奏の演目の一つとした。世代から世代へと受け継がれて来たいのちの響きをよく表現しており、聴くものの心を捉えて放さない。

北條の遺作「嵐を継ぐもの」は、川端康成が「吹雪の産声」と改題して昭和十三年の『文學界』三月号に掲載された。この作品には、作者の分身とも言うべき二人の人物が登場する。即ち、物語の語り手であり「温暖な四国に生れた私」と、ほとんど正反対の性質を持つ人物で、「東北の果《はて》に生れ、雪の中に育った彼」こと矢内が主人公である。矢内は「望郷歌」の鶏三とおなじく、学園で子どもの相手をしている柔和な性格の人物で、療養所を脱出して各地を放浪しつつ常に自殺を考えながら喘《あえ》ぎ喘ぎ生きている「私」の孤独をいやしてくれる存在である。矢内が「私」に手紙で語る次の簡潔な言葉がこの作品の鍵となるものであろう。

君の気持がどうであるかは僕はよく判ります。けれども、君は君の生命が君だけのものではないということを考えるべきです。君のものであると共にみんなのものです。みんなの中の君であると共に、君の中のみんなのなのです。君の中に僕が在るように僕の中に君が在ることを考え、どうでも生きて貰《もら》いたい僕の願いです。

（本書一〇九―一一〇頁）

「私」はこの矢内の純一な言葉に流れている真剣な声に動かされ、自殺をせずに療養所に戻るのであったが、「彼」は待ち構えて、大きな手で「私」の肩をつかんで、きらりと涙を光らせた、そのときに「私」は真の友情を知ったと北條はこの遺作の中で書いている。

「私」に生きることの大切さを説いた「矢内」は、しかしながら、「私」よりも先に急性結節のために重病室に入り、塗炭の苦しみにあえぎながら、吹雪の荒れ狂う夜に死を迎える。この作品は、「吹雪の嵐」のあとで、死にゆく矢内と共に、出産間近の患者から産まれた赤子の産声が響きわたる情景が描かれること、過去ではなく、未来に生きるべき生命が主題となっているところに特色がある。

誕生した子どもの産声の中に、語り手の「私」は、「深淵の底に消え失せようとする生命が新しい生命に呼びかける必死の叫び」を聴きとる。「私」はその叫びに矢内の声を聴き、ぼろぼろと涙を流す。「喜びか悲しみか自分でも判らなかった。白い雲が悠々と流れている」と作者はこの作品を締めくくっている。死者から生者へ受け継がれてゆく大いなる生命の流れを予感させ、苦悩と呻吟の嵐の中にあって平安を求めていた作者の心に秘められた祈りの如きものを感じさせる北條民雄の遺作である。

本書に収録した二篇の童話「可愛いポール」と「すみれ」は川端康成との交流が始まってから後に、秩父晃一の筆名で院内の児童学園の文芸誌『呼子鳥』に寄稿したものである。北條民雄が宮沢賢治を思わせるような童話を書いたということ自体、一般には余り知られていなかったと思うが、この二篇の童話は二〇一五―二〇一六年にハンセン病資料館から、おぼまこと氏と山崎克己氏の挿絵入りの絵本として再刊された。「小さいし、歩くことも動くことも出来」ないが「広い広い青空も、そこを流れて行く白い雲と、暗い夜空にきらめく星を見上げながら「誰も見てくれる人がなくても、（中略）力一パイに咲き続けて、それからわたし枯れたいの」と願う「すみれ」の言葉があるが、これは癩療養所に収容されたという暗鬱な現実を生きねばならない子ども達に贈った北條の精一杯の言葉であったろう。これを再刊した成田稔館長の後書から、このメッセージを、絶望と苦痛のただ中にある希望の光を伝える童話として、二十一世紀を生きる「子どもの育ちを見守る方々」へ伝えてゆくという次世代の人への配慮があったことがわかる。

北條民雄の随筆や、没後に全集に収録された断片的な覚え書きは、当時の癩療養所の内部の様子を活写すると同時に、彼の自伝的な回想を含んでいる。

「発病した頃」という覚え書きのなかで、北條は十九歳の時に見合い結婚した頃のことを回想している。随筆「発病」には記されていないエピソードであるが、十八歳の花嫁を「東京見物に連れて行くべきその春になって、（中略）癩の宣告を受けた」と記している。昭和九年八月二十八日の日記は、「以前の妻であるY子が肺病で死んだ」との通知を祖父から受け、「出来るならばすぐにも彼女の墓前に何かを供えてやりたくも思う。（中略）死を希《ねが》い願って死に得なかった自分。だのに彼女は二十のうら若さで死んでしまった」という「はかり識《し》れぬ人生」の廻りあわせを慨嘆している。

「眼帯記」（『文學界』昭和十一年十月号）は、病状が進行するとほぼ確実に失明する事例を数多く見てきた経験を語るものであるが、文中に、「私よりずっと眼は悪く、片方はほとんど見えない（中略）盲目になるのも決して遠いことではないと自覚し」ていると言われているTとは、彼が「いのちの友」と呼んだ東條耿一のことである。失明した後で、どうやって創作活動を続けていくか、病院内でよき伴侶を得て、その助力で執筆活動を続けることが出来ないかどうか――それが二人にとって大きな問題であった(昭和十年七月十四日の日記)。北條自身にとっては院内で結婚するという選択肢は実現しなかったが、東條の結婚の成就を聴いたときの北條の日記(同年七月十八日)には、子どもを作ることを断念するという屈辱的な条件下であっても、伴侶と一体となって文筆に精進し、ともに「戦って呉れ」という彼の祝福の言葉が記されている。

「柊の垣のうちから」は、昭和十三年に『新女苑』に掲載されたあとで、創元社の『北條民雄全集』に収録された。父親に伴われて全生病院に入院するときの当時の東村山の様子、収容された児童の様子など、ありしままに回想しているところが印象的である。

北條は俳句や詩はほとんど遺していないが、この遺稿の最後には、「粗い壁。/壁に鼻ぶちつけて/深夜――/虻《あぶ》が羽ばたいてゐる」という詩のようなものを書いている。療養所の「壁」を突き抜けることが出来ずに、死ぬまで羽ばたいていた北條の生き様を象徴するような言葉で、東條耿一は「臨終記」でこれを最後に引用している。

川端康成は、北條民雄をモデルとした小説「寒風」(『改造』昭和十六年一月号)のなかでのがおく「癩患者というものは、その生前には縁者がなく、その死後にも遺族がないとしておくのが、血の繋がる人々への恩愛なのだ」と書いている。そのため、創元社の全集の初版本の年譜では、出生地や遺族関係は勿論、入院前の履歴も省略されていた。ハンセンによって癩菌が発見され、感染力の弱い伝染病であることが医学的に証明されたあとでも、この病気に対する社会的な偏見は除去されることはなかった。第二次大戦後、有効な治療薬の進歩によって治癒可能となったあとでも回復者が退所して社会復帰出来ない状況が長らく続いたために、日本では「癩」という語を「ハンセン病」と改めることによってこの社会的な偏見を除去することがどうしても必要であった。しかしながら、歴史的な文脈で北條民雄の文学作品を語る場合には、「癩」という語を避けないことも必要である。社会的な差別感情を内包した彼の時代の用語を使わなければ、この病にまつわる強固な偏見に苦しんでいた患者の生死を理解することは出来ないであろう。また、本書では、一人の人間の生きた歴史を尊重する立場から、個人の一貫した固有名を尊重する立場をとった。ハンセン病の療養所の作家達が多くの仮名や匿名を使わざるをえなかったのは過去の時代である。未来の世代は、北條民雄自身が望んだように、「療養所文学」の作者としてではなく、生死の狭間で自己同一をもとめて懊悩しつつ、純一な文学そのものを創造しようとした一人の稀有の作家の姿を見出すに違いないからである。

初出・筆名について

小説

いのちの初夜　一九三六年『文學界』二月号、北條民雄
間木老人　一九三五年『文學界』十一月号、秩父號一
吹雪の産声　一九三八年『文學界』三月号、北條民雄
望郷歌　一九三七年『文學界』十月号、北條民雄

童話

可愛いポール　一九三四年十月『呼子鳥』秩父晃一
すみれ　一九三五年一月『呼子鳥』秩父晃一

随筆

発病　未発表稿(『北條民雄全集』下巻、創元社、一九三八年六月刊、収載)
発病した頃　未発表稿(同全集下巻、収載)
眼帯記　一九三六年『文學界』十月号、北條民雄
書けない原稿　未発表稿(同全集下巻、収載)

独語　未発表稿(同全集下巻、収載)
柊の垣のうちから　未発表稿(一九三八年『新女苑』三・四月号、北條民雄)
井の中の正月の感想　一九三七年一月『山櫻』北條民雄
断想　未発表稿(同全集下巻、収載)

謝　辞

編集・注解・解説の作成に当たり、以下の皆様から受けた恩恵に感謝申し上げます。

北條民雄の自筆日記(昭和十二年)を保管しハンセン病資料館に寄贈された古田泰人(菅野淳)氏、真筆本『北條民雄日記』を編集出版された荒井裕樹氏、ハンセン病関連の諸資料の保存と収集に多大な尽力をされた故山下道輔氏、同氏が代表を務められた「ハンセン病文庫・朋の会」の会員諸氏、困難な状況の中で『ハンセン病文学全集』の出版を完結された皓星社の編集部諸氏に謝意を表します。

また、「略年譜」については、「略年譜」の末に掲げた先行研究を参照しました。徳島県立文学書道館、徳島文学協会、阿南市文化協会のご支援を頂きました。

略年譜

大正三（一九一四）年

9月22日　徳島県出身の陸軍経理部勤務の七條林三郎の次男として、父親の赴任地、朝鮮京城府（現・ソウル）漢江道に生まれる。本名・七條晃司《しちじょうてるじ》。

大正四（一九一五）年　1歳

7月　母が病死する。両親の郷里・徳島県那賀郡（現・阿南市下大野町）の母方の祖父母に引き取られる。

大正六（一九一七）年　3歳

年初に父が退役によって帰郷、父と継母と暮らす。

昭和四（一九二九）年　15歳

3月　地元の尋常高等小学校高等科卒業。**4月**　上京。薬問屋、工場などで働く。法政中学校夜間部などに、一時は通学した。小林多喜二を読み、プロレタリア文学、マルクス主義に関心を持つ。

昭和五（一九三〇）年　16歳

3月　ハンセン病の初期兆候が出るが、発病に気づかなかった。

昭和六（一九三一）年　17歳

11月　帰郷。兄が亡くなる。

明治四十（一九〇七）年に交付された「癩予防ニ関スル件」がこの年に「癩予防法」と改められ、それまでは自費で療養できない放浪患者などが隔離の対象であったが、あらたな法律により、すべての患者が隔離の対象となった。絶対隔離を推進するために財団法人癩予防協会が設立される。

昭和七（一九三二）年　18歳

3月　日立製作所亀戸工場の臨時工員となる。**6月**　葉山嘉樹に手紙を出し、返信を得る。創作を始める。**11月**　祖母方の親戚の娘と結婚。

昭和八（一九三三）年　19歳

2月　ハンセン病の症状が強まる。**3月**　徳島市内の病院で、ハンセン病を告知される。妻と別れる。**11月**　上京。何度も自殺行をするが、未遂となる。

昭和九（一九三四）年　20歳

5月　友人と日光華厳の滝へ自殺に行く。友人は決行したが、北條（七條）は未遂で終わった。同月18日　全生病院（現在の国立療養所多磨全生園）に入院。入院前に、七條家からの除籍の手続きがされた。当時は専用の収容病室はなく、重症の患者と一緒の病室に一時的に収容されたために、大きな衝撃を受ける。女医・五十嵐正の配慮で、東京帝大哲学科に在籍中に発病して入院していた光岡良二と知り合う。その後、月々入院費を払う「相談所患者」として、癩予防協会が寄贈した一般舎、「秩父舎」に移る。院内の機関誌『山櫻』に、「童貞記」(筆名＝秩父晃一)を寄稿。病状の軽いうちは、野球もした。**8月**11日　川端康成に初めての手紙を出す。同月28日　元妻の死を知らされる。**10月**12日　川端から返書を受け、感激する。**12月**　『山櫻』出版部で働く。

昭和十(一九三五)年　21歳

5月12日　「間木老人」原稿を川端に送る。**10月**　「最初の一夜」の執筆を始める。『文學界』十一月号に「間木老人」が掲載される(筆名＝秩父號一)。**12月**　「最初の一夜」を脱稿、川端に送る。

昭和十一(一九三六)年　22歳

1月　十号病室(精神病棟)に付添夫として勤務する。**2月**　川端により「最初の一夜」を改題した「いのちの初夜」が、『文學界』二月号に掲載される。第二回「文學界賞」を受賞。この作から、「北條民雄」の筆名を使う。鎌倉の駅前の店で、川端と最初で最後の面談をする。**6月**10日　小説「監房の手記」を書き上げて川端に送った後、自殺を決意して病院を出て、軽快退院していた元療友の花岡の家に泊まる。川端康成、東條耿一らに苦しい心中を告白する書簡を出した後で、神戸経由で帰郷する。父親から経済的支援を受けたが、虚無的な気分から大阪でその半分を散財した後、帰京。花岡の家で川端康成と光岡良二からの心のこもった手紙を受け取り、大いに感動する。神田の古本屋でトルストイ全集を買って、病院の外泊期限であった二週間を守るために、タクシーで急ぎ帰院した。6月26日に再開した日記(本書収録)のなかで、帰院直後の心境の変化、川端康成と光岡良二の愛情のこもった心遣いへの感謝を綴る。**8月**　「いのちの初夜」が第三回芥川賞候補となる。以後、新たなる作品の創作に専念する。「危機」が川端により「癩院受胎」と改題されて『中央公論』十月号に、「眼帯記」が『文學界』十月号に、「癩院記録」が『改造』十月号に掲載される。ただし、小説「嵐を継ぐもの」は、「癩院受胎」と主題が重なるために川端が即座の発表を見合わせた。『文藝春秋』十一月号掲載の中村光夫の「癩者の復活」に共感し、中村との文通が始まる。**12月**3日　生前唯一の単行本『いのちの初夜』(創元社、跋文＝川端康成、装丁＝青山二郎)刊行。川端が検印の判を押した。

昭和十二(一九三七)年　23歳

1月　院内で精神科医・式場隆三郎と会う。**3月**6日　一時帰省を理由に外出。再び神戸まで西下、放浪ののち、今回は帰省せずに病院に戻る。「重病室日誌」が『文學界』四月号に掲載。**6月**　体調が著しく悪化する。夏、最後の作品「望郷歌」を脱稿。**9月**

九号病室（結核病棟）に入る。**10月**　「望郷歌」が『文學界』十月号に掲載。**12月**5日午前5時35分、逝去。死因は、腸結核・肺結核。川端康成が来院、遺体と対面した。葬儀は、生前の本人の遺言に従い、院内の信徒によってカトリック式で執り行われた。「いのちの初夜」を高く評価していた主任司祭のコッサール神父は、（本名で通知されたため、北條民雄であることに気づかず）葬儀の司式ができなかったことを非常に悔やんだと伝えられている。遺骨は、一部は病院内の納骨堂に納め、一部は父が持ち帰り、郷里の墓域に埋葬された。

昭和十三（一九三八）年

「続重病室日誌」が『文學界』新年号に掲載。**3月**　遺稿「柊の垣のうちから」（『新女苑』三・四月号）、「吹雪の産声」（「嵐を継ぐもの」を川端が改題した小説）が『文學界』三月号に、「道化芝居」が『中央公論』四月号に掲載される。**4・6月**　川端康成編集『北條民雄全集』上・下巻（創元社、装丁＝青山二郎）刊行。

昭和四十八（一九七三）年

5月　静岡県富士霊園文学者之墓に合葬される。墓碑銘は、「北條民雄　いのちの初夜　一九三七・一二・五　二三才」。

平成八（一九九六）年

4月1日　「らい予防法」が廃止、「らい予防法の廃止に関する法律」施行。

平成十三(二〇〇一)年

5月11日　患者による「らい予防法」の違憲国家賠償請求訴訟に国側敗訴の判決。国側控訴取止め、内閣総理大臣が談話を発表。衆参両院の謝罪決議がされる。

平成十四(二〇〇二)年

10月26日　徳島県立文学書道館開館。開館と同時に、徳島ゆかりの作家の一人として北條民雄の常設展示をする。

平成二十四(二〇一二)年

10月　国立ハンセン病資料館で、「癩院記録――北條民雄が書いた絶対隔離下の療養所」の企画展が開催される。

平成二十六(二〇一四)年

8月　『阿南市の先覚者たち』第一集(阿南市文化協会)で、本名、出身地が、公表される。8月7日から9月23日　徳島県立文学書道館で特別展「北條民雄――いのちを見つめた作家」が開催される。

平成三十一・令和元(二〇一九)年

12月5日　阿南市と徳島文学協会による「民雄忌」シンポジウムが開催される。

令和二(二〇二〇)年

12月19日　東村山市立中央公民館で「〈ふるさとと文学 2020〉北條民雄と多磨全生園」

開催(無観客、ユーチューブでの配信。東村山市主催、日本ペンクラブ共催・企画監修)。

(田中裕編)

＊本「略年譜」の作成にあたり、「北條民雄年譜」(光岡良二作製、川端康成・川端香男里編纂『定本 北條民雄全集』上巻、東京創元社、一九八〇年十月)、「年譜」(『いのちの初夜』角川文庫、二〇二〇年十一月)、「年譜」(中村光夫編『北條民雄集』新潮文庫、一九五一年二月)、「年譜」(計盛達也編『北條民雄小説随筆書簡集』〈解説＝若松英輔〉、講談社文芸文庫、二〇一五年十月)、『隔離の文学――ハンセン病療養所の自己表現史』(荒井裕樹著、書肆アルス、二〇一一年十一月)、「関連略年譜」(高山文彦「火花――北条民雄の生涯」角川文庫、二〇〇三年六月)などを参考にした。また、徳島県立文学書道館、徳島文学協会、阿南市文化協会の協力を得た。

〔編集附記〕

一　本書に収録した作品は、『北條民雄全集』(東京創元社刊)上・下巻(一九八〇年十月・同年十二月)を底本とした。

一　「日記」の内、一九三七年の日記は、「真筆版　北條民雄日記　柊の垣にかこまれて　昭和十二年」(荒井裕樹編、国立療養所多磨全生園入所者自治会、『多磨』第八六巻第五号・二〇〇五年五月—第八七巻第六号・二〇〇六年六月、二〇〇五年六月は休載)を底本とした。これについては、「解説」で触れている。

一　原則として漢字は新字体に、仮名づかいは現代仮名づかいに改めた。

一　漢字語のうち、使用頻度の高い語を一定の枠内で平仮名に改めた。平仮名を漢字に変えることは行わなかった。

一　漢字語に、適宜、振り仮名を付した。

一　本文中に、今日からすると不適切な表現があるが、原文の歴史性を考慮してそのままとした。

(岩波文庫編集部)

北條民雄集《ほうじょうたみおしゅう》

2022 年 2 月 15 日　第 1 刷発行
2023 年 4 月 14 日　第 2 刷発行

編　者　田中《たなか》 裕《ゆたか》

発行者　坂本政謙

発行所　株式会社 岩波書店
〒101-8002 東京都千代田区一ツ橋 2-5-5

案内 03-5210-4000　営業部 03-5210-4111
文庫編集部 03-5210-4051
https://www.iwanami.co.jp/

印刷 製本・法令印刷　カバー・精興社

ISBN 978-4-00-312271-6　Printed in Japan

読書子に寄す

――岩波文庫発刊に際して――

岩波茂雄

真理は万人によって求められることを自ら欲し、芸術は万人によって愛されることを自ら望む。かつては民を愚昧ならしめるために学芸が最も狭き堂宇に閉鎖されたことがあった。今や知識と美とを特権階級の独占より奪い返すことはつねに進取的なる民衆の切実なる要求である。岩波文庫はこの要求に応じそれに励まされて生まれた。それは生命ある不朽の書を少数者の書斎と研究室とより解放して街頭にくまなく立たしめ民衆に伍せしめるであろう。近時大量生産予約出版の流行を見る。その広告宣伝の狂態はしばらくおくも、後代にのこすと誇称する全集がその編集に万全の用意をなしたるか。千古の典籍の翻訳企図に敬虔の態度を欠かざりしか。さらに分売を許さず読者を繋縛して数十冊を強うるがごとき、はたしてその揚言する学芸解放のゆえんなりや。吾人は天下の名士の声に和してこれを推挙するに躊躇するものである。このときにあたって、岩波書店は自己の責務のいよいよ重大なるを思い、従来の方針の徹底を期するため、すでに十数年以前より志して来た計画を慎重審議この際断然実行することにした。吾人は範をかのレクラム文庫にとり、古今東西にわたって文芸・哲学・社会科学・自然科学等種類のいかんを問わず、いやしくも万人の必読すべき真に古典的価値ある書をきわめて簡易なる形式において逐次刊行し、あらゆる人間に須要なる生活向上の資料、生活批判の原理を提供せんと欲する。この文庫は予約出版の方法を排したるがゆえに、読者は自己の欲する時に自己の欲する書物を各個に自由に選択することができる。携帯に便にして価格の低きを最主とするがゆえに、外観を顧みざるも内容に至っては厳選最も力を尽くし、従来の岩波出版物の特色をますます発揮せしめようとする。この計画たるや世間の一時の投機的なるものと異なり、永遠の事業として吾人は微力を傾倒し、あらゆる犠牲を忍んで今後永久に継続発展せしめ、もって文庫の使命を遺憾なく果たさしめることを期する。芸術を愛し知識を求むる士の自ら進んでこの挙に参加し、希望と忠言とを寄せられることは吾人の熱望するところである。その性質上経済的には最も困難多きこの事業にあえて当たらんとする吾人の志を諒として、その達成のため世の読書子とのうるわしき共同を期待する。

昭和二年七月

《日本文学(現代)》〔緑〕

怪談 牡丹燈籠 三遊亭円朝
真景累ヶ淵 三遊亭円朝
小説神髄 坪内逍遥
当世書生気質 坪内逍遥
ウィタ・セクスアリス 森鷗外
青年 森鷗外
阿部一族 他二篇 森鷗外
山椒大夫・高瀬舟 他四篇 森鷗外
渋江抽斎 森鷗外
舞姫・うたかたの記 他三篇 森鷗外
鷗外随筆集 千葉俊二編
森鷗外 椋鳥通信 全三冊 池内紀編注
浮雲 二葉亭四迷 十川信介校注
野菊の墓 他四篇 伊藤左千夫
吾輩は猫である 夏目漱石
坊っちゃん 夏目漱石

草枕 夏目漱石
虞美人草 夏目漱石
三四郎 夏目漱石
それから 夏目漱石
門 夏目漱石
彼岸過迄 夏目漱石
漱石文芸論集 磯田光一編
行人 夏目漱石
こころ 夏目漱石
硝子戸の中 夏目漱石
道草 夏目漱石
明暗 夏目漱石
思い出す事など 他七篇 夏目漱石
文学評論 全二冊 夏目漱石
夢十夜 他二篇 夏目漱石
漱石文明論集 三好行雄編
倫敦塔・幻影の盾 他五篇 夏目漱石

漱石日記 平岡敏夫編
漱石書簡集 三好行雄編
漱石俳句集 坪内稔典編
漱石・子規往復書簡集 和田茂樹編
文学論 全二冊 夏目漱石
坑夫 夏目漱石
漱石紀行文集 藤井淑禎編
二百十日・野分 夏目漱石
五重塔 幸田露伴
努力論 幸田露伴
渋沢栄一伝 幸田露伴
子規句集 高浜虚子選
病牀六尺 正岡子規
子規歌集 土屋文明編
墨汁一滴 正岡子規
仰臥漫録 正岡子規
歌よみに与ふる書 正岡子規

獺祭書屋俳話・芭蕉雑談	正岡子規
子規紀行文集	復本一郎編
金色夜叉 全二冊	尾崎紅葉
二人比丘尼 色懺悔	尾崎紅葉
不如帰	徳冨蘆花
謀叛論 他六篇 日記	徳冨健次郎 中野好夫編
武蔵野	国木田独歩
愛弟通信	国木田独歩
運命	国木田独歩
蒲団・一兵卒	田山花袋
田舎教師	田山花袋
一兵卒の銃殺	田山花袋
縮図	徳田秋声
あらくれ・新世帯	徳田秋声
藤村詩抄	島崎藤村自選
破戒	島崎藤村
春	島崎藤村
千曲川のスケッチ	島崎藤村
桜の実の熟する時	島崎藤村
新生 全二冊	島崎藤村
夜明け前 全四冊	島崎藤村
藤村文明論集	十川信介編
生ひ立ちの記 他一篇	島崎藤村
にごりえ・たけくらべ	樋口一葉
大つごもり・十三夜 他五篇	樋口一葉
修禅寺物語 正雪の二代目 他四篇	岡本綺堂
高野聖・眉かくしの霊	泉鏡花
歌行燈	泉鏡花
夜叉ケ池・天守物語	泉鏡花
草迷宮	泉鏡花
春昼・春昼後刻	泉鏡花
鏡花短篇集	川村二郎編
日本橋	泉鏡花
外科室・海城発電 他五篇	泉鏡花
湯島詣 他一篇	泉鏡花
鏡花随筆集	吉田昌志編
化鳥・三尺角 他六篇	泉鏡花
鏡花紀行文集	田中励儀編
俳句はかく解しかく味う	高浜虚子
回想 子規・漱石	高浜虚子
有明詩抄	蒲原有明
上田敏全訳詩集	山内義雄 矢野峰人編
宣言	有島武郎
一房の葡萄 他四篇	有島武郎
寺田寅彦随筆集 全五冊	小宮豊隆編
柿の種	寺田寅彦
与謝野晶子歌集	与謝野晶子自選
与謝野晶子評論集	鹿野政直 香内信子編
私の生い立ち	与謝野晶子
入江のほとり 他一篇	正宗白鳥
つゆのあとさき	永井荷風

濹東綺譚	永井荷風
荷風随筆集 全二冊	野口冨士男編
摘録 断腸亭日乗 全二冊	永井荷風 磯田光一編
すみだ川・新橋夜話 他一篇	永井荷風
あめりか物語	永井荷風
下谷叢話	永井荷風
ふらんす物語	永井荷風
浮沈・踊子 他三篇	永井荷風
花火・来訪者 他十一篇	永井荷風
問はずがたり・吾妻橋 他十六篇	永井荷風
斎藤茂吉歌集	山口茂吉 柴生田稔 佐藤佐太郎編
千鳥 他四篇	鈴木三重吉
鈴木三重吉童話集	勝尾金弥編
小僧の神様 他十篇	志賀直哉
万暦赤絵 他二十二篇	志賀直哉
暗夜行路 全二冊	志賀直哉
志賀直哉随筆集	高橋英夫編

高村光太郎詩集	高村光太郎
北原白秋歌集	高野公彦編
北原白秋詩集 全二冊	安藤元雄編
フレップ・トリップ	北原白秋
野上弥生子随筆集	竹西寛子編
野上弥生子短篇集	加賀乙彦編
お目出たき人・世間知らず	武者小路実篤
友情	武者小路実篤
釈迦	武者小路実篤
銀の匙	中勘助
鳥の物語	中勘助
若山牧水歌集	伊藤一彦編
新編 みなかみ紀行	若山牧水 池内紀編
新編 啄木歌集	久保田正文編
吉野葛・蘆刈	谷崎潤一郎
卍(まんじ)	谷崎潤一郎
幼少時代	谷崎潤一郎

谷崎潤一郎随筆集	篠田一士編
多情仏心 全二冊	里見弴
道元禅師の話	里見弴
今年竹 全二冊	里見弴
萩原朔太郎詩集	三好達治選
郷愁の詩人 与謝蕪村	萩原朔太郎
猫町 他十七篇	萩原朔太郎 清岡卓行編
恩讐の彼方に・忠直卿行状記 他八篇	菊池寛
父帰る・藤十郎の恋 菊池寛戯曲集	石割透編
河明り 老妓抄 他一篇	岡本かの子
春泥・花冷え	久保田万太郎
大寺学校 ゆく年	久保田万太郎
久保田万太郎俳句集	恩田侑布子編
室生犀星詩集	室生犀星自選
犀星王朝小品集	室生犀星
随筆 女ひと	室生犀星
出家とその弟子	倉田百三

- 羅生門・鼻・芋粥・偸盗　芥川竜之介
- 地獄変・邪宗門・好色・藪の中 他七篇　芥川竜之介
- 河童 他二篇　芥川竜之介
- 歯車 他二篇　芥川竜之介
- 蜘蛛の糸・杜子春・トロッコ 他十七篇　芥川竜之介
- 侏儒の言葉・文芸的な、余りに文芸的な　芥川竜之介
- 芥川竜之介俳句集　加藤郁乎編
- 芥川竜之介随筆集　石割透編
- 蜜柑・尾生の信 他十八篇　芥川竜之介
- 年末の一日・浅草公園 他十七篇　芥川竜之介
- 芥川竜之介紀行文集　山田俊治編
- 美しき町・西班牙犬の家 他六篇　佐藤春夫 池内紀編
- 海に生くる人々　葉山嘉樹
- 葉山嘉樹短篇集　道籏泰三編
- 日輪・春は馬車に乗って 他八篇　横光利一
- 宮沢賢治詩集　谷川徹三編
- 童話集 風の又三郎 他十八篇　宮沢賢治 谷川徹三編
- 童話集 銀河鉄道の夜 他十四篇　宮沢賢治 谷川徹三編
- 山椒魚・遙拝隊長 他七篇　井伏鱒二
- 井伏鱒二全詩集　井伏鱒二
- 太陽のない街　徳永直
- 黒島伝治作品集　紅野謙介編
- 伊豆の踊子・温泉宿 他四篇　川端康成
- 雪国　川端康成
- 山の音　川端康成
- 川端康成随筆集　川西政明編
- 三好達治詩集　桑原武夫 大槻鉄男選
- 詩を読む人のために　三好達治
- 中野重治詩集　中野重治
- 夏目漱石 全二冊　小宮豊隆
- 社会百面相 全二冊　内田魯庵
- 新編 思い出す人々　内田魯庵 紅野敏郎編
- 檸檬《レモン》・冬の日 他九篇　梶井基次郎
- 蟹工船 一九二八・三・一五　小林多喜二
- 富嶽百景・走れメロス 他八篇　太宰治
- 斜陽 他一篇　太宰治
- 人間失格・グッド・バイ 他一篇　太宰治
- お伽草紙・新釈諸国噺　太宰治
- 真空地帯　野間宏
- 日本唱歌集　堀内敬三 井上武士編
- 日本童謡集　与田準一編
- 森鷗外　石川淳
- 至福千年　石川淳
- 近代日本人の発想の諸形式 他四篇　伊藤整
- 小説の認識　伊藤整
- 中原中也詩集　大岡昇平編
- ランボオ詩集　中原中也訳
- 小熊秀雄詩集　岩田宏編
- 夕鶴・彦市ばなし 他二篇 ―木下順二戯曲選II―　木下順二
- 元禄忠臣蔵 全二冊　真山青果
- 随筆滝沢馬琴　真山青果

旧聞日本橋　長谷川時雨
新編 近代美人伝 全二冊　長谷川時雨　杉本苑子編
みそっかす　幸田文
古句を観る　柴田宵曲
俳諧随筆 蕉門の人々　柴田宵曲
新編 俳諧博物誌　柴田宵曲　小出昌洋編
随筆集 団扇の画　柴田宵曲　小出昌洋編
子規居士の周囲　柴田宵曲
小説集 夏の花　原民喜
原民喜全詩集
いちご姫・蝴蝶 他二篇　山田美妙　十川信介校訂
貝殻追放抄　水上滝太郎
銀座復興 他三篇　水上滝太郎
魔風恋風 全二冊　小杉天外
柳橋新誌　成島柳北　塩田良平校訂
幕末維新パリ見聞記 成島柳北「航西日乗」・栗本鋤雲「暁窓追録」　井田進也校注
立原道造詩集　杉浦明平編

野火／ハムレット日記　大岡昇平
中谷宇吉郎随筆集　樋口敬二編
雪　中谷宇吉郎
冥途・旅順入城式　内田百閒
東京日記 他六篇　内田百閒
西脇順三郎詩集　那珂太郎編
金子光晴詩集　清岡卓行編
大手拓次詩集　原子朗編
評論集 滅亡について 他三十篇　武田泰淳　川西政明編
山岳紀行文集 日本アルプス　小島烏水　近藤信行編
雪中梅　末広鉄腸　小林智賀平校訂
宮柊二歌集　宮英子　高野公彦編
新編 東京繁昌記　木村荘八　尾崎秀樹編
新編 山と渓谷　田部重治　近藤信行編
日本児童文学名作集 全二冊　桑原三郎　千葉俊二編
山月記・李陵 他九篇　中島敦
眼中の人　小島政二郎

新選 山のパンセ　串田孫一自選
小川未明童話集　桑原三郎編
新美南吉童話集　千葉俊二編
岸田劉生随筆集　酒井忠康編
摘録 劉生日記　岸田劉生　酒井忠康編
量子力学と私　朝永振一郎　江沢洋編
書物　森銑三　柴田宵曲
自註鹿鳴集　会津八一
窪田空穂随筆集　大岡信編
窪田空穂歌集　大岡信編
暢気眼鏡 虫のいろいろ 他十三篇　尾崎一雄　高橋英夫編
奴隷 ―小説・女工哀史1　細井和喜蔵
工場 ―小説・女工哀史2　細井和喜蔵
森鷗外の系族　小金井喜美子
木下利玄全歌集　五島茂編
新編 学問の曲り角　河野与一　原二郎編
林芙美子紀行集 下駄で歩いた巴里　立松和平編

放浪記	林 芙美子
山の旅 全二冊	近藤信行編
酒道楽	村井弦斎
文楽の研究 全二冊	三宅周太郎
五足の靴	五人づれ
尾崎放哉句集	池内 紀編
リルケ詩抄	茅野蕭々訳
ぷえるとりこ日記	有吉佐和子
江戸川乱歩短篇集	千葉俊二編
怪人二十面相・青銅の魔人	江戸川乱歩
少年探偵団・超人ニコラ	江戸川乱歩
江戸川乱歩作品集 全三冊	浜田雄介編
堕落論・日本文化私観 他二十二篇	坂口安吾
桜の森の満開の下・白痴 他十二篇	坂口安吾
風と光と二十の私と・いずこへ 他十六篇	坂口安吾
久生十蘭短篇選	川崎賢子編
墓地展望亭・ハムレット 他六篇	久生十蘭
六白金星・可能性の文学 他十一篇	織田作之助
夫婦善哉 正続 他十二篇	織田作之助
わが町・青春の逆説	織田作之助
歌の話・歌の円寂する時 他一篇	折口信夫
死者の書・口ぶえ	折口信夫
折口信夫古典詩歌論集	藤井貞和編
山川登美子歌集	今野寿美編
汗血千里の駒 坂本龍馬君之伝	坂崎紫瀾 林原純生校注
日本近代短篇小説選 全六冊	紅野敏郎・紅野謙介 千葉俊二・宗像和重 山田俊治編
自選 谷川俊太郎詩集	
訳詩集 白孔雀	西條八十訳
茨木のり子詩集	谷川俊太郎選
第七官界彷徨・琉璃玉の耳輪 他四篇	尾崎 翠
大江健三郎自選短篇	
M/Tと森のフシギの物語	大江健三郎
キルプの軍団	大江健三郎
辻征夫詩集	谷川俊太郎編
石垣りん詩集	伊藤比呂美編
漱石追想	十川信介編
芥川追想	石割 透編
荷風追想	多田蔵人編
自選 大岡信詩集	
うたげと孤心	大岡 信
日本の詩歌 その骨組みと素肌	大岡 信
詩人・菅原道真 ―うつしの美学	大岡 信
日本近代随筆選 全三冊	千葉俊二 長谷川郁夫 宗像和重編
尾崎士郎短篇集	紅野謙介編
山之口貘詩集	高良 勉編
原爆詩集	峠 三吉
竹久夢二詩画集	石川桂子編
まど・みちお詩集	谷川俊太郎編
山頭火俳句集	夏石番矢編
二十四の瞳	壺井 栄
幕末の江戸風俗	塚原渋柿園 菊池眞一編